公元787年，唐封疆大吏马总集诸子精华，编著成《意林》一书6卷，流传至今
意林： 始于公元787年，距今1200余年

 意林幻青春
开 启 你 的 传 奇

我的奇妙男管家

WO DE QIMIAO NAN GUANJIA

墨衣清绝 ○ 著

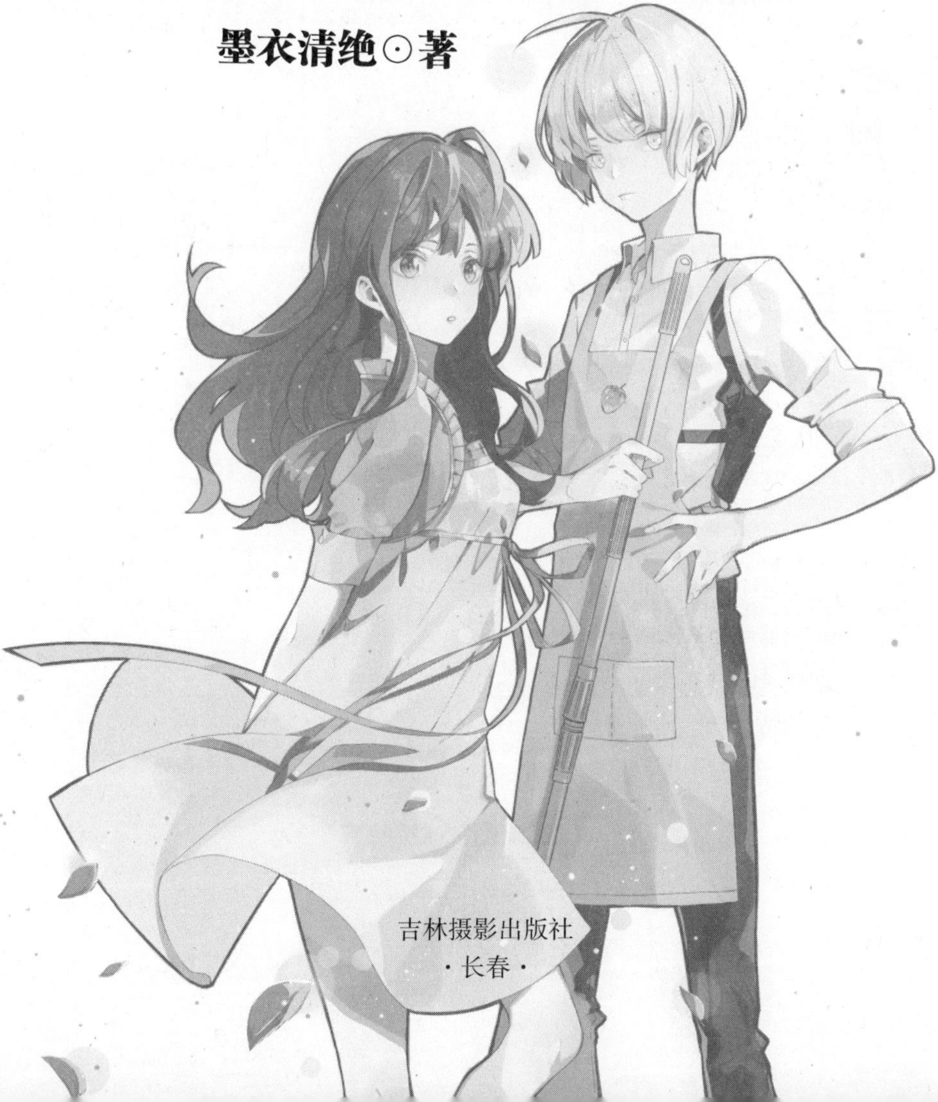

吉林摄影出版社
·长春·

图书在版编目（CIP）数据

我的奇妙男管家/墨衣清绝著.-- 长春：吉林摄影出版社，2018.3
（意林幻青春）
ISBN 978-7-5498-3484-6

Ⅰ.①我… Ⅱ.①墨… Ⅲ.①长篇小说—中国—当代 Ⅳ.①I247.5

中国版本图书馆 CIP 数据核字 (2018) 第 007512 号

我的奇妙男管家
WO DE QIMIAO NAN GUANJIA

著　　者	墨衣清绝
出版人	孙洪军
主　　编	顾　平　杜普洲
责任编辑	施　岚　胡晓路
总　策　划	蔡　燕　李　岚
统筹策划	李　岚
设计总监	资　源
执行编辑	王　雪
封面设计	资　源
美术编辑	徐　丹　张　迪
发行总监	王俊杰
开　　本	700mm × 1000mm 1/16
字　　数	300千字
印　　张	16
版　　次	2018年3月第1版
印　　次	2018年3月第1次印刷

出　　版	吉林摄影出版社
发　　行	吉林摄影出版社
地　　址	长春市泰来街1825号
	邮　编：130062
电　　话	总编办　0431-86012616
	发行科　0431-86012602
网　　址	www.jlsycbs.net
经　　销	全国各地新华书店
印　　刷	晟德（天津）印刷有限公司

书　号	ISBN 978-7-5498-3484-6	定　价：29.80元

版权所有　翻印必究

（如发现印装质量问题，请与承印厂联系退换）

目录
contents

引　　子		/001
第 一 章	定 制 男 主 角	/002
第 二 章	霸 道 总 裁	/013
第 三 章	深 情 王 爷	/025
第 四 章	娃 娃 控	/038
第 五 章	恶 魔 少 主	/050
第 六 章	崇 高 的 理 想	/061
第 七 章	酷 炫 杀 手	/073
第 八 章	小 服 一 号	/086
第 九 章	男 主 角 的 控 诉	/098
第 十 章	武 林 盟 主	/109
第 十 一 章	大 反 派	/121

目录
contents

第十二章	腹黑丞相	/133
第十三章	偶遇副总裁	/145
第十四章	花木兰	/158
第十五章	超能写手	/170
第十六章	事情败露	/182
第十七章	神迹卧底	/194
第十八章	传说中的学霸	/206
第十九章	南柯一梦	/221
番外一	日记	/236
番外二	我的男朋友变成了女孩子	/241
番外三	我的女朋友只有五厘米	/246

引子

"要是我也能遇到一个像小说里那样完美的男主角多好!"少女抱着一本小说,躺在粉红色的公主床上自言自语着。她喜欢看小说,也喜欢做梦,脑子里总是装着粉色的幻想。

然而,枯燥的日子依然一成不变,少女每天三点一线地上学、补课、回家。夜晚的巷道里,补完课孤身一人的少女遭遇了打劫。

正在少女绝望之际,忽然有一个身着戎装的少年从天而降,轻轻松松地击败了那些小混混。

不顾那些倒地求饶的混混,他转头看向受惊的少女,神情蓦然柔和下来:"对不起,我来晚了。"

少女哭着摇摇头,他对少女伸出手,温柔地说道:"走,我送你回家。"

就在少女呆呆地把手放在他手心的那一刻,画面一转——

教室里气质干净的白衣少年正耐心地给身旁的少女讲着课,少女望着他轮廓美好的侧脸,渐渐出了神。

少年停下讲课的声音,无奈地摇了摇头,眼神充满宠溺地看着身旁的女孩:"小笨蛋,现在会了吗?"

画面又一转。

满脸疲倦的白领用钥匙打开房门,门内的男人手上端着菜,对她露出一个灿烂的笑容:"你回来了。"

"你……究竟是谁?"习惯了他这么多年来的陪伴,女人终于按捺不住自己的好奇心问出了心中存在已久的问题。

男人放下手中的盘子,微微一笑:"我是你的专属男主角。"

所有的画面逐渐变淡、消失,最终,屏幕上出现了一行金闪闪的大字。

——清水公司独家定制,属于你的,独一无二的男主角。

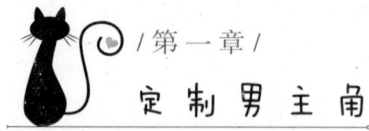

第一章 定制男主角

"什么？在新广告大面积宣传的情况下，神迹公司今年定制业务的业绩还是比我们高了百分之二十？"

办公桌后，清水公司的总裁听着秘书的汇报，咬牙切齿，脸色铁青。

感受到老板身上散发出的寒气，办公室内的其他人一个个都缩着脑袋，噤若寒蝉。

神迹和清水两家公司前身都是国内大名鼎鼎的文学网，后随着业务的发展，开始涉及各个领域，成了两家势均力敌的大型公司，因为业务有重合的部分，一直处于水火不容的状态。

随着时代的发展，小说里的虚拟男主角和女主角已经不能满足读者的幻想。在众多读者的呼吁下，神迹公司和清水公司推出了定制男、女主角业务，这项业务一在A国出现，就获得了众多读者的追捧和喜爱。

凭借着之前文学网的读者优势，神迹公司的定制女主角业务在业内首屈一指，清水公司的定制男主角业务也有着得天独厚的优势，双方都想侵占对方的领域，却一直都没有成功过。

近几年来，男性读者的剧增，使神迹公司业绩大长，成为业内之首，而清水公司与其并驾齐驱的情形不再存在，自动沦为第二名。

而此时这种清水公司总裁大发雷霆的情形，已经不是第一次发生了。

好在这种压抑的气氛并没有持续多久，只是沉默了几秒，总裁就不容置疑地说道："无论如何，我们都必须赶超神迹公司。"

"可是……总裁，现在神迹公司业绩遥遥领先，我们……"秘书并不意外他的话，语气为难地说道。

"不行，如果继续这样下去，我们迟早会被……"总裁紧锁眉头，"既然这样，我们就抢先一步推出一些促销活动……第一步，我们就先把剩下的那批新制造的男主角打折卖掉吧。"

"可是……总裁，我们剩下的这批产品……恐怕不会有人买。"秘书和

其他高层交换了一个为难的眼神,欲言又止地说道。

总裁思索了一阵,咬了咬牙:"这一次,我们开展一个促销活动,买男主角的部分幸运顾客可以参加抽奖活动,将……小服设为一等奖。"

话音一落,大家都震惊地睁大了眼睛,目光齐齐地看向一旁静立无言的小服,而副总裁闻言更是大惊失色:"什么?你要把一号送出去?"

没有人回答他的话,并且大家都十分默契地避开了他控诉的眼神。

仿佛印证了什么一般,副总裁的表情更加沉痛。他拉着小服不肯松手,如泣如诉地说道:"你们怎么可以这样轻易放弃?当初为了制造他,我们可是倾家荡产,他就像我们的孩子一样,是我们共同奋斗的证明……"

听着他的话,办公室的其他人心中动容,脸上隐有恻然之意,陷入一片沉默中。

总裁似是司空见惯一般,兀自翻阅着桌子上的文件,看都没看他一眼,冷笑一声:"如果不卖掉他,就用你们的私房钱来补这个洞吧。"

话音一落,大家面色一正,鼻观眼眼观心,紧紧地捂住了自己的钱包。

副总裁动作一僵,默默地缩回了手,捏了捏钱包,沉吟片刻后,语重心长地对小服说:"小服啊,你以后要好好地照顾未来的主人,等我有钱了,一定会把你赎回来的。"

接收到周围同情的眼神,小服一向平静的脸上出现了一个崩溃的神情,他默默地扶了扶金丝边眼镜,决定装作什么都没听到。

小服冷淡的态度深深地伤了副总裁的心,他不由得悲恸欲绝,转而向总裁哭诉:"呜呜,小服怎么可以这么对我……"

"呵。"总裁冷笑一声,毫不犹豫地一把推开他,看向其他人,斩钉截铁地说道,"那就这么决定了。"

"为你量身定制的理想男主角!原价一万的、两万的,甚至五万的,现价只要九千九百九十八,只要九千九百九十八,理想男主角带回家!"

"酷炫皇子,霸道总裁,冷血杀手……只要你想,就能拥有!"

"其实一开始被推荐定制男主角时我是拒绝的,然而……"

很快,清水公司的广告就铺满了大街小巷,无论走到哪里都能听到或者看到。然而,并没有出现清水公司高层们想象中顾客云集的场面,与之相反的是,各分店依然和之前一样门可罗雀。整个清水公司笼罩在一片愁云惨雾中。

钟洱冰揣着钱包走到分店门口时,对意料之外的冷清产生了怀疑,她狐疑地朝店里望了望，嘀咕道："怎么都不见人买啊？现在这定制服务不是挺火的吗？"

旁边一个同样在围观的大嫂凑了过来，神秘兮兮地压低声音说："小姑娘，我跟你说，别看这清水公司说得好听，其实他们现在剩下的都是卖不掉的残次品……"

"你看……"说着，她从身后拉出一位英俊大叔，满怀自豪，"这可是我在神迹公司定制的男主角，看这脸和身材，完美无缺！"

英俊大叔配合地摆了个 pose（造型），睥睨众生。

钟洱冰眼角一跳："没关系吧，反正我只是用来打杂的。"

"打杂？"大嫂用一种暴殄天物的眼神看着她，仿佛她做了多么罪大恶极的事情，"你……"

正在大嫂还要说什么的时候，店中冲出一个对钟洱冰虎视眈眈已久的店员，店员不着痕迹地挡住英俊大叔衣服上那神迹公司的标志，热情似火地一把抓住钟洱冰的手臂，斩钉截铁地下了结论："打杂就打杂，我们清水的男主角是万能的！"

三天后，快递送货上门。

为了防止在运输过程中，男主角被快递小哥碰坏，清水公司很细心地把男主角包装好，还用了一个漂亮的大盒子装起来。

确认签收后，钟洱冰用剪刀、指甲、牙等工具，终于把被包裹得严严实实的男主角从一堆泡沫、塑料膜、废报纸中解放出来。

钟洱冰买的这个男主角双眸紧闭，穿着一身笔挺的西装，上面没有任何褶皱，刀削一般的轮廓，如古希腊雕像一般俊美。

虽说名为"定制"，但因为是跳楼价大甩卖的廉价品，清水公司是随机发货的，所以在收货前，顾客也不知道自己会被分到什么类型的男主角。

只不过，现在看起来，这个男主角应该是现代的"豪门世家"系列的。

钟洱冰猜测着，扯起男主角脖子上的商标吊牌，看到上面写着"总裁"两个字，嫌弃地皱起了眉。

怎么是总裁？记得定制男主角业务刚推出的时候，那些率先购买的有钱人在贴吧里分享心得，现代的男主角们比较有用的是教授、医生之类的，前者文采不凡，后者精通治疗，就连明星也有个自带的"魅力光环"的技能。

第一章　定制男主角

唯独总裁……好像没什么用？

钟洱冰有些不满意地打开了使用说明书。

姓名：龙振雷（可更改）

性别：男（出厂预设，不可更改）

外貌特征：刀削一般深刻的轮廓，古井般幽深的眸子，如同古希腊雕像一般俊美……

身份：《都市童话：总裁恋上单车妹》男主角。傲天公司的总裁，视金钱如粪土，不近女色。直到那一天，一个骑着单车的女孩儿撞到了他，仿佛也撞进了他的心里，激起了一片浪花……

拥有技能：视金钱如粪土

钟洱冰觉得这个技能有些眼生，赶紧用手机打开贴吧找找其他人整理的男主角攻略，终于在一个不起眼的角落发现了关于这个技能的描述：

"视金钱如粪土：非常见技能，拥有这个技能的男主角花钱大手大脚。不过遇到这个技能也不要太灰心哦！还可以去官网买份技能书给你的男主角用哦！"

谁买得起那种随随便便几十万元一本的技能书？钟洱冰低低地抱怨一声，目光继续下移。

注意事项：

如果您拥有的为"王孙贵族""豪门世家"系列的男主角，请务必注意，该类男主角养尊处优，需要精心地呵护和照顾，如果穿太过廉价的布料或者吃不好的食物，您的男主角生病的概率会大大提升。您可以在官网购买"强身壮体"技能书给您的男主角装备，以增强其体质。

官网地址：www.xxxx.com

客服电话：250250250

心里暗骂了一句，钟洱冰拿着说明书，犹豫着要不要去退货。不过想起高昂的退货费，她还是决定先试用几天。

按照使用说明书，钟洱冰按下了龙振雷额头上那个看似朱砂痣实为开关的印迹。

睫毛颤动，龙振雷睁开眼睛，发现自己正躺在地上，不由得露出惊讶的神情。

下一刻，他似乎想起什么一般，骤然面色如土，弹簧一般从地上蹦了起来，神情厌恶,似乎强忍着痛苦一般,拼命地拍打着身上的灰尘。

足足拍了五分钟,他才勉强地接受了现状,将视线移向沙发。只扫了一眼,他就皱起眉,掏出随身携带的手绢仔仔细细地把沙发一端擦了三遍,这才纡尊降贵地坐下,视线投向坐在沙发另一端的钟洱冰。

对眼前这个人审视和打量了一番后,他用新手绢包裹着桌子上的一支笔,然后掏出一张空白支票,龙飞凤舞地写了几个字后,把支票甩到钟洱冰面前,语气矜贵:"这张沙发,被我承包了!"

"哦。"对于这霸气无比的宣言,钟洱冰面无表情地和他对视几秒后,反应平淡地回了他一个字,起身毫无原则地接过支票坐到了另一张沙发上,又似乎想起了什么一般说道,"对了,我给你改了个名字,你可以去看看。"

龙振雷对钟洱冰的"识相"十分满意,觉得给她这个面子也未尝不可,于是勉为其难地查看起了自己的新名字。

——鱼塘主。

鱼塘主?这是什么名字?难道……她是在报复自己刚才的无礼?

他狠狠地皱起眉头,像平常训斥自己的下属一样,毫不客气地指责道:"你这是什么破品位?"

钟洱冰也没在意他的无礼,懒洋洋地指了指电视,里面正放着最近热播的一部偶像剧。

龙振雷刚准备不屑一顾地表明自己从不看这种偶像剧,恰巧这时,男主角深情款款地对女主角说:"我要让所有人都知道,这个鱼塘,被你承包了!"

龙振雷一愣,看着画面上女主角幸福甜美的笑容,仿佛受到感染一般,盯着新名字沉思起来。

没错,他一开始对这个具有浓浓乡土气息的名字的确有些不满,可是看了刚才那一幕后,他仿佛又有了新的体会……

爱她,就该给她全天下!这是怎样的一种胸襟和情怀?

这个看似乡土的名字带着这样大气的内涵,简直是宠溺的最高境界!

在思想境界提升后,他仔细想想,又觉得这个名字清新中带着脱俗,低调中流露着霸气,正所谓大俗即雅……没想到眼前的这个女人看起来那么俗不可耐,却还是有点儿内涵的。尊贵的总裁大人在心里暗暗地把对钟洱冰的评价提高了一点点,单方面勉为其难地同意让她当自己的打杂工。

为了表示自己的友好和对钟洱冰的赏识,总裁大人纡尊降贵地开了金口:

第一章　定制男主角

"这个名字的意境虽然不错,但是'鱼塘'实在太小家子气了点儿,不如改成'太平洋主',怎么样?"

龙振雷以为自己足够亲民,怎么都会换来对方受宠若惊的反应,没想到迎接他的却是一张黑沉的脸!他看着那意料之外怨气十足的脸,不由得一愣。

钟洱冰收回瞪向龙振雷的视线,恶狠狠地挂了电话,嘴角下撇了三十度。

——果然,龙振雷开的支票,是不能用的!

虽然在情理上知道男主角不可能这么容易就可以帮自己赚钱,毕竟这是破坏平衡的,但是,看到"总裁"这种在小说和电视剧里都代表了有钱人的生物,她也不禁天真地见钱眼开了一下。事实证明,有钱的总裁都是别人家的!

心思飞转,钟洱冰已经在瞬间完成了从亲妈到后妈的转换,她阴沉着脸看向龙振雷:"你开的支票不能用。"

"什么?"听到这样的话,龙振雷仿佛听到了"你的卡不能用"一般惊跳起来。过了好一会儿,他才从记忆的某个角落拎出了相关信息——男主角培训里有过这类不能利用自身技能为主人非法谋财的警示,只不过被他忘得一干二净了……

于是,想起之前自己那财大气粗的样子,龙振雷脸上渐渐浮现出心虚之色。钟洱冰眼神如刀地看着他,冷冰冰地评价道:"一无是处的家伙。"

"什么?你竟然说我一无是处?"刚才还神思游离的龙振雷一听到这个评价,仿佛被戳中了敏感点一般蓦地清醒过来,难以置信地反问,"我怎么可能一无是处?"

"会修车?"

"不会,可是……"

钟洱冰冷笑一声:"会做饭?"

"不,我……"

钟洱冰翻了个白眼:"会扫地?"

"当然不,我可是……"

钟洱冰不想再问下去,一挥手,不容置疑地做出了评价:"没错,你就是一无是处。"

龙振雷心里委屈极了,他想反驳说钟洱冰问的那些问题压根儿不是判断是不是一无是处的标准,可是又的的确确觉得自己的能力并无用武之地。

钟洱冰没有理会他的欲言又止,满脸嫌弃地说:"既然不能赚钱,那就只能打杂了。现在你去买菜吧。"

"什么？买菜？"龙振雷听到这话再度惊跳起来，"你居然让我去买菜？去那种脏兮兮的地方？"

钟洱冰眼风扫向他，冷若冰霜，语气轻蔑："除此以外，你还有别的使用价值？"

龙振雷语噎，双方对峙了一会儿，还是占据弱势的龙振雷妥协了。

人在屋檐下，不得不低头。

无论是出于自己高傲的自尊心还是系统设置，龙振雷都不能容忍自己被评价为"一无是处"，整天靠主人养着，什么活儿也不干，最后只得忍气吞声地说："至少……得给我配备个座驾吧……"

比起之前甩支票时的气势凌人，现在的穷人龙振雷说起话时都是语气弱弱，底气不足的样子。

"座驾？"钟洱冰眯起眼睛，阴恻恻地重复道。

龙振雷心虚地缩了缩脖子，刚准备没出息地说"没有就算了"，钟洱冰却是意料之外地一口答应了，并且好心地亲自把他带到杂物间，然后懒洋洋地靠在门上道："你的座驾就在里面。"

看到杂物间的那一刻，龙振雷心里就生出了一种不祥的预感，但毕竟还是太过天真，他心中残存期待地望去，进入视线的……

怎么是一辆破自行车？

龙振雷表情僵硬地收回视线，用匪夷所思的眼神看向钟洱冰，目光中分明流露出这样的信息——这种东西怎么可能符合他的格调？

钟洱冰阴沉着脸，充满暗示地抖了抖之前龙振雷给她的支票："就这个，爱要不要。"

龙振雷心虚地不吭声了，过了几秒，又忍不住再度开口，据理力争道："就算只有这个，至少……得保证是干净……"

钟洱冰抱臂，挑起眉，对着自行车的方向抬了抬下巴："嫌脏？那就擦干净啊。"

"擦……擦干净？"龙振雷仿佛像是听到了天方夜谭一般，声音蓦地提高了几分贝，"我？我亲自洗？"

钟洱冰只盯着他不吭声，不置可否，龙振雷却仿佛看到了某种希望，条件反射地摸出一张支票，充满期待地说道："我可以支付你洗车……"

第一章　定制男主角

"呵。"钟洱冰只是晃着之前的那张假支票,高冷地回了他一个字。

半个小时的单方面反对无效后,两个人经过协商,最终达成了一致。

龙振雷苍白着脸,虽然全副武装,却还是一副被恶心得随时会晕过去的样子。他戴着墨镜,鼻孔里还插着卫生纸卷,似乎想要屏蔽那并不存在的怪味,戴着手套小心翼翼地捏着一块抹布,眼神无光地盯着面前脏兮兮的自行车,一副无处下手的样子。

他转头看了一眼客厅的方向,隐约听到钟洱冰心情愉悦哼歌的声音。

于是,他又心如死灰地转回头,再也不指望钟洱冰来帮忙。

在经过网络的快速培训以及自己的亲身实践后,龙振雷终于勉勉强强学会了如何自如地运用抹布擦自行车。

这辆自行车本就尘封多年,再加上龙振雷对卫生的标准过高,以至于他擦了整整一天,直至太阳落山,才觉得这车勉强能够入眼,其间还因洁癖严重差点儿被恶心得晕过去若干次。

天色已暗,当然去不成菜场了,龙振雷并没有因此觉得逃出生天,因为钟洱冰大手一挥,把计划推迟到了明天。

毕竟能多活一晚上。

就算如此,今天这噩梦一般的经历也给龙振雷造成了巨大的心理阴影,委屈的总裁大人就是梦里也还在眼泪汪汪地拼命擦着自行车。

次日清早,龙振雷平生第一次,在钟洱冰的压迫下委委屈屈地穿上以前正眼都不看的T恤、牛仔裤,一边嫌弃着这种粗糙廉价的质感,一边气喘吁吁地把自行车扛下楼,准备出门了。

从昨天起,龙振雷就总觉得自己忘了什么,却一直没想起来。

直到坐上自行车,并一踩脚蹬差点儿从上面摔下来后,他才后知后觉地想起——自己压根儿就不会骑自行车!

这样一来,这辆被他辛辛苦苦搬下来的自行车就成了鸡肋。龙振雷盯着自行车发呆,犹豫着要不要搬回去,又担心会被钟洱冰笑话自己连自行车都不会骑。

最后,龙振雷还是决定推着它去菜场,与此同时,在心里不断地安慰自己:其实也不算是白费工夫,自己至少还可以把菜挂在扶手上,不用亲自提菜。

推着自行车的总裁就这样出发了,他的目标是星辰——啊不,菜市场。

每一个男主角的大脑里都储存着主人所在地的地图,因此除非拥有"路痴"

属性的特定男主角，大多数男主角都不会发生迷路这样的事。龙振雷轻车熟路地沿着正确的路径走去，就如同来过千百次一样。

就在龙振雷推着自行车走到一个转弯口的时候，一道白色身影忽然冲了过来，一头撞上了他的自行车。

由于速度太快，对方嘤咛一声，柔弱地倒在了他的自行车前，如同一只折翼的蝴蝶。

龙振雷看着眼前似曾相识的一幕，身躯一震，不由得陷入回忆……

记忆中，也曾有过一个少女撞到了他的车前，只不过，那时候他开着的是价值百万的豪车，而对方却是一个骑着廉价单车，勤工俭学的贫困少女。

她从单车上摔下来的样子脆弱而美丽，而当她抬起那双雾蒙蒙的眼睛泫然欲泣地看着他时，他觉得他那颗古井无波的心瞬间泛起了阵阵涟漪……

龙振雷回过神儿来，看着那熟悉又陌生的人影，惆怅而又怀念，只觉得一颗心柔软得不像话，正准备和当初一样邪魅一笑，然后问"你这是想引起我的注意吗"时，就见对方捂着胸口，如临大敌地抬起头瞪着他："你这是故意的吗？"

对方的声音并不似记忆中那样清脆娇柔，反而有几分粗哑，不知道是不是受了惊的缘故。

"我告诉你，我可没钱给你啊！"

龙振雷无语了。

这跟记忆中不太一样的戏码让龙振雷有几分恍神，但很快，他就反应过来——呵，这显然是欲擒故纵的手段！

龙振雷不相信自己一向无往不利的魅力会失效，他的脸在最初的僵硬后，重新挂上了邪魅狂狷的笑容："你……"

刚吐出一个字，对方脸上就露出了惊恐和不屑交杂的神色，然后噼里啪啦吐出一段话："难道你也是看上了我的美色？难道你以为这样就会引起我的注意，让我以身相许吗？"

台词被抢了一半的感觉并不好，龙振雷脸都扭曲了，而他这"狰狞的面容"却更是坐实了对方心中所想。

话音未落，他就被对方一脚踹飞，然后，对方眼泪汪汪地飞奔而去："呜呜呜，世界上怎么有那么多坏人？"

身体和心灵都受到重创的龙振雷捂着胸口，一动不动地瘫在地上，安静

地望着天空，他再一次用阿Q精神安慰起自己——

唯一庆幸的是，这似乎是一条很僻静的小径，很少有人路过……

这样的想法刚从脑中一晃而过，就有一个稚嫩的声音传入他的耳中："妈妈！妈妈！快看，那是被人抛弃的洋娃娃吗？"

"咦？那宝宝以后要做一个有始有终的人，不要随便抛弃洋娃娃哦！"

再怎么心如死灰，菜还是要买的，不然，龙振雷相信，钟洱冰完全不介意让他更心如死灰点儿。

在菜场门口停好了自行车，龙振雷无精打采地拖着比之前还要沉重无数倍的脚步走进了菜场。

刚走进去，喧闹嘈杂的声音便伴随着鱼的腥味一并席卷而来，这嗅觉与听觉双面的强烈攻击让龙振雷不由得倒吸了口气，赶紧捂住了鼻子"噔噔噔"连退数步，脸都要变成绿色的了。

天哪！世界上怎么会有这么可怕的地方？

转眼间，赶紧回头的想法占了上风，龙振雷抬脚就打算离开，却在转身的那一刻脑海中浮现出钟洱冰冷笑的样子，不由得打了个激灵，脸色变得苍白。好像……那才是更可怕的事情？

即使如此，龙振雷依旧没办法轻易说服自己踏入这个脏兮兮的地方，他在外面徘徊了许久，不断地用钟洱冰的"笑脸"对自己洗脑，才把心一横决定速战速决。好在早有不祥的预感，所以他的准备极为充分。

龙振雷从口袋里掏出包裹严实的口罩，取出后戴在自己脸上，然后用手绢包着手，小心翼翼地把裤脚挽起。

最后，他做了一个深呼吸，带着壮士一去兮不复返的悲壮再度踏进了菜市场。原本是非常嫌弃这种地方的，然而当真正进入菜市场后，总裁大人才觉得自己打开了新世界的大门。

一路上，他看到了好多从未见过的、奇形怪状的蔬菜！

龙振雷左看右看，目不暇接，他的脸上刚露出几分好奇的神色，忽然心里一紧，这可不行！自己可是见多识广的总裁大人，怎么能被这些上不得台面的东西引起好奇心呢？不过没关系，对于如何掩饰自己对这里的陌生这一点，龙振雷自诩十分有心得。

他摸了摸口罩，确定把自己英俊尊贵的面容遮掩得严严实实的，连同那股难闻的味道也一并阻隔了大半儿。

走到一个摊位前,他故意装出一副很懂行的样子,用指点江山的语气指着摊上的蔬菜瓮声瓮气地问道:"这紫薯怎么卖?"

迎接他的是小贩古怪的眼神。

"这个……是茄子。"对方欲言又止地说道。

龙振雷不怒,心中反而一喜——对方这不是把自己当成笨蛋愚弄吗?

问题是……茄子他认识啊!想到这里,龙振雷越发胸有成竹,口罩后,他的嘴角流露出一抹高深莫测的笑意,用一种怀疑的语气反问道:"是吗?"

小贩无奈地摇了摇头,低下头整理着菜,不吭声了。

龙振雷得意一笑,理所当然地把他的表情理解为阴谋被识破的无奈和心虚,决定再接再厉。

他梗着脖子,脸上露出矜贵的笑容:"呵!你以为我傻吗?茄子明明是白色的,这可是紫色的。"

小贩们面面相觑,最后都沉默不语。

龙振雷自认为成功地给了他一个下马威,心里对自己的表现十分满意,一看清单,正好要买紫薯啊!

刚刚被给了一个下马威的小贩一定会识趣地给他个最低价……

更何况,总裁大人怎么会做"砍价"这样的事情呢?

于是,龙振雷喜滋滋地买了些"紫薯",又把"犀利"的目光投向了下一个摊位。一路上,是这样的对话——

"你这韭菜怎么卖啊?"

"小伙子,这是葱呀。"

"胡说!葱怎么会有白色!"

"这土豆多少钱?"

"土豆?不,这是芋头啊。"

"呵!当我不识货啊,这明明是土豆!"

很快,总裁大人就忘记了这脏兮兮的环境带来的不快,越战越勇,完全沉浸在不断(被)打脸的愉悦中。

满面春风的龙振雷当然没有听到周围人的窃窃私语——

"快看,就是那个非要指鹿为马的笨蛋!"

"人傻钱多,速来。"

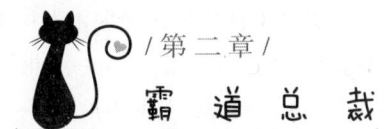

第二章 霸道总裁

自以为周围的人都被自己的高贵气场所打动,龙振雷脸上更是扬起一抹自信的微笑,迈着霸气无比的步伐,如同巡视自己的领土一般在菜市场里乱逛。

不知道为什么,龙振雷忽然觉得自己十分受欢迎,具体表现为周围的小贩一见到他吆喝的声音就变大,不少人躲躲闪闪地偷看着自己,还有更多的人在远处对自己指指点点……

当然,他把一切都归结为尽管戴了口罩,自己依然突破天际的魅力。

由于小贩们的热情,还没有逛完菜市场的一半,龙振雷手上就已经提满了菜。尽管很辛苦,但他却甘之如饴,十分享受这种久违的被追捧的感觉,直到发现自己竟然……没钱了?

一摸口袋却掏了个空的龙振雷如遭雷击,回想起自己的所作所为,不由得冒出满头的冷汗。想到那个阴阳怪气的女暴君,他头都大了——不用想都知道,回去后他会遭遇的是怎样悲惨情形!

钟洱冰的"笑脸"从脑海中一闪而过,如冷水淋头,龙振雷一下从被包围的虚荣中清醒过来。面对热情小贩的招呼,他语气略带不自在地说道:"我没……我不买了。"

这些小贩都是人精,自然猜到了他此时的真实情况,脸上热情的笑容立刻消失得无影无踪。于是总裁大人一转眼从备受宠爱的"小公主"变成了遭人冷眼的小可怜儿,灰溜溜地提着大包小包走出了菜市场。

他怎么都没想到,还有一个更大的考验等着他——走到之前停放自行车的位置,龙振雷看着空空如也的地方目瞪口呆:他的自行车呢?

这下子,龙振雷总算是体验到什么叫"屋漏偏逢连夜雨"了,他提着菜发了好久的呆,只觉得眼前一下子灰暗起来。

想到即将面临的遭遇,龙振雷便觉得毛骨悚然,他提着大包小包,孤苦伶仃地在外面徘徊着,实在不敢回去面对钟洱冰。

然而,再怎么在外面徘徊,时间还是在龙振雷的祈祷中一点一滴地流走了。

眼见天色渐暗，龙振雷不得不迈着小步向家的方向走去，力图把到家的时间拖得晚一点儿，再晚一点儿。

到了家楼下，龙振雷见到了一个熟悉的身影——正是撞上他自行车的人。

他下意识地抬头，望了望钟洱冰家所在的窗子。

咦？这个女孩子也是这栋楼的？难不成……难不成她也认识女暴君？

想到这里，龙振雷忽然不再耿耿于怀她的冒犯了，与此同时，心里还生出一丝惺惺相惜之意。而且……毕竟是漂亮的女孩子，有些任性的小脾气也是正常的，就是他家单车妹也偶尔会耍耍小性子呢。

这么一想，龙振雷心里更是一片柔情，走上前从后面拍了拍她的肩，柔声细语地说道："这么巧，你是来找什么人吗？"

对方蓦地转过身，看到是他后明显被吓到了，抽出纸抹着鼻涕："我都说我没钱了，你为什么还死缠烂打？"

龙振雷一愣之后，赶紧解释道："不，你误……"

对方疑色更深，面带警惕："难道你真的看上了我的美……"

"我……"

对方不着痕迹地往后缩了一些，忽然对着旁边大喊一声："玥光，有人要占我便宜！"

"我……"龙振雷大惊失色，然而没等他开口为自己辩驳，一个少女就举着拖把从旁边冲了过来，和眼前的人有五分相似的脸上满是怒色："喂！你想对我哥做什么？"

龙振雷闻言瞠目结舌——

哥？"她"是男……男的？然而下一刻，少女的身影映入眼帘，仿佛一道光照亮了他的眼睛，龙振雷激动得手都在颤抖，目光发直——

这……这不是他心心念念的单车妹吗？

"玥……"龙振雷激动得眼圈都微微泛红了，刚深情似海地吐出一个字，一个阴恻恻的声音就传入了耳中。与此同时，一脸倦色的钟洱冰抱着手臂，慢慢从楼道里走了出来。

"让你买的菜呢？"她看了看龙振雷，又转头看了看一脸茫然的少女，有些惊讶，"咦？你们认识？"

这个长相酷似龙振雷心爱的单车妹的少女，是钟洱冰的邻居白玥光，旁边和白玥光长相相似的是她的双胞胎哥哥白晓华。

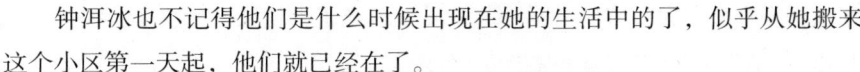

钟洱冰也不记得他们是什么时候出现在她的生活中的了,似乎从她搬来这个小区第一天起,他们就已经在了。

"我可不认识他!"兄妹二人异口同声地说道。

听着他们无情的话,龙振雷脸上露出一抹受伤的神色,刚准备开口辩驳,钟洱冰就眼神严厉地看向他,说道:"嗯?我给你的钱……你就买了这些乱七八糟的东西?"

龙振雷哆嗦了一下,赶紧欲盖弥彰地试图把两只手连同提着的东西都藏在背后。

"不会连自行车都被你弄丢了吧?"

龙振雷浑身僵硬,不自然地低下头,恨不得整个人都缩到地洞里去。

"呵,你居然连买菜都不会?"

龙振雷连反驳的话都没有。

一旁的白玥光听到这里,不由得大惊失色:"洱冰姐,这个男主角不会这么没用吧?"

旁边的白晓华也一脸愤愤不平地添油加醋:"而且品行极为不端!"

一唱一和的兄妹二人越说越愤慨,一副恨不得现在就把他送回店里去退货的样子。

被"心上人"当面数落成这样,龙振雷面红耳赤,心碎了一地。

钟洱冰冷眼旁观许久,直到兄妹二人再也说不出新词儿了,这才慢吞吞地说道:"好了,时间不早了,你们回去休息吧,我会好好教育他的。"

"一定要!"

"必须要!"

恶狠狠地扔下几个字表明自己的立场后,两兄妹手挽手昂首挺胸地经过龙振雷,擦肩而过时,一个扭过头给了他一个无情的后脑勺,另一个则在狠狠地瞪了他一眼后脚底生风地溜进了家门。

龙振雷觉得自己真是个悲惨的人。

一言不发地把垂头丧气的龙振雷领回家后,钟洱冰背靠着门,斜眼看着他,语气带着满满嫌弃地说道:"你这智商,以后还是做没有技术含量的拖地、洗碗之类的活儿吧。"

当夜,委屈的总裁大人就抱着枕头大哭了一场。

第二天,龙振雷称病不起。猜到他是因为心虚和羞愧不敢面对她,钟洱冰也懒得理会，只隔着门吩咐他起来后把地拖了，然后就到餐厅里，一本正经地与来蹭饭的白玥光和白晓华边吃早餐边开起了早会。

早会一开始，先由白玥光兄妹发言，二人语气愤慨地表达了对钟洱冰挑男主角眼光的不满，在钟洱冰无奈解释是随机发货后，二人的愤慨情绪瞬间转为对她的同情。

接下来，钟洱冰问道："你们觉不觉得……他看你们的眼神有些不对劲儿啊？"回想起昨夜看到的情形，龙振雷对白玥光的表现有些异样，似乎把她当成了什么人，也不知是巧合还是……钟洱冰思索着指了指龙振雷的房门，委婉地暗示道。

因为担心白玥光害怕，因此钟洱冰连着白晓华也一道带上了。不过很明显，龙振雷的目标只是白玥光。

睡眼惺忪的白玥光对着面包啃了一口，眼珠一转，若有所思，正打算开口，旁边的白晓华却抢先一步——

"什么？"他满脸震惊地惊叫一声，飞快地掏出镜子照了照自己花容月貌的脸，露出一副恍然大悟的表情，接着语气极为悲愤，斩钉截铁地做出了结论，"原来他是冲我来的！"

钟洱冰无语了。

恰巧这时，龙振雷扛着拖把，从卫生间无精打采地走了出来："我已经拖完……"

话音未落，白晓华蓦然转头看向他，指着他义正词严地强调："你怎么还是死缠烂打呢？"

龙振雷恍若石化，完全被这可笑的指责惊呆了！更让他惶恐的是，他心爱的单车妹竟然也一副深以为然的样子，用同仇敌忾的目光瞪着他。

这可不妙，总裁大人绝对不接受这样坐以待毙的行为！

"我就算要看上……也是看上……"

龙振雷清了清嗓子，羞涩地瞄着白玥光，本想实话实说，但又想起白晓华是个爱哭鬼，如果他知道了真相……会不会在单车妹面前败坏自己的形象？

这么一想，顾虑重重的龙振雷不时小心地看他一眼，一旦发现他的情绪不对劲儿就赶紧停口。他的话换来的是一片古怪的沉默，似乎有什么东西在这样的气氛中悄悄地发酵着。

似乎过了很久，白晓华如梦初醒般不敢置信地尖叫起来："你太过分了！

第二章 霸道总裁

居然还对我死缠烂打！"

这么毫无根据的指责，偏偏似乎在场的其他人都信了。

不单是白玥光嘴唇颤了颤，不着痕迹地坐得离他远了些，就连黑面神钟洱冰也面无表情地把椅子稍稍移动，隔绝了他看白玥光的视线。几个人那如临大敌的架势简直是把他当成病毒一般。

总裁大人的心冰凉冰凉的，觉得自己真是个悲惨的人。

虽然不受白家兄妹的待见，但这仿佛给龙振雷提了个醒，龙振雷认定了白玥光一定是他心心念念的单车妹，只不过是失忆或者平行空间之类的缘故导致了两个人见面不相识。

不过，单车妹能爱上他一回，就能爱上他第二回！

想象十分美好，但现实却是——美好的想象要实现是需要钱的，然而龙振雷自己身无分文就算了，重要的是现在还身不由己。

不过，爱情的力量毕竟是强大的，身无长技的龙振雷机智地把脑筋动到了买菜钱上。当然，碍于钟洱冰，他是绝对不敢偷拿这钱的，但他还是动了点儿歪脑筋——为了追求单车妹，堂堂的总裁大人居然无师自通学会了砍价。

从那以后，他从每天的买菜钱和去超市购物的钱里一点儿一点儿地留出钱来存起来。

终于，在历经千辛万苦后，他终于存够钱买了一束火红的玫瑰，又换上刚来时穿的那身价值不菲的西装，对着镜子照了整整两个小时，自觉仪表堂堂后，才信心满满地去向白玥光表明心意。

然而当龙振雷心潮澎湃地捧着花走到楼下时，却不幸又遇到了他深恶痛绝的白晓华。

向来对他不是视而不见，就是如临大敌的白晓华看到他此时的造型，不由得多看了他几眼。

然而，这并没有让龙振雷觉得受宠若惊，相反的是由于对白晓华的阴影太深，龙振雷的心不由得提了起来。

然而，他却没想到意外是完全没法防备的……

"你拿回去吧。"白晓华轻蔑地扫了一眼他手中捧着的花，"我讨厌这种花。"

龙振雷瞠目结舌，谁说这是给你买的了？

龙振雷觉得白晓华真是他遇到过的最讨人厌、最自恋的人，他恨不得把

他套在麻袋里劈头盖脸打一顿。

但一想到对方毕竟是白玥光的哥哥，为了避免给白玥光留下一个暴力狂的印象，龙振雷还是不得不选择了忍气吞声。不过，他还是忍不住为自己辩解："这是送给玥光的……"说到这里，他的脸上还应景地飘起了两朵小红云，如同单纯的少年一般。

白晓华盯着他，吓得哆嗦了一下，随即用一种"我看透你了的目光" 犀利地说道："那你抱着花站在我面前，对着我脸红干什么？"

说得真是好有道理，他竟然无言以对！

自恋比不过，脸皮厚比不过，吵架也比不过。

龙振雷觉得自己对上白晓华战斗力瞬间就减弱了。

不过，惹不起还躲不起吗？

此次以后，龙振雷就积极地吸取教训，每一次的行动都避开白晓华，可每次都阴差阳错，他的每一次追求行动都被白晓华无意中破坏，还被误认为这是对他的穷追不舍。

这家伙怎么无处不在？再一次遇到白晓华后，龙振雷终于忍不住板起了脸，无声地散发起了霸王之气。

没想到他这个正主还没发话呢，反倒是白晓华一脸厌恶和惊惧地瞪着他，反应激烈——

"最近怎么老是遇到你？"

"你是不是故意跟着我？"

不顾龙振雷结结巴巴的辩解，白晓华毅然决然地拿起手机："喂，派出所吗……"

"你这个不怀好意的人！"

"你才不怀好意！"

"还看上我妹了，你怎么一直死缠烂打呢？太讨厌了！"

"谁说我跟着你了，明明是你纠缠不休！"

"我纠缠不休？那你送花给我干吗？"

"好了，别吵了，先过来做下笔录。"竖起耳朵听了半天八卦，肚子都笑痛的警察故作严肃地走过来分开了幼稚地斗嘴的两个人，一本正经地为他们打着圆场，"谁先来？"

"我先！"白晓华瞪了龙振雷一眼，一把推开他，大马金刀地坐了下来，

第二章 霸道总裁

掏出镜子欣赏起自己的"花容月貌"。

接到过很多次奇怪的报警,倒是第一次接到这种类型的……

年轻警察一边忍着笑帮白晓华做笔录,一边偷瞄着龙振雷,似乎想看看白晓华话中的"不怀好意的人"究竟是什么样子的。

被这种带着异样色彩的目光扫视着,再想想自己这段时间的凄惨经历以及白晓华的倒打一耙,龙振雷只觉得又气又恨,泪珠控制不住地往下掉。

看着一个西装笔挺、气质不凡的大男人眼圈泛红,哭得跟朵花似的,再想想他进来的原因,几名警察都不由得向龙振雷投去了异样的眼光。

一个脾气不大好的女警察敲了敲桌子,瞪了他一眼,粗声粗气地吼了声:"一个大男人,哭什么哭?"

龙振雷被这个凶神恶煞的女人吓得缩了缩脖子,不敢再开口,委屈地吸了吸鼻子,在心里默默地想起了小鸟依人的单车妹。

做完笔录,白晓华对着龙振雷冷笑了一声,就脚步轻快地离开了。

轮到龙振雷时,他十分愤恨这些人的"助纣为虐",坚决地扭头不愿意配合。

几名警察见此,无奈耸耸肩,也懒得理他,自己忙自己的去了。

于是……龙振雷最终只得孤苦伶仃地坐在派出所,在来来往往的人古怪的目光中,抹着眼泪打电话。

先是钟洱冰的,没打通……

龙振雷委屈地吸了吸鼻子,只好拨打了脑中储存的总部电话。电话很快就接通了,他赶紧说明了自己现在的情况。

"派出所?"对方大惊失色,声音有些熟悉。

"副总裁……"从脑海中找出对这个声音的所有记忆,龙振雷抹着眼泪抱怨起今天的遭遇,负气地说道,"他简直太过分了,我要回去告诉主人!"

完全和受到欺负回家告家长的小朋友是同一种语气。

"不不,你别给你主人打电话,我马上赶过来!"副总裁飞快地说道。

于是,龙振雷放下电话,乖乖地坐在派出所等着副总裁来领人。

担心钟洱冰要退货,副总裁来得飞快。

他风尘仆仆地赶到,迎接他的却是警察一本正经的训话:"下次可要把你们家男主角看好了,如果再有人来举报说受到你家男主角骚扰,就得当作危险品没收了。"

"是是是,一定一定。"

　　副总裁赔着笑脸说了一箩筐好话，才交钱把龙振雷从派出所领了出来。

　　在被副总裁送回家的路上，龙振雷还满腹委屈，眼泪汪汪地不停抱怨着。

　　这个一直喋喋不休，还害得他损失了一大笔钱的男主角让副总青筋暴起，他心痛不已地捏着扁了很多的钱袋，疑惑地嘀咕着："我记得给你们总裁设定的性格应该是沉稳大气啊，你怎么这么爱哭？还把自己弄到派出所来了。"

　　龙振雷十分委屈："我不知道，可是就是很想哭！"

　　一个大男人哭出声音，画面实在太美！

　　副总裁一开始还觉得既好气又好笑，然而回过神来，脸色又凝重起来："不对劲儿！过来，我给你检查一下。"

　　龙振雷又忍不住落泪，呜呜地哭了起来。

　　副总裁一脸无奈，把他拖到楼道里检查了一番后，脸色铁青："谁给你胡乱加的'惹是生非'和'泪水涟涟'？"

　　"什么？泪水涟涟？"龙振雷的脸一瞬间黑如锅底，只觉得受到了莫大的侮辱。他咬牙切齿地说道，"我怎么会被安上这样没有格调的技能？"

　　副总裁没吭声，他若有所思地摸着下巴，看起来十分严肃，心里却掠过一丝心虚。难道……是因为自己发货时打了个盹儿的缘故？

　　龙振雷还在愤愤不平地抱怨："我可是堂堂总裁，为什么会有这种技能？究竟是谁和我有这么大仇……"

　　听到他又开始哭，副总裁头痛欲裂，不得不心不在焉地开口安抚道："行了，别哭了，多大点儿事，回头给你卸载这个技能不就成了吗？"

　　"卸载技能？"龙振雷停止了哼哼唧唧，充满期待地看向他，"什么时候？"

　　"这……"副总裁语塞，面露尴尬之色。

　　"你这是在敷衍我？"看出他脸上的异样，龙振雷难得地机智了一次，又气又恨地质问道。

　　眼见敷衍不过去，副总裁无奈地叹了口气，一脸烦躁地揉着额头："我现在手里也没工具，还是把你先带回总部去交给技术部那边吧。嗯……应该还可以顺便给你加点儿有用的技能……"

　　龙振雷对这个安排十分满意，已经迫不及待地开始幻想改造成功后钟洱冰等人惊讶的神情了。

　　心烦意乱的副总裁哪里有心思去理会无缘无故兴奋起来的龙振雷，他摸出手机自顾自地嘀咕道："不过，要先通知顾客一声……"

第二章　霸　道　总　裁

"什么？"龙振雷听到这里，心里一紧，赶紧大惊失色地抓住他的手机，用一种十分受伤的语气咆哮道，"你居然背叛我！"

尽管路过的人少，但他的这一声大喊还是吸引了不少人的目光，来往的脚步也悄悄放慢了几分。

在众人异样的眼神中，副总裁脸色铁青。他强忍着掐死龙振雷的冲动，只按捺着火气瞪了他一眼，一把抢回手机："我当然不会说你把自己弄到派出所来了！"说着，他兀自打通了钟洱冰的电话，一番客套后，才试探性地说起了打算把龙振雷带回总部几天进行升级的决定。

让他惊讶的是，钟洱冰出乎意料地表现得十分干脆："去吧，钱打我账上，人不用回来了。"

听着电话另一头传来的钟洱冰无情的声音，副总裁感觉不太对劲儿，小心翼翼地问道："您这是……什么意思？"

"退货啊！反正也没什么用了。"钟洱冰冷酷地说道。

在旁边隐约听到这话，龙振雷恨恨地咬着牙，手不断地搅着衣袖，觉得心里委屈极了，眼圈又不禁泛红。

好说歹说才说服了钟洱冰多试用几天，副总裁身心俱疲地挂了电话，强撑起精神大力拍着龙振雷的肩安慰他："别难过，等我把你改造成功，一定会让她对你改观的！"

"一定啊！尤其要让白玥光对我一见钟情！"

龙振雷眼睛一亮，语气认真地强调。

谁知道他口中的白玥光是谁，副总裁敷衍地点了点头。

龙振雷对未来充满了期待！

十天后，总部以副总裁为首的众人挥泪送别总裁大人。

改造成功的总裁大人一身西装，脸上还带着一副金丝边眼镜，看起来又回到了原来的霸气精英范儿。

就在副总裁和龙振雷依依惜别的时候，跟在队伍最末位的两个小职员趁着副总没注意，开始窃窃私语起来：

"副总裁发货的时候……好像又打盹儿了？"

"是啊……不过应该没事吧？"

"嗯……大概不会加什么奇怪的东西进去吧？"

两个人面面相觑，心里同时冒出一种不好的预感。

尽管钟洱冰再三强调不用这么麻烦，完全可以直接退货，副总裁还是态度坚决地把新龙振雷给她邮寄了过来，美名其曰"良好的售后服务"。

改造归来的龙振雷又恢复了高冷范儿，除了不再动不动就掉眼泪以外，似乎和以前没什么太大的区别。好在他还算是听话，原来锻炼出来的做饭等技能也没有被格式化，钟洱冰便也将就接着用了。

钟洱冰要去上班前，龙振雷忽然问了她一个莫名其妙的问题："家里有扇子吗？"

钟洱冰诧异地看了他一眼，倒也没问用途，在家里翻箱倒柜，找出了一把大红扇子，上面还印着"孩子成绩上不去？到××补习班！"

她把扇子递给龙振雷："就这个。"

从龙振雷的表情上来看，他对此十分嫌弃，但还是勉为其难地接受了。

钟洱冰在一家小公司当文员，沿途有不少早餐店，所以她一般早上在途中吃了早餐再去上班。

刚进门，钟洱冰就见同事们似乎在热火朝天地讨论着什么，隐隐约约听到大家似乎在讨论广场舞。

"看这新闻，广场舞大军都席卷全球了……"

"以后可别说什么广场舞大妈了，现在很多年轻人也一起跳呢！"

"哈哈哈，说到这个啊，今天我路过楼下广场，还看到个大帅哥有模有样地跟着跳广场舞，我还偷偷照了一张！哈哈哈！"

钟洱冰本来没什么兴趣的，听她们说得热闹，心里不由得痒痒的，凑过头去瞟了一眼，没想到她的目光刚落到屏幕上，一口茶就喷了出来。

屏幕上，一个西装笔挺、气质不凡的青年手拿着一把大红扇子，正混在一群大妈大爷中间，欢乐地跳着广场舞——赫然就是龙振雷！

"哎呀，这茶叶很贵的啊，"顾不上脏掉的屏幕，同事小周回过头，十分心痛地盯着钟洱冰的茶杯，暗示道，"五块钱一公斤呢！"

钟洱冰这时候正忙着拿纸擦屏幕上的水，听到这话嘴角抽搐了一下："不好意思啊，回头我赔你十块一公斤的。"

"要十块钱一斤的！"小周认真地强调。

这个同事心眼不坏，就是喜欢占些小便宜，不过本来也是她的不对，钟洱冰点了点头。

对方这才勉为其难地同意了。

第二章　霸道总裁

得到承诺的小周十分大度，把屏幕大方地分了她一半："你也是被他惊艳到了吧？"

"啊……"钟洱冰神情复杂地盯着屏幕，隔了好几秒才挤出一个字。

小周并没有留意到她的神情恍惚，自顾自地捧着脸对着屏幕说："是不是很帅啊，哈哈哈哈，以后我决定天天蹲守在那儿看帅哥！"

旁边的几个同事也纷纷表示已被帅哥征服，嘻嘻哈哈地打算去围观。

"是……是啊。"钟洱冰嘴角抽搐，颤抖的手抓起电话又放下，特别想打个电话给清水公司的副总问究竟是怎么回事。

因为这件事，钟洱冰一整天都神思恍惚，不过幸好业务熟练，工作上没有出错。好不容易熬到下班，钟洱冰好好地做了一番心理准备，才鼓起勇气走到楼下的那个广场。

刚走到广场，钟洱冰就惊呆了——虽然这个广场一向人气不错，却也从来没见过这么多的人！

"哎，今天人怎么这么多？"

"听说这里有帅哥跳广场舞呢！"

"是啊，我在网上看到的！"

"啊，这么巧，我也是！"

旁边几个女孩儿的对话让她瞬间明白了出现这样情形的原因，钟洱冰心情极其复杂地考虑了下要不要现在就改变主意打道回府，不过就在转身的那一刻，她忽然有些迟疑了……

跳广场舞的总裁……好像很有趣的样子。

想到这里，她果断冲进了人群。

经过一番"厮杀"，她终于挤进了包围圈的最里层，看到了龙振雷。

他才第一天加入这个行列，就十分讨广场舞大妈们的喜欢，不但站在前面领舞的位置，好像还起着带头的作用。

此时，龙振雷西装笔挺地站在队首，甩着扇子精神抖擞地随着音乐跳着广场舞，一舞终止，雷鸣般的掌声响起。

更让人惶恐的是，钟洱冰耳边还充斥着"人长得帅干什么都好看！就连跳广场舞都比别人英俊潇洒""跳得好有气势啊，我第一次觉得广场舞这么帅，你说我要不要明天也来跟着跳"之类的可怕言论。

钟洱冰听着周围人如同听演唱会一样欢呼鼓掌，石化在原地，僵硬地扯

了扯嘴角。为了不显得太突兀,她也配合地拍了几下手。

龙振雷似乎已经习惯了这样的关注,他嘴角勾起一抹自信的弧度,气势十足地一挥扇子,神采奕奕:"再来再来,下一首换《小苹果》!"

话音落下,《小苹果》的前奏配合地响起,龙振雷又开始英俊帅气地甩起了他那把印着"孩子成绩上不去"的大红扇子。

没能撑到《小苹果》结束,钟洱冰就麻木地收回视线,步伐沉重地挤出了人群。

中途退场的人寥寥无几,相反地,人却是越聚越多。就在钟洱冰看了不到一场舞的期间,围观的人又多了两圈。

钟洱冰看到这一幕,脚步更加沉重了。

回到家后,钟洱冰发现桌子上放着龙振雷做好的饭菜。虽然经过锻炼,龙振雷做的菜已经凑合着能吃了,但钟洱冰此刻却味同嚼蜡。

万一被知道,这个喜欢跳广场舞的总裁是她的男主角……

钟洱冰头撞桌子。

刚吃完饭,龙振雷就哼着歌回来了。

因为没有钥匙,他一直是不轻不重地敲三下,停顿一段时间,继续敲,十分有素养的样子。

钟洱冰叹了口气打起精神给他开了门,门外的龙振雷一如既往西装笔挺的精英范儿,简直是少女心目中完美的高冷形象。

然而,钟洱冰默默地看着他,满脑子都是他挥舞着大扇子跳得热火朝天的样子。

两个人面面相觑了几秒,正当龙振雷忍不住想要开口提出疑问的时候,钟洱冰欲言又止地问道:"你今天……出门了?"

"嗯,去楼下巡视了一圈。"

总裁大人把扇子藏在身后,端着架子,一本正经地回答。

钟洱冰无语了。

钟洱冰觉得,总裁大人似乎被打开了某个奇怪的开关。

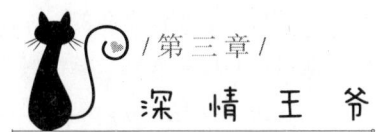

第三章
深情王爷

钟洱冰原以为龙振雷那天跟着一群大妈去跳广场舞不过是一时兴起，因此虽然当时感觉天雷阵阵，一觉醒来便忘了。

然而最近几天，她却发现了一件奇怪的事——

龙振雷一反常态地对做繁杂的家务毫无怨言，反而是很勤快地每天睡前将家务做完，然后第二天大清早就带着他的扇子出门了。

连着好几天出现这样的情形，在龙振雷又一次哼着歌打算出门时，钟洱冰终于忍不住叫住了他："等等。"

龙振雷疑惑地停住回头看她，表情极其无辜。

因为他起得太早了，钟洱冰也不得不早起。她对着镜子看了看自己脸上因为睡眠不足产生的黑眼圈，上下打量着他，狐疑地问道："你又去哪里？"

没有料到钟洱冰忽然发问，毫无防备的龙振雷赶紧心虚地将扇子藏到背后，声音倨傲："我当然是去考察民情。"

与此同时，还附带着一个含有"愚昧无知的女人""愚蠢的凡人"意味的眼神，倒是有几分霸道总裁的模样。

可是一想到他挥舞着大扇子的样子，钟洱冰只觉得整个人都被这种反差弄得恍恍惚惚。

不过看在他已经把家务都做完了的分上，钟洱冰索性眼不见为净，破罐子破摔由他去了。

就这样，总裁大人如同一匹脱缰的野马，欢快地整天随着一群广场舞大妈在广场上欢腾舞动。

每天早上，他都早早来到跳舞的地方，为他们的广场舞大军划下一大块地盘。然而有时候，也会遭遇一些被他认为蛮不讲理的人——

这天龙振雷再次早早地占了位置，却有一辆车缓缓停在了他的旁边。

他以为只是凑巧，于是往旁边让了让，没想到却听到两声喇叭声，不由得惊讶地转头看去。

"喂！这个车位是我的，你做什么？"车主按下车窗，不满地朝他喊道。

龙振雷心里犯嘀咕，索性转过头装没听到。

见龙振雷没有反应，车主十分生气地从车上下来，拦在他面前再次强调："这是我的车位，麻烦让一下。"

总裁大人怔愣之后，脸上露出一抹志在必得的笑容，下巴微抬，语气倨傲地说道："这个车位，被我承包了！"

车主被他唬得反倒是一愣，张嘴刚准备破口大骂，却忽然想到什么一般脸色一变。

想起最近屡屡发生的碰瓷事件，车主低声骂了句"神经病"后，骂骂咧咧回到驾驶座，将车开走了。

离开的路上，他随手打开了广播，听到一起碰瓷被讹诈的新闻，不由得暗自庆幸。幸好自己装有行车记录仪，不然就让这个家伙得逞了。

不行，回去一定要把这种恶劣的行为放到网上！

龙振雷并不知道自己的歪打正着，喜滋滋地以为对方是被自己的气势吓退了，更是对自己充满信心。

在顺利地解决了这个车位的主人后，龙振雷又迎来了几名想要打篮球的小学生。

"换个地方玩，这里是给大人跳广场舞的地方。"他挥着手不耐烦地说道。

没想到一个小学生扁扁嘴就大哭起来，简直是魔音穿耳。

龙振雷皱起眉，黑着脸一把抢过他的球，重重地扔到远处，说："这地方被我……"

"呜哇哇！"

小学生看着他凶神恶煞的脸，吓得连球都不捡了，哭着跑掉了。

"妈妈，有人欺负我！"

到了上午八点，来跳广场舞的大妈渐渐多了起来，见到这么一大块地方，大妈们都觉得十分高兴。

得知是总裁大人的"杰作"，广场舞大妈们脸上笑成了一朵朵花，对他赞不绝口。

"这个小伙子真是热心。"

"现在已经很少见这么品德高尚的人了。"

"年轻人就是厉害。"

被这些称赞包围，龙振雷觉得自己几乎被捧到了天上，他的虚荣心不断膨胀，宛如站在巅峰之上。

比起家里那个阴阳怪气、阴晴不定的钟洱冰，这些把他夸得像朵花的大妈才像是真正的家人啊！

龙振雷十分感动地想，并决定要再接再厉，继续为这些可爱的大妈谋福利。

龙振雷没想到，惊喜远不止这些。

中场休息的时候，广场舞大妈们热情地围了上来，你一言我一语地问：

"这位小哥，你今天几岁？"

"有女朋友了吗？"

"结婚了吗？"

"我闺女同事的女儿的同班同学正好单身哦！"

相亲？

刚听到这个建议，龙振雷原本是要一口拒绝的，但转念一想，要是让白玥光知道他如此受欢迎，会不会后悔？

小说都是这么写的，女主角对呵护、宠爱、追求她的男主角不屑一顾，直到看到他和别的女人举止亲密，心里觉得酸酸的，才发现自己其实早就离不开男主角……

想到白玥光吃醋的模样，龙振雷心潮澎拜，立刻答应下来。

由于龙振雷很穷，原定的相亲地点并不是在小资的咖啡厅或者普通的餐馆，而是附近的小公园。

不过好在一个大妈的亲戚正好开了一家咖啡店，于是相亲的地点就定在了那里。

虽然在龙振雷的眼里，没有任何人能比得上他的单车妹，但毕竟是第一次相亲，介绍的大妈还把那个女孩吹得天花乱坠，他心里也不由得生出几分好奇。

约定的时间早已过了半个小时，第一个相亲对象终于来了。

第一个相亲女生穿着十厘米的高跟鞋，打扮得花枝招展，脸上还扑了一层厚厚的粉。

她一看到龙振雷就眼睛一亮，十分惊喜地冲过来和他打招呼，然而刚一开口，脸上就掉下一层粉来……

龙振雷落荒而逃，却又在第二个相亲大妈的口水中不情愿地回到了原来的位置。

第二个相亲女生长得虎背熊腰，同样对龙振雷一见钟情。

在龙振雷拒绝她一起看电影的邀请后，她气愤地捏碎了自己的杯子……

龙振雷吓得目瞪口呆，胆战心惊。

第三个……

一天下来，总裁大人竟然相了二十多场亲！

不知道是对着那些性格各异的相亲女生，还是喝了那么多杯劣质咖啡的缘故，他觉得胃部忽然隐隐作痛。

第二十一个相亲女生见到他脸色不好，十分善解人意地问道："振雷，你是不是哪里不舒服？"

听到这个自来熟的称呼，龙振雷觉得胃痛得更加厉害了，他有力无气地捂着胃部说道："抱歉，我先去下洗手间。"

没等对方开口，他就快步冲向洗手间。

在洗手间里折腾了很久，龙振雷终于捂着宛如被大卡车轧过的胃部，从洗手间里出来，正要绞尽脑汁地找借口拒绝第二十一个相亲女生。

没想到他刚一落座，一个气势汹汹的女人忽然走了过来，看到两个人坐在一起，不由分说地就指着第二十一个相亲女生怒骂了起来。

"你为什么抢我的男朋友？"

第二十一个相亲女生注意到她的眼神，不甘示弱地说："谁说他是你的男朋友？他都没有答应你！"

拜不错的记忆力所赐，龙振雷立刻认出了这正是第六个相亲女生。

两个女人吵着吵着，竟动起手来。

龙振雷连忙去阻止，却被两个人不约而同地重重推到一边："你走开！"

完全没意识到梦中情人遭受到自己的暴力，两个人越看对方越生气，边骂边厮打起来：

"别挡着我跟他聊天！"

"是我先和他认识的！"

两个女人当着整个咖啡店的人打了起来，战场不断地扩大，甚至从店里打到了店外，不但打碎了无数杯勺，更是引起了若干路人的围观。

龙振雷傻傻地跟在旁边，看得一愣一愣的，眼见店员就要跟过来，龙振

雷连忙趁着店员过来要损失前落荒而逃。

谁知道一转身，龙振雷就看见正站在街口一脸目瞪口呆的白玥光兄妹。

龙振雷惊喜地上前几步后，忽然一阵惊慌失措——

竟然在这样的情形下相遇，如果他的单车妹想歪了要放弃他……

想到这里，他慌忙地解释："你误会了，我……"

此时的龙振雷头发乱成一团的，看起来……

"啊，神经病！"

白晓华尖叫一声后，立刻眼泪汪汪指控道："玥光，这个家伙今天……"

白玥光面带敌意地看了一眼龙振雷，习以为常地问道："哥，你别伤心，发生了什么事？"

"我看他今天同时约了二十多个女孩，每天早上还去跳广场舞……"

白晓华话音未落，白玥光就深恶痛绝地看着龙振雷，痛斥道："败类！"

龙振雷心里一痛，结结巴巴地想要解释："不……我……"

"我警告你，你离我们远一点儿！"

白玥光指着他的鼻子痛斥了一痛，才在白晓华崇拜的眼神中，和他一起趾高气扬地离开。

尽管修复时设定为无泪体质了，龙振雷却觉得自己又想哭了……

欲哭无泪之际，他心里泛起了狐疑。

"我跳广场舞的事情他们怎么会知道，难道是那个女暴君说的？"

在公司的钟洱冰莫名地打了一个喷嚏。

发生了什么事？

正在她一头雾水的时候，同事们的对话传入耳中。

"这年代的帅哥资源真不丰富……"

"在广场跳舞的那个帅哥呢？"

"唉，别提了，没想到他仪表堂堂，居然是个败类！"

"什么？"

"不是吗？我刚才出去吃饭的时候都听说了，他一天换二十多个女朋友，还每天去跳广场舞……"

"天哪！他居然有这种爱好？"

钟洱冰听得眼前发黑。

她不在的这段时间，那个累赘又给她弄出了什么麻烦？

一直惦念着龙振雷，钟洱冰心神不宁，好不容易熬到下班回家，却发现还有大麻烦在等着她——

一堆人堵住了她的家门口，脸上不约而同带着愤怒的神情，一见到她拿出钥匙打算开门，就像是认准了人一般，围着她七嘴八舌地开始讨伐起来。

"就是你家男主角欺负我儿子还抢走了他的篮球！"

"你家男主角抢我车位！"

"你家男主角居然敢嫌弃我女儿？"

钟洱冰十分无语。

什么破男主角，必须换！

然而，男主角退货的计划却进行得并不顺利。

因为——

"怎么又没开门？"

钟洱冰趴在窗台上往下望，发现楼下的清水公司分店一如既往地紧闭大门，就连客服电话也一直打不通。

虽然定制男主角是从总店发货，但日常所需的维修护理，普通的分店就可以做到，而钟洱冰家楼下正好就有一个分店，正是她购买定制男主角时去的那一家。

她只得失望地折回客厅，继续看着最近很火的偶像剧。

至于龙振雷……

在几天前，他就已经顶着"因为无法继续唯一的爱好广场舞而生无可恋"的状态，自动进入了休眠状态。

就这样拖了好几天，在钟洱冰忍不住要找上总部时，事情终于有了转机。

第二天，钟洱冰是被电话铃声吵醒的。

她睡眼惺忪地接起电话，电话另一端传来白玥光兴奋的声音："洱冰姐，清水分店终于开门了！"

钟洱冰顿时精神一振，于是，两个人一起欢欣鼓舞地扛着"盒装龙振雷"去退货。

店中除了店员外，还有一个胡子拉碴的中年大叔，自称是清水公司的副总裁。

"喂！你家的男主角有不良嗜好，喜欢跳广场舞！"

一进门，白玥光就脆生生地说道。

第三章 深情王爷

店员一愣,没开口,怯生生地望了一眼副总裁。

副总裁闻言赶紧反驳:"怎么可能?我家的男主角爱好高雅……"

恰在这时,钟洱冰面无表情地打开了开关,龙振雷惊醒,恍惚间以为自己身在广场上,正准备和广场大妈们载歌载舞。

他从裤腰掏出自己心爱的大红扇子,挥舞着就开始跳舞。

看到一直挥舞到自己鼻子下的大扇子,副总裁眼睛都直了,在同样张大了嘴的店员的提醒下才勉强恢复理智。

他吞了口口水,一扭头,硬着头皮说道,"广场舞,也属于一种舞蹈,精通广场舞的男主角,同样可以称之为爱好高雅……"

白玥光十分气恼地瞪着他:"你这不是睁眼说瞎话吗?"

钟洱冰却是意料之中,慢吞吞地说道:"其实……我之所以退货,是觉得他身体太差了,如果只是有一点儿小爱好的话也倒还能容忍……"

身体差?

副总裁听到这话不由得松了口气,失笑道:"这就更不可能了!我们公司的男主角是经过强化打造的,无论是身体素质还是心理素质都远超同类其他产品,是您居家旅游的不二选……"

钟洱冰算是知道那啰里啰唆的说明书是哪来的了,她也懒得和对方争辩。

于是,她侧过头低声对龙振雷说道,"我有话想和你说。"

"呵,你这是想赎罪吗?"沉浸于美好的广场舞中的龙振雷动作放慢,掀了掀眼皮,语气傲慢地说道,"就算你这么说了,我也不会轻易原谅你的,除非你给我买全套广场舞……"

钟洱冰懒得理他,用毫无波动的声音说道:"告诉你一件事情。"

龙振雷有些惊讶,正准备说自己不想听,然而听到她接下来的话,几欲脱口而出的话就被他默默地吞了回去。

"其实你休眠的时候,发生了不少事情。"

龙振雷抬了抬眼,嘴角紧抿,脸上并没有流露出异色,然而微颤的睫毛却说明了他的在意。

钟洱冰继续用她那毫无波动的语气,慢吞吞地吐出最后一段话:"在你走后,有一个人取代了你的位置,成了新一代的广场舞小王子!而你相亲的对象们也统统喜欢上了他,那就是——白晓华!"

这不可能!

031

第一个出现在他脑海里的念头自然是这个,然而,他逐渐回忆起了一些蛛丝马迹……

无论他去哪里,都会遇到白晓华。

白晓华从一开始就对他充满敌意。

种种线索汇总起来,答案已经呼之欲出!

原来,白晓华一直以来就嫉妒他在广场舞上的天赋,于是偷偷跟着他妄图偷师学艺,被发现还恶人先告状地诬陷自己跟着他,亏自己还因为白玥光的缘故对他处处手下留情。

想到自己最在意的"广场舞小王子"头衔就这样被这种人夺去,龙振雷只觉得一阵气血翻涌,结果因伤心过度再次死机了。

说来话长,其实不过几分钟的时间,形势就来了个大反转。副总裁不由得目瞪口呆。

钟洱冰故作神情无奈,踢了昏迷不醒的龙振雷一脚,无奈地叹了口气,摊手:"看,本想着修修补补也能将就用,可是他的身体状态实在太糟糕了,我可养不起这种病秧子。"

尽管昏了过去,龙振雷的手依然无意识地握成爪状,抠在离钟洱冰不远的地面上。

钟洱冰觉得,他这是做梦都不想放过她。

然而副总裁看到这一幕,却是心里一动,不死心地再度劝道:"你真的不再考虑一下吗?你看,男主角他好像十分舍不得离开你,不如……"

话音刚落,龙振雷就如从噩梦中突然惊醒一般,闻言骤然面色如土,义无反顾地冲进了店内的废弃男主角传送通道。

副总裁老脸一红,干咳了一声,还是硬着头皮使出了撒手锏:"虽然质量的确有问题……可是规定摆在这里呀,我们店只能换货不能退货!"

钟洱冰眯起了眼睛,目光在店内逡巡了一圈:"哦?什么时候的规定?"

副总裁沉吟,店员却赶紧跑过来,"啪"的一声在墙上贴了一张纸。

——本店货品一经售出,概不接受退货!

"刚有的!"

副总裁赏了她一个满意的眼神,理直气壮地说道。

"呵呵。"钟洱冰高冷地甩下两个字,转头就走,打算直接去投诉。

在旁围观的白玥光若有所思地戳了戳她,小声说道:"不是可以换货吗?

第三章 深情王爷

换就换吧,换个类型也不错啊。"

正目露焦急、打算去拦的副总裁闻言,顿时如获至宝,赶紧说道:"没错没错,换货不收钱的!只要不退货,相当于免费体验多种男主角,这样很划算的……"

钟洱冰停步。

新快递到了。

钟洱冰轻车熟路地打开包装,把新男主角拿了出来。

钟洱冰的新男主角有着一头乌黑的长发,身着繁复华丽的古装,尽管双目紧闭,依然看得出是个风华绝代的美人——当然,性别:男。

钟洱冰扯起男主角脖子上的商标吊牌,看到上面写着"王爷"两个字,嫌弃地皱起了眉。

怎么是王爷?

记忆中,好像和总裁一样没什么用。

钟洱冰有些不满意地打开了旁边的使用说明书。

姓名:司马傲天(可更改)

性别:男(出厂预设,不可更改)

外貌特征:他有着宛若女子一般倾城倾国的美貌,然而,那美丽绝伦的脸上却有着一双寒光四射的眼睛,和他对上视线的人无不觉得陷入了噩梦之中,唯独在看向那个她时,他的眼神才温柔得足以溺死人……

身份:《深情王爷:追捕俏逃妃》男主角。司马王朝权势滔天的王爷,冷酷无情,自诩从不为女人所动容,然而不知道从什么时候起,他却发现自己的目光情不自禁停驻在了那个独特的人身上……

大段的原文描述看得钟洱冰阵阵牙酸,连忙把目光下移。

拥有技能:霸主之气。

这个技能也被不怎么重视地放在了攻略的最后。

霸主之气:很常见的技能,没什么大用,类似"冰冷凝视"或者"冷厉眼神"之类的恐吓类技能。遇到这个技能的主人也不要太灰心哦!还可以去官网买份技能书给你的男主角用哦!

怎么又是一个不怎么有用的男主角?

钟洱冰无精打采地打开了男主角的开关,努力地安慰自己——至少,这

个新男主角长得很好看。

开关按下,司马傲天长长的睫毛颤了颤,慢动作一般睁开了眼睛。一睁眼,紫水晶般的眼睛光华四溢,美得如梦如幻,随即,他对上了钟洱冰的"灼热"的视线。

双目对视几秒,然而,初醒的迷茫后,他狭长的眸子中却流露出一丝毫不掩饰的厌恶。

厌恶?

虽然有些惊讶,但钟洱冰依然视若无睹,拿起一边的剪刀打算剪下他脖子下的吊牌,然而下一刻,靠近他脖子的手却被对方如临大敌般地拍开。

钟洱冰本以为他认为自己是刺客,思索了一下,正准备解释……

没想到司马傲天冷冷地看着她,睥睨的眼神仿佛在看着一只不自量力的蝼蚁,他厉声喝道:"别碰我!"

钟洱冰无语了。

司马傲天摸了摸自己的袖口,在钟洱冰茫然的眼神中从袖子里小心翼翼地掏出一小卷画轴,充满爱恋地抚摸着。

钟洱冰嘴角抽搐了一下,不着痕迹地把手中的剪刀握得更紧了几分,因为她觉得自己好像被分到了一个新的神经病男主角。

下一刻,司马傲天忽然缓缓地展开画轴,递到钟洱冰面前。

画上是一个娇俏的古装少女,钟洱冰刚看了一眼,司马傲天就迫不及待地收了起来,飞快地塞回自己的袖子里,然后趾高气昂地对钟洱冰说道:"看到了吗?她才是我爱的女人,你只是个替身,别妄想我会爱上你!"

震耳的咆哮犹在耳边回荡,司马傲天依然是那副睥睨不屑的模样,似乎连一个眼角余光都舍不得留给钟洱冰。

钟洱冰只是冷笑一声,随即直接抬手,砸在他的开关上。

司马傲天当然下意识地想反抗,却因为没有想到这个原本对他"满眼爱慕"的女人会忽然对他下这样的毒手,所以防备已晚,只觉眼前一黑,便陷入昏睡状态。

再度醒来,映入他眼帘的是懒洋洋坐在沙发上,"嘎吱嘎吱"啃苹果的钟洱冰。

"醒了?"

仿佛察觉到了什么,钟洱冰的头朝他的方向偏了偏,对他寒光四射的眸

子视若无睹,而是跷着腿,云淡风轻地说道:"正好跟你说一声,我刚才给你改了个名字。"

一种不祥的预感油然而生,司马傲天不想和她说话,直接翻出自己身上的身份卡,颤抖地用手打开。

下一刻,上面的名字深深地刺痛了他的眼睛,他的手一抖,身份卡便掉在了地上。

钟洱冰啃了一口苹果,笑眯眯、口齿清晰地唤他:"司马二狗子。"

听到她的声音,司马傲天这才从恍惚中回过神来,如梦初醒一般瞪向她,怒不可遏:"这是什么名字?本王不接受!"

"不接受?"钟洱冰挑起眉,抱臂冷笑,"恐怕不行。"

司马傲天暴怒:"怎么不行?本王可是名为司马……二狗……"

尽管内心对这个名字百般抗拒,然而不知道为什么,司马傲天脱口而出的却是这个糟糕透顶的名字。

他蓦地停口,惊疑不定地瞪着钟洱冰,紫眸中燃起了熊熊怒火。

"身为定制男主角,是无法反抗系统设定的。"钟洱冰好心地为他解惑。

"你……你这个恶毒的女魔头!"

司马傲天咬牙切齿,怒火滔天,可是他的愤怒似乎完全没有对钟洱冰造成任何影响。最终,在一番单方面的无声眼神厮杀后,他还是不得不委委屈屈地接受了这个耻辱的名字。

被迫屈从于系统规则,自始至终,司马傲天投向钟洱冰的眼神都带着冰冷的敌意。

察觉到他不善的视线,眯了眯眼,钟洱冰精准地把苹果核扔进垃圾桶里,站起来伸了个懒腰:"既然没有疑问了,我们去超市吧。"

"超市?"

"超市?"

司马傲天吃惊地连问了两声,钟洱冰懒得理他,他却因此更加愤怒,不敢置信地咆哮道:"什么?你让本王去超市,和那群庶民挤在一起?"

除非部分想亲自体验培养"古穿今"男主角的顾客特别要求,大多数男主角一出厂就被输入了现代日常生活的相关概念,因此,并不会对"超市"这样的现代名词感到陌生。

钟洱冰用湿纸巾细细地擦着手上残余的苹果汁,眼风扫去,似笑非笑:"怎

么？你想改名叫欧阳屠夫？丶"

司马傲天沉默不语。

在忍耐和连姓氏都被换掉之间，司马傲天经过痛苦的挣扎，终于还是做出了暂时屈服于现实的艰难决定。

虽说勉为其难地跟来了超市，司马傲天却始终阴沉着脸，努力地把自己隐藏在人最少的地方，一有机会就拼命地往角落缩。

尽管他出色的容貌异常惹眼，但那冰寒彻骨的眼神却生生冻住了想要过来搭讪的人的步伐。

即使没有受到太多的打扰，司马傲天还是觉得处处不满意。

这充满了"庶民"气息、又脏又乱的地方让他痛苦得简直喘不过气来，只好一千次一万次地通过诅咒钟洱冰来让自己的心情稍稍平复。

正在他痛苦不堪的时候，一个白衣飘飘的身影从他身边掠过，从对方的身上似乎还隐约飘来一阵淡淡的清香。

司马傲天不知不觉地屏住呼吸。

他忽然想起第一次和王妃见面的情形……

那时，王妃也是一身白衣飘飘，如同不食人间烟火的谪仙一般惹人注目。

回忆起"过去"，他的眼神有些恍惚，然而并没过去几秒，他就如梦初醒一般，忽然拔腿朝那个人影追了过去。

尽管他的设定中有"武艺高强"的属性，然而轻功、武功、暗器之类的技能，出于社会安全考虑并没有能够成功地在定制男主角身上实现。

因此司马傲天也就比普通女性跑得稍微快一些，甚至因为身份矜贵，他连出门都极少。

所以追那个疑似他的王妃的女人时，他们之间的距离缩小得很慢。不知不觉间他就追着她出了超市，追过了大街，直至……广场。

伴随着嘈杂的音乐声，一群舞动着扇子的广场舞大妈阻碍了他的视线。他心急如焚地在她们之间穿梭着，换来了阵阵抱怨声，却始终找不到那抹熟悉的身影。

正在他打算失望而归的时候，一抹熟悉的身影一晃而过，他欣喜若狂地冲上前，却在对方回过头的那一刻整个人都呆住了——

对方……对方居然是一个一脸凶相的大婶！

司马傲天瞠目结舌，只觉自己的心都要碎掉了。

第三章 深情王爷

"我早就发现你了!跟了一路,老实说,你想干什么?"白衣大婶抓起一把扇子,凶神恶煞般在他眼前挥舞着,好几次差点儿戳到他的鼻子。

司马傲天嘴角抽搐,还没从这认错心上人的打击中回过神,就不得不为自己的清白做出辩解:"这是个误会,本王……"

话音未落,大婶就不屑地翻了个白眼,不容置疑地说道:"别狡辩了,我看你就是不正常!"

此话一落,周围的广场舞大妈们不由得同仇敌忾起来,纷纷向他投来了不善的眼神。

她们的目光让司马傲天全身的汗毛一下子竖了起来,仿佛察觉到某种危险的信号,他飞快地说道:"你们听本王,不,你们听我解释,其实……"

然而这群大妈却不顾他苍白的辩解,在白衣大妈的带领下,不分青红皂白地把他一顿揍。

单方面地被围殴的过程中,他颈间专属清水公司定制男主角的标志不经意间露了出来,毕竟曾经是盛极一时的大公司、定制男主角业务的开创者,这个标志几乎遍地都是,大妈们一眼便认了出来。

然而,她们看到不但没有丝毫收敛的迹象,反而鄙夷地议论道。

"我说呢……我算知道那什么清水公司的定制男主角业务为什么走下坡路了,原来都是这种质量!"

"再也不买清水公司的东西了!"

"哼,这种无良商家就该曝光!"

"我们这就去清水公司门口拉个横幅曝光他们的丑恶行径!"

"那我去发个帖子!"

"我要去告诉我隔壁的陈大妈!"

大妈们说行动就行动,风风火火地走了。

只剩司马傲天衣冠不整、鼻青脸肿地躺在地上,只觉得生无可恋。

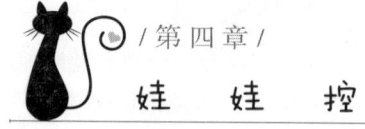

/ 第四章 /

娃 娃 控

司马傲天拖着沉重的脚步,无精打采地回到钟洱冰家所在的小区,却在楼下看到女魔头正在和一个穿着白裙子的少女聊天。

白衣少女那张熟悉的侧脸映入眼帘,司马傲天浑身一震,眼睛发直。

这张脸……那一颦一笑的样子,那柔和美丽的面部线条,分明是……

司马傲天呆呆地看了几秒,蓦地回过神,赶紧亡羊补牢地整理了一下衣服,然后左摸摸右摸摸,不知从哪里摸出一把描金的扇子,接着迈着霸气无比的步伐走到了白裙少女的身边,自觉温文尔雅地扇了两下,装腔作势地说道:"这位姑娘看起来似曾相识。"

白裙少女止住了话题,向他投来一个询问的眼神。

那正脸映入眼帘,更是让司马傲天心跳加快,眼睛灼灼闪亮。

一模一样!这个少女竟然和他的王妃长得一模一样!就连脸颊上那颗小小的痣都生在一处,更为本就娇俏的少女添了几分可爱。

如果这辈子真的见不到自己的王妃的话,找这么一个替身也……

司马傲天心怀鬼胎地想着,脸上的笑意加深,打算做一个风度翩翩的自我介绍:"在下,司马……"刚吐出几个字,脸上的笑容忽然凝固。

对了……自己的名字已经被那个女魔头改成了……

剩下的字怎么都吐不出来,他的脸一阵青一阵白,只觉得平生从未受到过这种奇耻大辱!

见他一副难以启齿的样子,钟洱冰好心地接道:"二狗子。"

白玥光无语了。

犹豫了半天,想要找一个文雅的方式将这个该死的名字说出口的司马傲天只觉得一阵气血翻涌,不由得对钟洱冰怒目而视。

然而眼前更重要的是——

司马傲天心中绝望,却努力地想挽救自己濒临破灭的形象:"这个名字其实是……"

第四章 娃娃控

他犹豫地看向钟洱冰,生怕自己供出她后遭到更难以接受的报复。

没想到,钟洱冰却一口承认:"我取的。"

司马傲天惊讶之后便是大喜,然而,他心中的喜悦还来不及表现出来,就见白裙少女崇拜地看向钟洱冰:"原来是洱冰姐取的,难怪这么好听!"

司马傲天:简直是在一本正经地胡说八道!

司马傲天石化的样子并没有给另外二人造成任何困扰,而另外二人也似乎完全没觉得这段对话有什么问题,一本正经地睁眼说着瞎话。

"嗯,有眼光。"对于白玥光的评价,钟洱冰颔首评价。

"是吗是吗?"白玥光眼睛一亮,喜滋滋地问道。

看着白玥光对着钟洱冰笑靥如花的样子,竟然是自己从没见过的温柔,司马傲天在旁又气又恨。

一瞬间所有的理智都被妒火烧得一干二净,他红着眼睛向钟洱冰扑去,口中咆哮道:"你这个该死的女人,不要对我的……"

"啊!你想干什么?"惊觉他动作的白玥光大喊一声,然后条件反射地一脚踹去,正中司马傲天的腹部。

别看白玥光一副弱柳扶风的样子,力气却出乎意料地大,这一脚直接把司马傲天踹翻在地,还滚出去很远。

司马傲天狼狈地滚了几圈,觉得浑身都痛。然而,这都比不上他的心痛。

那张写满厌恶的脸是那么熟悉又陌生,他呆呆地看着,脑海中不由自主地浮现出很多他与王妃的回忆……

其实,他和王妃虽然感情很好,却常常发生争执。

他不明白!明明王妃曾经是那样温柔善良的人,为什么与他成婚后却变成了那样心狠手辣的人,总是对自己柔弱的侧妃下毒手。

每当侧妃哭着求自己主持公道时,他都左右为难,但念在旧情上,每次都对王妃小惩大诫。

可是,王妃却不能领会他对她的一片深情,每次发生类似的争执时,总是用这样充满厌恶、悲伤甚至怨恨的眼神看他,让他总觉得是自己做错了……

记忆中的脸与面前的重合,司马傲天已然分不清什么是回忆,什么是现实,只觉得这样的目光让他痛彻心扉。

"玥光……"他倒在地上,捂着腹部喃喃,用一种被"背叛"的哀痛眼神看着白玥光。

注意到司马傲天分明不知道白玥光的名字，却发出了正确的读音，钟洱冰若有所思，猜测大概他的王妃也叫这个名字……也不知道是不是巧合。

在她思考之余，无意识落在他脸上的目光，却被满心怨恨的司马傲天解读出了"幸灾乐祸"的情绪。他心里掠过一丝恍然，不由得发出一声充满怨恨的咆哮："一定是你！"

这句话脱口而出的一瞬间，种种不合理的现象仿佛都有了合理的解释——

这个神似王妃的少女对他毫无原因的厌恶，明明一看就是温柔如水的少女竟然会对他这样无情……

一定是钟洱冰搞的鬼！一定是她嫉妒自己对王妃的爱，所以才做出种种妄图破坏他们二人之间情义的事！

而这个和王妃一模一样的少女，一定是受了钟洱冰的蒙蔽！

冰冷的视线落在钟洱冰身上，他挣扎着起身，觉得都是这个恶毒的女人把他温柔如水的王妃教唆成这样的！

"你有完没完？"白玥光皱起秀眉，觉得他像只苍蝇一样吵个没完简直烦透了，毫不犹豫地又是一脚踹去，抱怨道："洱冰姐，你真该去退货的！"

钟洱冰欲言又止，"怯生生"地瞟了司马傲天一眼，似乎有些害怕。

白玥光眸中闪过一丝疑惑，心里一动，厌恶的目光扫向捂着腹部的司马傲天："慢着，作为定制男主角居然试图攻击主人，难道不该受到惩罚吗？"

"可是……"钟洱冰似乎一惊，随即满脸的为难和不忍。

白玥光无奈地叹了口气，摇了摇她的手臂，语气中带着几分柔软的责怪："洱冰姐，不过是男主角而已，再说退货的可能性太低，要是不好好教导，以后让你受伤了怎么办？看他现在对你这样怨恨，如果不趁机立威，说不定以后会对你不利！"

"不然……"钟洱冰满脸犹豫不决，试探性地问道，"要不……我今天不让他进门了，让他在垃圾堆旁边住一晚上？"

白玥光勉强接受，就这样，她还很不满意，柔声细气地感叹道："洱冰姐，你就是太善良了！"

"噗……"听到这句话后，司马傲天只觉得一阵气血翻涌，一口血喷出，眼前一黑，陷入昏迷中。

用脚尖踢了踢双目紧闭的司马傲天，白玥光满意地点了点头，对自己的慧眼如炬十分欣慰："瞧，他知道自己的阴谋败露，急火攻心气晕了。"

第四章 娃娃控

夜晚，月光凉如水，无声地落在司马傲天和他身边的垃圾堆上。

被广场舞大妈暴打后，又因白玥光在地上滚了半天，司马傲天气宇轩昂的样子已经不复存在，反而衣服破烂、头发散乱，看起来和乞丐无异。

他气鼓鼓地坐在垃圾堆旁边，一边啃着冷掉的馒头，一边伤心地抹着眼泪，只觉得自己对白玥光的满心爱恋被她弃之如敝屣。

更让他伤心的是——自己堂堂司马王朝权势滔天的王爷司马傲天，竟然沦落到这种住在垃圾堆、吃着冷馒头的地步。

小山般高高堆起的垃圾远远闻着都觉得臭气熏天，更不要说直接坐在这里了，然而周围的一片区域，唯独这里有一个脏兮兮的沙发勉强可以靠一靠。

回忆起和王妃的种种，再回想起今天所遭遇的一切，正在司马傲天长吁短叹，只觉得自己命途多舛时，视线中忽然映入了一个破旧的玩偶。

虽然脏兮兮的，但玩偶有着白白的大脸，黑黑的大眼睛，头上还有一个粉嫩嫩的蝴蝶结。它安静地躺在那里，不会和他吵架，也不会对他冷嘲热讽。

最重要的是，它长得还那样可爱。

司马傲天看着洋娃娃，觉得心里有一朵花悄然绽放，他情不自禁地伸出手，把娃娃捡了起来，紧紧地抱在了怀里……

次日清早，钟洱冰打着哈欠，在垃圾堆旁捡回了蜷成一团睡着，脸上还挂着委屈的泪珠的司马傲天。

不知道是不是错觉，她总觉得司马傲天身上有什么不对劲儿，她想了想，查看他的信息，惊讶地发现他的属性大幅度削弱，还出现了两个负面状态：

不堪回首、不为人知、受伤的过去。

冰冷的夜晚独自舔舐伤口的孤狼般坚强的男人。

钟洱冰十分无语。

回到家，钟洱冰直接把包得严严实实的司马傲天扔进浴缸，钟洱冰正准备打开他的开关让他把自己弄干净时，忽然发现水面上浮起了什么东西，似乎是从司马傲天身上掉出来的。

"咦？这是什么？"她拈起那张纸条的一角，凑近打算看清楚，却惊讶地发现纸条粘在他的背上，扯不下来。

打了说明书上的客服电话若干次都无法接通后，钟洱冰捂着鼻子，把司马傲天重新装回了一个大袋子里，然后连拖带拽地拖着他往楼下走去。

气喘吁吁地走到店门口,她放下司马傲天,擦了擦头上的汗,看向店中那个上次退货时见过的店员:"请问……"

见她面色不善,手中还提着一个形状像人的袋子,店员猛地打了个哆嗦。

难道……她的瞳孔紧缩,面色如土,赶紧伸手拉门,一边费力地拉着,一边还隔着半关的店门急匆匆地说道:"对……对不起!小姐,我们已经关门了!"

"等等,我只是……"钟洱冰擦汗的手放了下来,转头看看地上的司马傲天,又看了看面前的店员,说道:"我不是人贩子,我上次不是来过吗?这是在你们这里购买的……"

不知道是不是她的错觉,随着后半句话,店员关门的速度更快了。

"小姐,我们真的关门了!"店员带着哭腔飞快地说道,然后"唰啦"一声干脆利落地把门彻底关上了。

钟洱冰无奈极了。

不明白店员究竟为什么那么害怕自己,虽然没有找到答案心里有些失望,然而对方连店门都关掉了,钟洱冰再怎么想也无济于事了。

最终,她还是只能一头雾水地回到家里,重重地把司马傲天丢到浴缸里,然后打开开关让他把自己洗干净,自己则跑到客厅看电视去了。

从浴室出来时,司马傲天怀中竟然抱着一只破旧的凯蒂猫玩偶。

钟洱冰不由得一愣。

实际上,在之前把他运回来时她就注意到这个玩偶了,不过当时因为嫌他太脏懒得管。

虽然他怀中的娃娃不复一开始脏兮兮的样子,但结合之前的经历,钟洱冰还是不难想象它的来处。她不由得皱起眉:"你怎么会在垃圾堆里捡东西?垃圾堆里的东西细菌很多的,你……"

司马傲天却充耳不闻,一脸喜爱地看着怀中的凯蒂猫,视若珍宝地捧着,然后炫耀般兴致勃勃地对钟洱冰说道:"看,是不是长得很可爱……"

钟洱冰无奈地说道:"你还是丢掉吧!"

"丢掉?"自顾自沉浸在自己世界的司马傲天终于回过神,赏了她一个白眼。他倨傲地一笑,尽管穿得破破烂烂,身上却又流露出一开始见到时那种睥睨高傲的气息:"呵,你不必费尽心机地让我丢掉这个玩偶了,这么可爱的玩偶,比你讨喜多了!"

第四章 娃娃控

说到这里,他像是打量货物般上下扫视着钟洱冰,紫眸中流露出毫不掩饰的厌恶:"可惜,就算是这样,我也不会看上你的!"

钟洱冰:"呵。"

于是,司马傲天又在满脸的不敢置信中被无情地关掉了。刚刚把司马傲天拖到盒子边准备塞进去,一个欢快的声音就传入耳中——

"洱冰姐,你这是干什么去了?"

钟洱冰回过头,就见白玥光在门口探进小脑袋,满脸的问号。

她这才回想起刚才回来的时候,因为拖司马傲天进门后直接把他丢进浴室,所以忘了关门。

"哦,刚才我去把他捡回来了,玥光有事吗?进来说吧。"指了指司马傲天,钟洱冰微笑着说道。

白玥光脚步轻快地走进来,还体贴地关上了门。

钟洱冰把司马傲天放回盒子后还没有关上盒盖,白玥光进门后一眼就看到了他。昏迷中的司马傲天依然紧紧地抱着那只从垃圾堆里捡来的凯蒂猫,这一幕当然也落入了白玥光的视线。

白玥光先是好奇地看着,几秒后,她的眼神逐渐怪异起来,凑近去看那个娃娃,语气带着狐疑:"他……抱着一只凯蒂猫做什么?"

钟洱冰有些无奈:"不知道,今天捡他回来的时候就有了,刚才我把他关掉了,不然现在打开问一问?"

白玥光连连点头,目光依然若有所思地在司马傲天身上流连。

钟洱冰一边伸手去按开开关,一边若有所思地喃喃:"难道是……他其实像小女生一样喜欢玩布娃娃?"

"什么?喜欢玩布娃娃?"仿佛印证了心中的某个猜想一般,白玥光蓦地瞪大了眼睛,顿时花容失色,"一个大男人怎么会喜欢布娃娃啊?"

白玥光几乎是尖叫出声,声音正好传入初醒的司马傲天耳中。

司马傲天虽然醒来,却不明白发生了什么,但看到白玥光娇俏的小脸上深恶痛绝的表情,他敏锐地察觉到她的反感是针对自己的,赶紧辩解道:"这个……这个只是我从垃圾堆捡来的……"

白玥光闻言更是大怒,提起手中的包把司马傲天打得鼻血横流后,娇弱不堪地扑入钟洱冰怀中哭了起来:"一个大男人喜欢玩布娃娃还不够,还去垃圾堆找!那么脏,真恶心!洱冰姐,我好害怕,你要保护我!"

遭受到白玥光突如其来的撞击，钟洱冰差点儿被撞出内伤，不由得倒吸一口凉气，捂着胸口边咳边说道："好……好好说话。"

就连声音都不禁虚弱了几分。

听出她的声音不对，白玥光飞快地缩回头，惊讶地看着她痛苦的样子，神情焦急："洱冰姐，你怎么了？"

钟洱冰只摆了摆手，无力回答。白玥光忽然想起了什么，转过头对捂着受伤鼻子的司马傲天怒目而视："说，是不是你把洱冰姐姐气成这样的？"

司马傲天委屈极了。

"洱冰姐都被你气得心口疼了，你真是太过分了！"

司马傲天觉得莫名其妙而导致的沉默，却因为他糟糕的声誉，被白玥光理所当然地视为默认。

白玥光十分生气，又把司马傲天暴揍了一顿，然后才想起了什么一般看向钟洱冰："对了，洱冰姐，你去捡他回来花了这么久的时间呀？"

"没有，是我今天去店里……"钟洱冰把来龙去脉告诉了白玥光。白玥光在司马傲天身上翻到了那张纸，先是和钟洱冰一样想要把它弄下来，却怎么都撕不下来，反而把司马傲天痛得龇牙咧嘴。

她视若无睹，开始尝试起各种工具，然而剪刀等工具也并没有带来任何帮助，最终还是放弃了。她拉着纸左看右看，然后摸着下巴思索："好像是……抽奖券？不然我们去问问店家吧。"

钟洱冰耸耸肩，有些无奈地说道："可是下面那家店关门了。"

白玥光一愣，眼神疑惑地看着她："没有呀，我上来时看到还开着呢。"

钟洱冰十分无语。

于是两个人，哦不，还有无论是身体还是心灵都伤痕累累，却压根儿没有得到疗伤机会，委委屈屈跟在两个人身后的司马傲天来到那家分店门口时，发现这家店再次开门了。

然而，刚才那个店员一看到钟洱冰就脸色一变，伸手打算关门。

只不过这一次，她没能如愿——

早有防备的钟洱冰迅速上前一步阻止了她："等等。"

被钟洱冰突然上前的动作吓了一跳，店员似乎以为钟洱冰要打她，赶紧捂住头缩在了柜台后。

钟洱冰又气又笑："我不打你，只是有点儿事想要问问你。"

第四章  娃娃控

过了好几秒，店员才小心翼翼地从柜台后探出头，半信半疑地问道："真的……不是来退货的？"

原本钟洱冰没有那种意思的，然而听到这个词，再扫了一眼旁边从头到尾阴沉着脸的司马傲天，她却是心里一动。

如果能趁机摆脱这个大麻烦……

似乎猜到了她的心思，店员如临大敌地看着她，指着上次钟洱冰来时才贴上的那张告示，飞快地说道："本店概不接受退货！"

"什么？"钟洱冰还没开口，白玥光却不高兴了，"我从来没听说有质量问题却不能退货的！"

店员脸上露出心虚的神情，却依然梗着脖子坚持道："我们店从来都没有退货的规矩，只能换不能退！"

"我们可以举报投诉的。"钟洱冰冷冰冰地说道。

店员缩了缩脑袋，似乎怕他们闹大了，以后业绩会更加糟糕，赶紧补充了一句："对了，为了补偿您的损失，您可以进行一次抽奖！"

"抽奖？"

"没错，我们的这个抽奖，可是百分之百中奖的！"店员见钟洱冰动心了，连忙再接再厉地诱惑道。

说是百分之百中奖，但钟洱冰再清楚不过，这种抽奖除了前几名奖励不错，后面的全都是一些奖品鸡肋的"参与奖"。

不知不觉间，她已经把心里话说出口。店员惊讶地睁大了眼睛："难道小姐您以前参加过类似的抽奖？"

话音刚落，她就摇摇头，自己便否定了："不可能，这样的抽奖，我们清水集团是第一个推出的！"

"怎么可能？这种抽奖明明很常见，比如……"说到这里，钟洱冰忽然停顿了一下。

不对，记忆中确实没有出现过类似的抽奖，那她究竟是从哪里来的似曾相识的感觉？

"我好像也听说过……"白玥光挠了挠头，眼神有一瞬的迷茫。

虽然不知道面前的人从什么途径知道这种抽奖的内幕，但小店员还是厚着脸皮说道："小姐，我们的抽奖一定和您以前接触过的都不一样，得到大奖的概率是很高的，说不定您一抽就抽个一等奖呢！"

"洱冰姐，我们试试吧，反正是免费的。"白玥光从思索中回过神儿，兴致勃勃地催促道。

既然这样……钟洱冰充满期待地把手放在了摇奖机的手柄上，往下一按。

不知道是钟洱冰今天运气太好，还是清水公司这个抽奖获奖概率高，她只是随便地摇出一串数字，就听到一个喜气洋洋的播报声："叮！恭喜您抽到一等奖！"

一等奖？

钟洱冰有些不敢相信，她的运气向来属于"幸运为负"级别，无论是游戏活动还是抽奖，几乎没抽到过什么好东西，没想到这次居然会得一等奖……

店员似乎也愣了一下，眸中掠过一抹若有所思的神色，一时间两个人都没有说话。

唯独白玥光没心没肺地摇着她的胳膊欢呼道："呀，洱冰姐，你运气真好呀！我都没抽到过一等奖！"

钟洱冰侧过头，敏感地注意到店员脸上有一瞬的古怪。

不过那抹情绪一闪即逝，店员很快就恢复如常，从抽屉里找出一张表格："请登记一下身份信息和地址，三天后我们将会把您的奖品寄到家里。"

于是，钟洱冰按捺下心中的狐疑，开始填写起了信息。

表格的构造十分简单，只有简单的姓名、身份证号、联系方式和住址等，钟洱冰一分多钟就填完了。

店员收好表，这才取出一种特制的药水，打算把抽奖券从司马傲天身上取下来。

没想到她的手刚碰到司马傲天，他就如临大敌地拍开她的手，一边用眼角余光瞄着白玥光的反应，一边倨傲地说道："你这种庶民别碰本王，要碰，只能让……"

他的目光刚悄悄飘向白玥光，就被钟洱冰面无表情地一巴掌拍在脑门儿上，直接关机了。

店员这才回过神来，心有余悸地看了一眼钟洱冰的手，战战兢兢地恭送她离开，似乎受到了很大的惊吓一般。

然而钟洱冰刚一走出店门，店员就飞快地冲到自己的桌子边打了一个电话："你们总部怎么回事？不是设定的百分之百不能抽到一等奖吗？什么？副总裁设定时又打盹儿了，以至于程序变成了百分之百一等奖……"

第四章 娃娃控

三天后，钟洱冰收到了清水公司的奖品。

奖品用一个精美的盒子装着，体积并不大。她打开之后，发现有一个小盒子、一张光碟以及一小团纸。

钟洱冰拿起了那团纸，发现是一份说明书，说明书的扉页是一段长长的介绍：此产品为本公司精心研制的镇店之宝（曾经的），功能齐全，兼具娱乐、学习、工作等功能，是您居家生活及出行旅游的不二选择……

这都是什么乱七八糟的？

除了一堆自吹自擂的废话，说明书上并没有透露任何有用的信息，还是要靠她自己摸索。

钟洱冰把说明书收好，不明所以地打开了那个精致的小盒子，发现里面有一个巴掌大的小人儿，双目紧闭，似乎在熟睡的样子。

钟洱冰下意识地伸出手指凑到小人儿的鼻子前，感受到没有鼻息后才回过神来，忍不住笑了笑。

那一瞬间，她居然真的以为这是个缩小版的人。

小人儿穿着现代简约风格的衣服，五官精致，不仅看起来像，触感亦如真人一般，捏一捏手感极好。

钟洱冰拿着小人儿翻来覆去地看。

这是什么？

伴手礼？玩具？

想到后一种可能时，钟洱冰本想捶几下试试，想想还是放弃了，开始认真地检查起小人儿来。

小人儿身上并没有像开关一样的印迹，只看到一个类似充电插孔的东西，另外，钟洱冰还在小人儿的背上找到了一排很小的字。

请在充足七七四十九天电后使用。

开什么玩笑？充四十九天的电真的不会爆炸吗？

一开始钟洱冰以为是谁的恶作剧，然而果真在盒子底部发现了充电器，证实了这并不是一个玩笑后，钟洱冰通过电话咨询，反复确认过后，才半信半疑地连接了电源。

接通电源后，小人儿蓦地睁开眼，眼冒红光，脸上的眼镜边框亮了起来。按照说明书上的说法，这正是充电中的标志，而充电完成的标志则是眼冒绿光。

钟洱冰把视线投向最后的东西——光碟，发现光碟背面附着一张小字条：

贴心小礼品，帮助您征服不听话男主角的不二选择！

钟洱冰只看了一眼，就不屑一顾地撕下纸条，把光碟丢在了一边。

说到男主角……今天把司马傲天扔出去买菜，怎么还没回来？

就在钟洱冰惦念着司马傲天的时候，他正遭遇着大危机——

他觉得他心爱的王妃喜欢上别人了！

刚提着大包小包从菜场回来，司马傲天就在楼下看到了白玥光。

此时，她正和一个陌生的男人站在一起聊天，说了几句话后，那个男人忽然把手中的花递给了白玥光。更让他难以置信的是，白玥光居然接过了花，含羞带怯地微微一笑。这下子，司马傲天更是气坏了。

看那男人贼眉鼠眼的样子，一定不是什么好人！

司马傲天在旁边看得满心妒火，终于还是按捺不住自己的愤怒情绪，冲上前一把抢过花摔在地上，还重重地踩了几脚。

"你干什么？"两个人都被他的举动弄蒙了，送花的男人最先反应过来，没有贸然动手，只是面色不善地看着司马傲天，压抑着怒火质问道。

就连白玥光也敛了笑看着他，眉心颦蹙，面带不快。

两个人相似的神情让司马傲天更是不痛快，然而刚准备冷嘲热讽，他就对上了白玥光冷淡的眼神。

那看陌生人一样的眼神让司马傲天心中一痛，避开她的视线，他对着男人挑衅般地倨傲一笑，话却是对白玥光说的："不就是花吗？呵，我买一束更大的给你！"

花店就在不远处，没等那两个人开口，司马傲天就飞快地冲向了花店。

这家花店虽然规模不大，但种类不少，各种各样的花看得司马傲天眼花缭乱。

在店员的热情招待下，他精心挑选了十几种花，左看右看，十分满意，小心眼地暗自盘算着一定比那个家伙的大上好几圈。

美滋滋地幻想了一番白玥光看到花时脸上可能的惊喜反应，司马傲天抱着这一大束花，雄赳赳气昂昂地折回了战场。

没想到下一刻，他却被店员拦住了。

"你干什么？"司马傲天十分不耐烦，不住地朝外面张望着，生怕晚了半分钟白玥光就跟那个男人跑了。

店员不着痕迹地打量着他，眼神带了几分若有若无的狐疑，语气也不复

之前的热情："先生，您还没付钱呢。"

"钱？"司马傲天一惊之后，下意识地伸手摸了摸裤袋，然后脸色一变。

在店员越来越微妙的神情中，他终于如获至宝地从口袋缝隙掏出买菜剩下的几枚钢镚，一边暗骂着钟洱冰那个精打细算的小气鬼，一边小心翼翼地问道："够吗？"

店员深吸了一口气才忍住没骂出声，饶是如此，脸还是一下子拉了下来："先生，您不会是打算赖账吧？"

"买不起"这样的事，司马傲天还是第一次经历，他觉得很没面子，尽管尴尬得脖子都红了，却依然色厉内荏地叫嚣着："我怎么可能没钱？我可是堂堂……"

店员不为所动，不冷不热地说道："先生如果没有钱的话，请把花放回来吧。"

"不行，我……"

恰在这时，那个碍眼的男人带着白玥光不紧不慢地走了进来，看到这一幕，他目露讥讽，冷笑着说道："看你人模人样，没想到是个一事无成到连束花都买不起的家伙。"

"你……"

在白玥光面前被损了面子，司马傲天气得浑身发抖，却又无言以对。

男子审视的目光又落到了他的长头发和紫眼睛上，眼神中流露出明显的嫌弃："咦？你一定有个叫杀千刀的兄弟吧？"

虽然十分不想和他搭话，也明白他接下来说的一定不是什么好话，但出于好奇心的驱使，司马傲天还是忍不住问道："你这是什么意思？"

男子微微一笑，收回视线，语气和善地问道："你的英文名字是不是叫马特？姓氏是杀？"

什么？

脑海中一瞬间浮现出与这个词相关的一系列图片和概念，司马傲天的脸因愤怒而涨得通红。"胡说，我可是堂堂司马……"心里一跳，理智在拼命地阻止他，然而，口却比心快，"二狗子！"

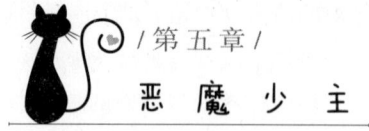

/第五章/
恶魔少主

"不,其实我……"话一出口,司马傲天就后悔不迭,他立刻面红耳赤地想要解释,然而头脑一片混乱,几个字根本未连贯成话,于是被理所当然地视为欲盖弥彰。果不其然,他遭到了一番狠狠的嘲笑。

不仅店员"扑哧"笑出声,那个男人更是哈哈大笑:"司马二狗子?品位不俗啊!"

白玥光并没有留意到他语气中的嘲讽意味,想起这个名字是钟洱冰取的,连忙点头附和道:"就是就是。"

司马傲天难以置信地看向"无情"的白玥光,她的话被司马傲天当成了冷嘲热讽,而她附和的举动更是被他当作了夫唱妇随。

想到这里,他的脸一阵青一阵白,心如刀绞,却再说不出半句话,只能眼睁睁地看着这对无情的男女扬长而去。

在上楼的过程中,司马傲天脑海中不断回放着白玥光无情的话语和举动,他自然舍不得把过错推到这个和王妃一模一样的白玥光身上。

于是他果断地把一切归结为钟洱冰和那个男人的错,而他的白玥光,一定是因为单纯、不谙世事才会受到这两个人的蒙骗!

满腹怨气地回到家,司马傲天决定好好和钟洱冰"谈判",让她充分地感受一下自己身为司马王朝王爷的威严。

然而刚一进门,桌子上安静地靠着台历的凯蒂猫就映入眼帘,他的目光一下子如同钉在了上面一般拔不下来,心里的戾气也莫名地渐渐消散。

果然,这种不会说话的玩偶娃娃才是小天使!

凯蒂猫依然和第一次见到它时一样,有着白白的大胖脸,黑豆一样的眼睛天真无邪,虽然它不会说话,却像一个安静而体贴的听众一样,不会对着他大吼大叫,也不会用失望的眼神看着他。

司马傲天看着看着,眼神忽然恍惚起来。

这样一个小小的玩偶被孤零零地放在这个藏满污垢的地方,看起来实在

第五章 恶魔少主

是太孤独了，司马傲天仿佛在它的身上看到了曾经同样孤独的自己……

惆怅之中，司马傲天忽然心里一动，对了，他可以再去买几个娃娃来陪伴它！这样一来，不仅是它不再孤独，自己的心里也会得到很大的慰藉！

这么一想，他立刻下意识地把手伸向衣襟处想拿出钱袋，然而他在衣襟处摸了半天，却一如既往只掏出几枚钢镚。钢镚静静地躺在他的手心，闪烁着冰冷的光芒，好像在无情地嘲笑他一样。

司马傲天狠狠地瞪着那几枚钢镚，去买花时发生的耻辱的一幕不由得在脑海中再度浮现，他咬牙切齿地把钢镚扔到地上——都怪钟洱冰那个抠门儿的家伙！

可是，难道就要因为这样一点儿小小的挫折而放弃吗？

看着孤苦伶仃的凯蒂猫，司马傲天深深地叹了口气，眼睛里流露出坚定的神色——不，他还有别的办法！

司马傲天所谓的"办法"，当然就是垃圾桶了。垃圾桶这样的地方，虽然被很多人嫌弃，但只要有心，却也能够有很多收获——比如捡到很多被抛弃的娃娃。

虽然手里一直没有什么钱，但司马傲天通过每天翻垃圾桶这个途径，很快就捡到了很多被丢掉的娃娃。

虽然这些布偶娃娃都脏兮兮的，但司马傲天依然如获至宝。

每一天，他都偷偷剪家里的衣服，或者到处搜刮掉在角落的纽扣和碎布条来给娃娃们做衣服。

看着娃娃们穿着他手工缝制的衣服，一下子从野生变成家养的模样，司马傲天心里油然生出一种满足感。于是，他更加积极地去翻各个垃圾桶，誓要把所有被抛弃的娃娃全部带回家。

他这样要么出门乱逛，要么整天鬼鬼祟祟地缩在房间里不知道做什么，钟洱冰当然觉得很可疑……

然而司马傲天把自己的小秘密保护得很好，哪怕出门都把门锁得好好的，一直没被她抓到。

又一天，司马傲天大晚上才从外面回来。他的衣服鼓鼓囊囊的，塞满了捡到的娃娃，看起来筋疲力尽，眼睛里却闪动着心满意足的光芒。

他一进门，就贼眉鼠眼地东看西看，确定了钟洱冰不在后，才蹑手蹑脚地想要溜回自己的房间……

没想到刚走到房间门口,就听到钟洱冰那噩梦一样的声音:"你怎么又回来得这么晚?你究竟做什么去了?"

司马傲天立马站直堵在了自己门口,色厉内荏地说道:"我当然做正事去了,你这种肤浅的女人是不会理解的!"

钟洱冰往他身后望了望,佯装若无其事地说道:"是这样的,你好像从没打扫过房间,我打算去……"

"等等!"

司马傲天闻言,差点儿惊跳起来,他如临大敌地看着钟洱冰,说道:"男女授受不亲知道吗?你身为女子怎么可以这样擅闯男人的房间?"

"我……"

说着说着,原本还有些心虚的司马傲天挺了挺胸,理直气壮地说:"我是不会纵容你这样的行为的!我自己会打扫!"

没办法用武力镇压司马傲天,也因为他的严防死守,钟洱冰没机会打探到他的秘密。在司马傲天承诺自己一定会好好打扫自己的房间后,钟洱冰只得万般无奈地放弃了进他房间一探究竟的冲动。

好在他虽然整天神神秘秘的,却总是能按时交上房租和生活费,于是钟洱冰决定不管他了。

没有了钟洱冰的干预,司马傲天终于可以放心地大展拳脚了。

于是,他不仅整天自得其乐地做衣服,还偶尔在贴吧上接单给别的玩偶爱好者做玩偶衣服——交给钟洱冰的房租就是这么来的。

每一天,他都生活得充实快乐,觉得自己找到了真正的生活目标——他想要当一个玩偶设计师,专门给可爱的洋娃娃设计它们的服饰!

然而,虽然已经确定了自己的梦想,新的烦恼又产生了……

由于接的订单越来越多,司马傲天的房间堆满了各种材料,而随着他赚的钱越来越多,他已经不需要辛苦地每天去搜刮垃圾桶,而是可以自由地买娃娃了。

纵然如此,他原本在垃圾桶里捡的那些娃娃依然是他的心头宝,他一个都舍不得丢掉。可是这样一来,他那个小小的房间便已经装不下这么多心头宝了……

司马傲天整日苦思冥想,忽然有一天灵光一闪,眼睛不由得瞄向了自己房间以外的地方……正好,钟洱冰那个女魔王出差去了,真是天赐良机!

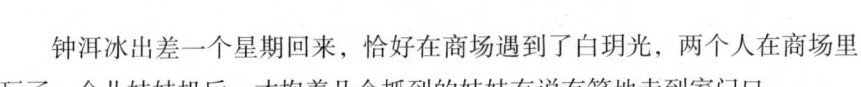

第五章 恶魔少主

钟洱冰出差一个星期回来,恰好在商场遇到了白玥光,两个人在商场里玩了一会儿娃娃机后,才抱着几个抓到的娃娃有说有笑地走到家门口。

钟洱冰轻车熟路地拿出钥匙开门,然而一进门,两个人都惊呆了——

明明离开没多久,整个屋子看起来却是灰扑扑的,似乎被闲置了好几个月。

她们刚踏进门一步,就不断有灰尘飘进两个人嘴里,两个人被呛得连连咳嗽:"呸呸,怎么到处都是灰?"

不仅如此,客厅里的沙发、茶几上,还摆放着很多黑乎乎的娃娃,整个客厅现在看起来就像一个垃圾回收站。

"咳咳,究竟是怎么……"话音落下的下一秒,忽然有什么东西从白玥光的视线里掠过,她尖叫一声,被恶心得干呕了几下,"天哪!居然有跳蚤,洱冰姐,你究竟有多久没打扫卫生了?"

"我明明……等等,我知道了!"

钟洱冰先是一头雾水,很快就想起了什么,眼睛一眯,脑子里第一时间锁定了嫌疑人——一定是司马傲天那家伙!

她当即挽起衣袖,气冲冲地去找司马傲天算账。

这一次,她可顾不上敲门的礼节和什么男女授受不亲了,气急败坏地大力推开门,刚准备开口质问,却见一个星期前算得上光鲜靓丽的司马傲天,此时一副灰头土脸的模样,正痛苦不堪地在床上翻滚。

这是怎么了?钟洱冰吓了一跳,心里的怒火也随之消散了几分,刚准备好心地关心几句,司马傲天看到她,却满脸愤恨地恶人先告状:"我浑身都好痒!你这个恶毒的女人,是不是对我下了什么诅咒?"

尽管他看起来似乎得了什么重病,听到这话的白玥光还是从钟洱冰身后探出头,不快地反驳:"你胡说八道什么呀,怎么可以这么说洱冰姐?"

听到白玥光的声音,司马傲天连忙收起狰狞的神情,满目柔情地看向她:"玥光,你别被这个女人欺骗了,她其实……"

后半句话尚未说出口,他的目光忽然一动不动,愣愣地望向钟洱冰的怀里,道:"那是什么……"

钟洱冰低头一看,发现是刚才她和白玥光在娃娃机抓到的几个布娃娃,想起司马傲天的特殊爱好,她刚准备说"你想要就送你",司马傲天却忽然大喊一声:"那个布娃娃是我的!"并向她扑来。

司马傲天此时的样子看起来像走火入魔了一样,然而钟洱冰和白玥光对他的威胁无动于衷，他的攻击只换来了钟洱冰干脆利落的一个窝心踢。

收回脚，看都没看在地上号叫着滚了几圈的司马傲天，钟洱冰皱眉苦恼地抱怨道："怎么又发疯了？是不是真的不正常了？看来应该把他和他的那些收藏品隔离一下。"

白玥光偷偷踢了他一脚，点头附和道："没错，必须统统丢掉！"

司马傲天白眼一翻，昏了过去，这大概就是传说中的——急火攻心。

白玥光捂着鼻子小心翼翼地凑上前，仔细地打量了他一番，发现他的电源处一闪一闪的，惊慌失措地说道："洱冰姐！他好像死机啦！"

"别急，我打电话给售后！"

钟洱冰叹了口气，翻出说明书打电话给售后客服，客服听了她的描述后，沉吟片刻，亲切有礼地承诺公司很快就会派人上门维修。

原本对清水公司的信誉度不怎么抱希望，没想到这一次，清水公司的人真的很快就上门了——正是有过数面之缘的副总裁。

他带着大包小包工具匆忙赶上门，一进门顾不上喝口水，就迫不及待地冲到司马傲天的旁边开始检查起来："咦！他身上好像多了一种状态……"

这熟悉的情形让他心里犯起了嘀咕，抬起头狐疑地瞄了钟洱冰一眼，却在白玥光的怒目而视中收回了眼神。

"咳咳，那个，我看看啊……"

"这种状态叫……少女心？这是一个出现在女主角身上的状态，拥有这种状态的女主角通常满脑子浪漫幻想，喜欢洋娃娃和各种漂亮的小裙子……"

念着念着，副总裁的声音越来越低，额头上冒出了心虚的冷汗。

白玥光瞪大了眼睛："这……这种状态究竟是怎么来的？"

副总裁也是十分摸不着头脑，他仔细检查了一番后，恍然大悟："啊……原来是这样！"

他清了清嗓子，一本正经地念着检测系统上面的描述："因为一直以来都被当成王府的顶梁柱，妻妾之间相处又不和睦，没有地方可以倾诉自己的脆弱，而成为定制男主角后，由于遭到强力镇压，他的满腔心事更是无处诉说，所以长久以来，他的心理发生了变异，便衍生出了这种奇怪的状态……"

钟洱冰不放心地问道："那究竟什么时候能恢复正常呢？"

副总裁装模作样地假咳了一声："这个好像无法修复，只能丢进废弃男主角通道了……"

第五章　恶魔少主

"你说什么？"钟洱冰的声音突然高了几个调。

副总裁心虚地瑟缩了一下，眼珠乱转："那个……总之，下一个男主角很快就会给您送来的！"

"喂，可是……"还没等钟洱冰说完，副总裁就像兔子一样跳了起来，先是把抱着布娃娃的司马傲天大力一甩扛在了肩上，然后迈着小短腿飞快地跑出了门。钟洱冰这才注意到，这家伙不知道什么时候已经偷偷溜到了门边，还把门打开了。

直到确定离开了钟洱冰的攻击范围，副总裁才回头大声地喊道："我们的男主角发放系统升级了，下一个男主角一定会给您很大的惊喜的！"

"怎么有这种公司呀？"白玥光气得跺了跺脚，"洱冰姐，我去把他追回来！"

"算了。"钟洱冰按了按眉心，"估计已经来不及了，先看看下一个男主角什么样子吧。"

话虽这么说，但想到副总裁最后的话，不知道为什么，她的心里却生出一丝不好的预感……

司马傲天被退回去了，钟洱冰不得不开始自己买菜做饭。由于时间有些晚，她决定抄近路去超市。这条小路因为狭窄而且泥泞，走的人比较少。

走到半路上时，钟洱冰远远地看到地上横着一个障碍物。

她好奇地走近一看，惊讶地发现那竟然是一个浑身是灰的人，不由得吓了一跳。当目光触及那个"灰人"的一刻，钟洱冰先是一蒙，随即不着痕迹地环顾四周，并没有发现什么可疑的人存在。

不过谨慎起见，她还是装作吓坏的样子，然后神情惊慌地跑掉。直到跑到一个僻静的地方，她才留意着周围，然后收起惊慌失措的神情，换了张新卡报警，并且打了急救电话。

挂掉电话后，她把电话卡掰成两半一扔，然后也不去买菜，直接回家了。

回家的路上，她回想起刚才见到的事情，忽然觉得有种似曾相识的感觉，又走了几步后，她后知后觉地想起这就是小说里的情节！

想起小说里那些半夜三更遇到个浑身是血的男人，然后把他偷偷带回家的善良女主角，钟洱冰由衷佩服她们的勇气。

钟洱冰刚回到家，就有一个陌生的号码打了进来。

她一边开电视，一边接通了电话，还没来得及开口，电话另一端就传来

了一个气急败坏的声音:"你怎么能见死不救?"

这个声音有些耳熟,钟洱冰很快反应过来是清水公司副总裁。

虽然不知道他为什么会知道刚才的事,但她还是理直气壮地说道:"这种地方通常都是打劫的高发地,作为一个单身的女孩子,不应该有所防备吗?再说了,看他这副可疑的模样,说不定还是个通缉犯!"

副总裁一时语塞,之后,叹了口气道:"那……为什么要报警?"

"难道遇到危险,不该报警吗?"钟洱冰不假思索地反问。

副总裁沉默了半晌,有气无力地说:"那可是你的新男主角呀!我还因为浪费警力被罚了一大笔钱!"说到这里,他眼泪都要掉下来了。

钟洱冰沉默了几秒,说:"哦,那我去把他捡回家。"

"不用了,十分钟前他已经因为失血过多挂掉了。"

又一阵沉默后,副总裁强打起精神再次开口:"我们已经把2.0版放在同样的位置了,你去取一下吧。"

"怎么不直接寄过来,要弄这么多花样?"

"这是设计部新的创意,这样容易让男主角对主人产生依赖感,能够更好地为主人服务。"副总裁喜滋滋地说道。

挂了电话后,钟洱冰想起副总裁说以后男主角的出现方式也都是随机的,只觉得头都大了一圈。

把2.0版男主角捡回来后,钟洱冰直接把他丢到浴缸里放好水,等他醒来自己洗干净。

然而她刚走出浴室,身后却响起了警报声,与此同时,还有一个平淡无波的声音响起:"您的男主角濒临死亡,无法自己完成任务。"

钟洱冰慢吞吞地转过身,居高临下地瞪着浴室里安静沉睡的少年,忽然想起了什么一般,在他被脱下的衣服里翻了翻,果然在他身上翻到一盒特效药。

特效药还附着一份说明书:此药为男主角专用特效药,服下后十分钟之内生效。当然,您也可以选择不用特效药,享受亲自照料男主角的乐趣,这样可以让他对您产生依赖(有一定概率使男主角变异出"黏人"等特性)。

钟洱冰看着说明书嗤笑一声,拿出药,一把塞进男主角的嘴里。

然而,药倒是喂进去了,却不见男主角吞咽,因此他的状态还一直是"濒临死亡"。

钟洱冰皱起眉,突然想起小说里的喂药情形,不由得一阵恶寒。

第五章 恶魔少主

她抱着手臂，冷冷地说道："你不吞下去，我就从你的鼻孔里塞进去了。"

大概是朦朦胧胧中听到了她的警告，男主角乖乖地把药吞了下去。

钟洱冰这才开始查看新男主角的资料。

商品说明书里显示新男主角是隐世古武家族的少主。

姓名：夜无殇（可更改）

性别：男（出厂预设，不可更改）

外貌特征：有着琥珀色的眼睛和茶色柔软的头发，唇红齿白，像一个不谙世事的美少年，很容易激起女性的母性，实质却是一个唯恐天下不乱的小恶魔。

身份：《恶魔少主：霸宠小萌妻》男主角，隐世古武家族少主。在一次内部斗争中，他被信任的人背叛，身受重伤，逃出后倒在了不知名的小巷里，善良的她将浑身是血的他捡回家，悉心照料，宛如生命中唯一的阳光，让他为之心动……

拥有技能：恶作剧

"恶作剧"这个技能如果用来对付别人倒是挺有用，但是，如果用来做家务的话，很有可能会变成"添乱"之类的。

总之——又是一个养尊处优的！

钟洱冰十分失望，气哼哼地给他改名——杀千刀！

然后，她扔下男主角，回客厅去看电视了。

半个小时后，夜无殇满目寒霜地从浴室里冲了出来，咆哮道："你之前居然见死不救！世界上怎么会有你这么恶毒的女人？"

"哦。"钟洱冰心不在焉地揉了揉肚子，想起自己还没有吃晚饭。

这时候她也懒得做饭，索性直接烧水泡了杯泡面。

泡面的过程中，夜无殇就站在一边鼓着腮帮子气呼呼地瞪着她，而钟洱冰从头到尾都对他视若无睹。

几分钟后，钟洱冰揭开了杯盖，泡面独有的香味扑鼻而来。她拿了双筷子坐下来就准备开吃。

"你吃的这是什么？看起来……"

夜无殇像小狗一样吸了吸鼻子，肚子"咕咕"叫了两声，不自觉地把脸凑过来，注意到她略带惊讶的目光，赶紧又恢复了骄傲的态度，说道："别误会，我只是从没吃过这种平民的食物，所以才……"

钟洱冰耸耸肩,不计前嫌地拿了新碗筷分了一半给他。

小心翼翼地吃了一口后,夜无殇眼睛一亮,虽然没说话,但吃面的速度证明了他的想法——好吃!夜无殇已经忘记了和钟洱冰的"深仇大恨",现在满脑子无限循环着这两个字。

"好吃?"分了一半后,钟洱冰几口就吃完了,此刻正带着捉摸不透的笑意看着他狼吞虎咽。

"勉勉强强,没想到你们平民……"夜无殇顿了顿,似乎有些不情愿地说道,"总之,勉强能入口。"

早就对他一口一个"平民"感到别扭了,钟洱冰闻言危险地眯了眯眼,却是用和蔼可亲的语气微笑着问道:"以后还想吃?"

夜无殇刚"哧溜"一声吸干净最后一根面条,恋恋不舍地看着碗,似乎想连汤一起喝干净。

听着钟洱冰的提问,夜无殇耳朵动了动,却露出一副勉为其难的模样说道:"虽然是平民食物,如果你坚持要提供,倒也不是……"

没等他说完,钟洱冰就语气为难地开口:"可是这个很贵的,我平时也不怎么吃,也就过年过节时吃一小杯,毕竟一份要花我几个月工资。"

"这么贵?"夜无殇信以为真,惊得眼珠子都要掉出来了。不过他很快就想通了:"也是……毕竟味道还凑合,你们平民能做出这种味道的东西一定花费了很多精力和好材料……"

"嗯,既然这样,下一顿我还是将就吃这个吧,虽然比不上我们的豪华大餐,但也算还凑合。"夜无殇故作高傲地说道,眼睛却恋恋不舍地盯着空碗,还偷偷舔了舔唇。

钟洱冰心里冷笑了一声,脸上却故作惊讶:"咦?这么贵的东西,你不是想白吃让我养着你吧?"

"当然不是!"夜无殇闻言立刻激动起来,"我可以去工作!没错!我可以去工作赚钱自己买!"

钟洱冰叹了口气,神情怜悯,问:"你有高超的电脑技术?有会计从业资格证?通过了司考?厨艺高超?你以为你找得到什么好工作吗?"

夜无殇脸上的表情顿时一僵,头埋得越来越低,耳朵都失落地耷拉下来。

钟洱冰满意地看着这一幕,微笑着说:"但也有一个工作你可以做……"

"什么工作?"如同从地狱回到了天堂,夜无殇蓦然抬起头,眼睛亮晶

第五章 恶魔少主

晶的，充满期待地问道。

钟洱冰用筷子一敲碗沿，斩钉截铁地说道："搬砖。"

"搬砖？"听到钟洱冰的话，夜无殇声音蓦地提高了好几个分贝，满脸的不可思议，说："虽然不知道是干什么的，但这种一听就知道是平民干的活儿，你居然让我去干？"

他指着自己的鼻子，瞪圆了眼睛："我？"

"当然是你。"钟洱冰神情严肃，镇定地说道。

"你是不是报复我刚才抢了你一半的晚餐？"

夜无殇不甘心地蹦了起来，用十分委屈的眼神看着她："为什么要这样侮辱我？"

"侮辱？"钟洱冰摇了摇头，用一种似是看傻瓜的眼神看着他，一本正经地开口，"这你就不知道了，所谓大俗即大雅，其实是一份十分锻炼人的工作。很多人都想从事这样的工作，但是挤破了头都没能从事，因为这个行业只招收最顶尖的人才……"

夜无殇最不耐烦听这些长篇大论，眼睛很快变成了蚊香状，偶尔听得进只言片语，心里也从全然的不信任转化为了半信半疑。

与此同时，他的心里忽然冒出一丝心虚，小心翼翼地看着钟洱冰。

钟洱冰向他投去疑问的目光，夜无殇迟疑了一会儿，还是欲言又止地问道："这么高档次的工作……别误会，我这种顶尖人才当然可以胜任！可是你……"

他上下打量着钟洱冰，眼里分明流露出一种"就凭你"的意味："你……能把我安排进去？"

看到他充满怀疑的眼神，钟洱冰眯了眯眼，扯起唇更加"和善"地说："我当然不能，不过我有熟人在里面，可以介绍你进去。"

"你进去以后可要好好工作啊，不知道多少人挤破头想进去的，要不是我有熟人在，你可占不了这个大便宜。"看到夜无殇面露喜色，钟洱冰微微翘唇，语重心长地说道。

"那是当然。"夜无殇骄傲地扬起嘴角，"像我这种顶尖的人才，怎么会干不好这种小事？"

然而残酷的现实很快就让夜无殇知道了什么叫"打脸"。

他神情恍惚地看着眼前这片尘土飞扬的工地，脸色铁青，嘴唇不住地颤

抖着:"我……我以后就在这种地方工作?"

身旁憨厚的工友心无城府地拍了拍他的肩,爽朗地笑着说道:"哈哈,果然还是年轻人,我刚来时也这样。是不是对新工作充满期待和热忱?"

并没有!夜无殇的嘴角不住地抽搐着,差点儿打算甩头就走,但脚下刚稍稍一动,脑海中就冒出了美味的泡面和钟洱冰的循循善诱,不由得停在了原地。

尽管立刻就离开的冲动渐渐淡了下来,但夜无殇心里还是不停地怀疑着。

这种工作真的很高端吗?为什么总觉得那些每天出入电梯衣着整洁的人似乎更符合他的格调?这么一想,他忍不住把自己的心里话说了出来:"我们这份工作……真的有前途吗?"

"当然,"没想到,他提问的对象却是一个对工作十分热忱的人,闻言唾沫横飞地开始了长篇大论,脸上也写满了意气风发,"别看我们这个工作简简单单,其实是非常有技术含量的,可不是那些整天坐在办公室弱不禁风的小白领比得上的。往近了说,可以锻炼身体,远了说,可以为人类做出贡献……你没看到论坛上那些人经常说'我去搬砖了'吗?其实他们只是说说而已,因为他们压根儿没有搬砖的资格……"

夜无殇听得连连点头,深以为然,心里那点儿别扭早就消失得一干二净。这时,他的耳朵敏感地捕捉到一个关键词,十分好奇地问道:"论坛是什么?"

工友给他科普了一番,还给他看了看自己最常逛的论坛。

看着那些乱七八糟的帖子,夜无殇心里十分不屑,他这种天天吃得起泡面的人都没说话呢!

经过一番洗脑,夜无殇已经对自己的工作产生了极高的热情,用工友的话说,就像是打了鸡血一般。

结束了一天的工作,夜无殇觉得自己的腰都直不起来了,一回到家,洗完澡就直接睡觉了。

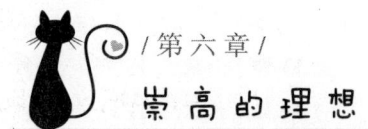

第六章
崇高的理想

在工友们的科普下,夜无殃学会了逛论坛,想起今天一天的经历,他找到流量最大的八卦论坛——海角论坛,兴奋难耐地注册了一个账号,发了个帖子。

找到了一份新工作,还算满意

楼主(论坛发帖人)[邪魅狂狷的少主大人]:

今天是工作第一天,等领到工资打算全部用来买泡面,毕竟对于我来说,也不算是多高档的食物……

呵呵,大家吃过泡面吗?虽然算是平民中的贵族食品,不过我觉得味道也就凑合吧,不值那个价。

这个点儿正是刚吃完饭,很多人上网的时间,再加上这个帖子无论是标题还是内容,都流露着一种说不出的微妙气息,很快引来了不少围观群众。

1楼[AZURE]:"楼主"是做什么工作的?

2楼[降低标准]:光看标题就知道内容不简单啊!

3楼[小白花]:泡面是什么味道?没吃过……

4楼[十四]:说到泡面,我好像都饿了!等我去泡碗面先!

帖子刷得很快,夜无殃也只能拣着回答了。

"楼主"是做什么工作的?

回复:呵呵,就负责在工地搬搬砖什么的,还算勉强符合我的格调吧。

"楼主"别说大话了,你该去"搬砖"了。

回复:我没说大话,工作的确是搬砖,现在已经下班了。

现在的"写手"还真是蛮拼的,哈哈!

回复:我是"写手"?我怎么可能当"写手"那种平民职业!再说要是"写手",我能买得起泡面吗?

32楼 [玲珑冰心]：我就不信现在还有谁把泡面当宝一样。
33楼 [小鱼儿]：咦？说好的广告呢？怎么网址还没出来？
34楼 [丹吉尔]：一起等广告……
35楼 [小船儿]：哈哈，明明还没放暑假，怎么就有小学生出现了？

你们都胡说什么，别把"楼主"吓跑了。"楼主"别理他们，他们就是嫉妒你！
回复：呵，我当然知道！

是啊，我们从来没吃过泡面这么高档的食品，"楼主"一定是有钱人！
回复：呵呵，还好吧，也就可以隔三岔五吃泡面而已！

——哈哈哈，和这种人解释不通的啦！而且嘲笑他也看不出来，何必在他身上浪费时间。
——我觉得"楼主"肯定是故意装成这样的，是想惹人注意吧？
尽管有几个人称赞夜无殇很有钱，满足了他的虚荣心，但更多的是对夜无殇冷嘲热讽。
夜无殇对这些人的行为百思不得其解，一定是他们不了解这份工作！
如果他们了解自己的工作，一定会和自己一样，对这份工作满怀敬意的！
尽管他心里不断地这样告诉自己，心里还是冒出了一丝怀疑和忐忑。
他犹豫了一会儿，慢吞吞地蹭到钟洱冰身边，钟洱冰正看电视看得聚精会神，眼睛压根儿没有分半点儿余光给他，夜无殇为她的无视感到十分生气！
他兀自气哼哼地生了一会儿气，眼见钟洱冰还是没有主动过来安抚他的意思，这才大方地决定原谅她了，开口问道："为什么有很多人嘲笑我吃泡面？泡面难道不是很贵吗？"
"泡面当然是奢侈品！"钟洱冰面不改色地随口说道，语气还带着几分义愤填膺，"他们都是没有资格搬砖的人，所以他们都嫉妒你！"
"真的吗？"夜无殇的眼睛蓦地闪闪发光，充满期待地问道。
"当然。"钟洱冰目不转睛地盯着电视，语气笃定。
夜无殇轻而易举地就接受了这种说法，喜滋滋地说道："果然，我就说……那群愚昧无知的平民，他们果然是在嫉妒我。"
钟洱冰敷衍地点点头，看到电视机里酷炫的有钱人，忽然想起了什么，

第六章 崇高的理想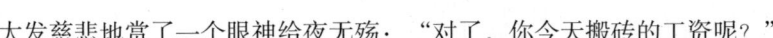

大发慈悲地赏了一个眼神给夜无殇："对了，你今天搬砖的工资呢？"

"还没有发！"夜无殇一听这话，赶紧欲盖弥彰地捂住了裤袋，一脸警惕地问，"你想干什么？"

"帮你买泡面。"钟洱冰神情诚恳地说。

夜无殇捂着裤袋的手不禁松了松，狐疑地说道："我……可以自己买啊。"

"最近假货盛行，那些泡面好多都加了一些有毒的成分，不会买的人很容易上当。其实吃了也没什么大病，顶多也就是变成笨蛋……"钟洱冰神情凝重。

话音未落，夜无殇打了个激灵，完全忘记了自己之前撒的谎，十分恳切地把工资交到了钟洱冰手里，并用充满敬意的眼神望向她："那就拜托你了！"

钟洱冰十分顺利地忽悠了夜无殇，在夜无殇心痛的眼神中把钱往口袋里随意地一揣，然后继续没心没肺地看着电视。

干了一天苦活儿，还被刻薄的老板克扣走了部分工钱的夜无殇拖着沉重的步伐去洗漱了。

钟洱冰突然觉得，像夜无殇这样傻乎乎的很好忽悠，只用泡面就可以养活的小可怜，其实也蛮不错的。

嗯，可以考虑先留着他。

第二天是周末，夜无殇一大早就爬起来准备去搬砖了。

他起床的动静太大，吵醒了正在睡觉的钟洱冰。

"我去搬砖了。"夜无殇淡淡地说道，那高傲的语气，就宛如一个巡视领土的国王。睡眼惺忪的钟洱冰打着哈欠从房间走出来，带着点儿起床气地看着他。

今天钟洱冰不用上班，上了趟洗手间后，继续回去补觉，本以为可以一觉睡到大中午，没想到不一会儿，她又被一阵急促的门铃声吵醒了。

钟洱冰满是恼怒地抓起手机一看，不过才早上八点。

谁这么早？钟洱冰带着疑惑和未散的起床气打开门，发现是神情兴奋的白玥光。她收了收起床气，往旁边侧了侧，给她让路，疑惑地问道："玥光？"

"洱冰姐，你快看，海角论坛上有个热帖……"

白玥光蹦蹦跳跳地蹿了进来，拿着手机兴奋地在她面前晃了晃。

钟洱冰对这些八卦不太感兴趣，却碍于白玥光满脸的期待，便随意扫了一眼，却在目光触及那个帖子时，整个人都呆住了。

仿佛有了微妙的感应，钟洱冰赶紧拿过手机往下翻了翻。

幸好钟洱冰没喝水，不然一定一口喷出来……

这是什么？泡面……搬砖……

这种熟悉的走向，这种熟悉的语气，这字里行间的傲慢感……

怎么看怎么熟悉！

一种不好的预感漫上心头，钟洱冰盯着帖子，嘴角不住地抽搐着。这个发帖的人，难道是……

虽然今天是周末，但为了泡面，夜无殇还是照常到工地上搬砖。

尽管汗流浃背，娇嫩的皮肤也变得有些粗糙，但想到泡面的美味，夜无殇还是觉得一切都是值得的。

除了工作更加熟练外，夜无殇还认识了一位人很好的工友。

对方年纪轻轻，是一个眉清目秀的青年，却有一个很响亮的名字"黄大壮"，人称"大壮哥"。

在听到夜无殇最喜欢的食物是泡面后，黄大壮很惊喜："你也很喜欢吃泡面？"

夜无殇更加惊喜："难道你也……"

"没错！泡面是世界上最美味的食物！"

两个人一见如故，很快就无话不谈，就连一向性格高冷的夜无殇都亲切地唤起了他"大壮哥"。

"我认为泡面是高层次的人才有资格享用的！"

"没错，只有泡面才能配得上拥有搬砖这份工作的我们，那种平民怎么知道泡面的档次和格调！"

随着对泡面的一番讨论，两个人更是对彼此的格调和内涵感到惊喜不已。

尤其是夜无殇，他没想到在这个庸俗的世界里，居然能找到如此性格契合的知己，简直恨不得和对方一起大吃三百碗泡面来交流感情。

泡面的话题暂时告一段落后，黄大壮眼珠一转，神秘兮兮地压低了声音："兄弟，你听说过辣条吗？"

夜无殇敏感地感觉到这个陌生的名词会对自己的人生造成很大的影响，他按捺着激动和兴奋的情绪悄声问道："辣条，那是什么东西？"

"嘿嘿，你不知道吧？"

第六章 崇高的理想

黄大壮脸上露出一副"果不其然"的神情，没等夜无殇因自己的见识浅薄而恼羞成怒，就飞快地说道："我给你看个东西。"

他拿出手机，打开网页，翻到一个文学网的页面，找到了一篇评论区十分热闹的小说。

传说中的神物——辣条　作者：一只小黄鸭

"这是什么？"夜无殇满腹疑窦，黄大壮却嘿嘿笑着不说话，示意他接过手机自己看。

这篇小说的开篇是一段关于辣条的介绍，那段话仿佛有着魔性一般，牢牢吸引着夜无殇的目光，他目不转睛地盯着那段话看了一遍又一遍，仿佛打开了新世界的大门。

"辣条这种东西……真的这么神奇？"夜无殇似是自言自语地喃喃，语气中自然而然地带上了几分憧憬和向往。

"当然！这辣条可是比泡面更高贵，能与'茶叶蛋'比肩的东西……"黄大壮语气笃定地喋喋不休了一番。

虽然不知道"茶叶蛋"是什么，可是对泡面这种经过亲自验证的高端食品，夜无殇再清楚不过了。

因此，夜无殇对此深信不疑，幻想起比泡面更高贵的美味，不自觉地舔了舔嘴唇，面露向往："真的吗？那这辣条……"

黄大壮嘿嘿一笑，眼中精光一闪，带着几分诱惑地问道："想吃吗？"

夜无殇直咽口水，但又不敢将这副模样表露出来，依然嘴硬道："如果能勉强让我尝一口，那也未尝不可……"

没等他犹犹豫豫地说完话，黄大壮就豪情万丈地一拍他的肩："看在你这么诚心诚意的分儿上，我就忍痛将我收藏的几包辣条割爱让给你吧？谁让我们是好朋友外加知己呢？"

"大壮，你真是个好人！"夜无殇先是感动不已，然而感动的情绪过后，烦恼的情绪却又涌上心头——

既然比泡面更高贵，那这辣条该多贵呢？也不知道他的钱够不够？

想到这里，他心里隐隐有些心虚，又对拥有好几包辣条的黄大壮肃然起敬。

没想到他才是一个深藏不露的有钱人！

可是，想到那些看起来就很吸引人的介绍，夜无殇心里实在痒痒，索性一咬牙，小心翼翼地问道："这些辣条要多少钱？"

"也不贵,看在我和你这么熟的分上,给你打个九点九折,九十九块卖给你怎么样?"

好像……买得起?夜无殇大喜过望。

于是,他在新认识的小伙伴黄大壮的推荐下,稀里糊涂地透支了一个星期的搬砖工钱,买了五包辣条。

也因此,他对泡面的高昂价格再不怀疑——

自己这么高级的工作,一个星期都只能买这点儿辣条,钟洱冰那种穷酸的平民逢年过节吃一次泡面不是很正常的事吗?

辣条,果然是比泡面要更高级的东西。

辣中带着令人回味无穷的味道,令人欲罢不能。

夜无殇解决完大半包辣条后,依然觉得意犹未尽,一想到身上剩下的那几包辣条,是用他辛苦搬砖换回来的血汗钱买的,犹豫了好久,还是恋恋不舍地将剩下的几包辣条藏了起来。

夜无殇一边嚼着美味的辣条,一边迫不及待地到网上分享他的心得。

因为上次帖子的回复太多了,夜无殇不好再回帖,所以又另发了一个新帖子。

今天吃到了一种新食物,还算符合我的格调吧

楼主 [邪魅狂狷的少主大人]:

今天搬砖时结识了一位新伙伴,没想到我竟然能在平民堆中找到一位志同道合的知己。本来以为自己已经是个有身份的人了,没想到原来他才是那个真正深藏不露的有钱人。

我透支了一星期的工资买了他手中珍藏的五包辣条,呵呵,也许你们吃过泡面,但一定没吃过辣条吧?这才是贵族专享的食品,不过我想你们一定买不起,呵呵。

1楼 [小服 sk]:居然是第一个看到帖子的人!

2楼 [柠檬]:咦?这不是前几天的"泡面哥"吗?

3楼 [快递哥]:原来"泡面哥"是辣条广告商吗?

4楼 [吃了一个小苹果觉得自己萌萌哒]:愚蠢的人们,你们都输了,竟然能买得起五包辣条!

夜无殇有些不满海角论坛上人们的反应。他们显然不相信他能够买得起五包辣条,反而诬陷他是广告商!

第六章　崇高的理想

这些冷嘲热讽让夜无殇心里十分不快，不过一想到他们都是在嫉妒自己，他也就释然了。

夜无殇是一个十分具有与时俱进精神的人，虽然这个帖子并没有达到理想中的效果，但他也并不是毫无收获。

他从帖子里看到了一些从未接触过的名词，这些词虽然从未听过，但无论是看起来还是从其他人那些仰慕的语气中都可以看出，这是一种和辣条等一样高层次的存在，充分地勾起了他的好奇心。

这些疑问在脑海里盘旋着，让夜无殇觉得心里痒痒的，然而他却不敢去问钟洱冰。因为今天乃至接下来的一个星期，他都没办法按时上交工资，知道这个消息后，她就没给过自己好脸色看。

于是夜无殇只好趁着第二天上班的机会，跑去问黄大壮了。

"大壮哥，论坛上的人说的是什么？什么挖掘机？"

黄大壮神情古怪地看向他："论坛上的人？你怎么突然问这个问题？"

一听黄大壮的语气就知道他对这些名词有着深刻的理解，夜无殇对他的敬仰更是上了一层楼。然而想到自己的问题，他又烦恼起来。

"还不是昨天……"夜无殇有些苦恼地朝黄大壮敞开心扉。

黄大壮神情肃然地点了点头，一脸高深莫测："原来如此。"

"大壮哥，你果然知道这是什么，对不对？"仿佛抓住了救命稻草一般，夜无殇充满期待地看向黄大壮。

黄大壮脸上适时流露出为难的神色，在夜无殇的软磨硬泡之下，终于长叹了口气，神情却变得愈加严肃起来："好吧，这件事我只偷偷告诉你，你别随便跟别人说。"

"嗯！"夜无殇连连点头，充满敬仰和期待地看向他。

黄大壮装模作样地清了清嗓子，肃然开口："现在，我们A国流行着一句话，'挖掘机技术哪家强'，说的就是传说中的兰翔仙院。兰翔仙院是一个神秘而又强大的学院！而且当中最可怕的就是其中的挖掘机系！据传当年有一个非法社团惹了一个兰翔仙院挖掘机系的学生，然后被那人开着挖掘机一路辗轧而过，那个非法社团的本部如同豆腐般不堪一击，整个社团被连根拔起。要知当中还有杀人如麻的强大人物！兰翔仙院有多可怕可想而知！"

"进入兰翔仙院就读的人，都是整个世界的绝顶天才，将来注定成为纵横一方的强者。"

说到这里，黄大壮忍不住叹息一声，语气忧伤地说："我这样出色的人，也无法就读兰翔仙院，只能退而求其次……"

夜无殇听得着了迷，不禁对"兰翔仙院"这个神秘而又强大的存在心生仰慕和憧憬。

长吁短叹后，黄大壮指了指不远处："你看，现在正在工地上开挖掘机的大哥，就是传说中的兰翔仙院挖掘机系毕业的，别看他其貌不扬，可是整个工地领着最高工资的人！辣条这种食物对于我们来说是奢侈品，可是对于他来说却不值一提，他的身家足以买下很多很多辣条扔着玩……"

夜无殇忽然觉得自己变得十分渺小，他对工地上的所有人肃然起敬。说不定这片工地上的所有人，都是深藏不露的武林高手和有钱人。

与此同时，黄大壮今天的话在他心里埋下了一颗小小的种子，只待有朝一日，生根发芽——

"今天的工资呢？"

"我要去兰翔仙院！"

"噗！"此时的钟洱冰正是见证了这颗种子破土而出的人，看到夜无殇手握成拳，豪情满怀地吐出这句话，钟洱冰一口水喷了出来，不可思议地问道："你说什么？"

夜无殇把钟洱冰的反应误认为是她的浅薄无知，于是轻蔑地笑了笑，觉得自己的形象蓦然高大起来："虽然你没什么本事，但也该开个后门去工地工作一段时间长长见识。兰翔仙院是……"

"够了！"钟洱冰头痛欲裂地扶住了额头。

最近搬砖的工资一分都没到她的手里，夜无殇这个家伙又像是打开了什么神秘的开关，整天嚷着要去兰翔仙院学挖掘机，吵得钟洱冰烦不胜烦。

难道……她又得考虑退货了？

还没将退货这件事提上日程，夜无殇就突发变故——下班，他就捂着肚子跑进了厕所，来来回回跑了好几趟，简直就是把厕所霸占了。

钟洱冰烦躁地皱起眉，边回想边问道："你昨天吃了什么？"

莫非泡面吃多了？

"没什么，就是两三包辣条而已。"夜无殇捂着肚子，脸色苍白，忍着绞痛说道，"怎么？嫉妒吗？呵呵，也是，像你这种平民，一定没吃过辣条吧。"

这样傲慢的语言，在熏人的厕所中说出，真是令人难以想象。

第六章 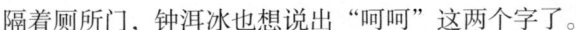 崇高的理想

隔着厕所门，钟洱冰也想说出"呵呵"这两个字了。

她正酝酿着该吐出什么词来嘲讽他一番时，清脆的门铃声响起，于是她大发慈悲地放了他一马去开门。

门外是一如既往笑容灿烂的白玥光。

刚一开门，她就轻快地溜了进来，然后欢欣鼓舞地举起手机，用一种小孩子炫耀新玩具一样的语气说道："洱冰姐快看，那个泡面哥又有新帖子了。"

——今天吃到了一种新食物，还算符合我的格调吧！

看到这个标题，钟洱冰就嘴角抽搐了一下，心情沉重地翻了翻夜无殇的新帖子，这才恍然大悟他此时霸占了厕所的缘故。

而在她旁边，白玥光托着腮，幻想着："我本来也觉得泡面哥是个神经病，可是不知道为什么，我忽然觉得物极必反，说不定他本人是一个真正的有格调的人……啊，不知道他本人是怎样一个有档次有深度的存在……"

钟洱冰斜睨了她一眼，眼角猛跳，强忍着说出事实的冲动，伸手敲了敲厕所门。

夜无殇以为钟洱冰在催他，脸色苍白地在厕所里撕心裂肺地吼道："五分钟！还有最后五分钟！"

白玥光被忽然响起的声音吓了一跳，猛地跳开，离厕所远远的，惊疑不定地看向厕所门："这……这是洱冰姐的新的男主角吗？怎么感觉这么粗鲁啊？"

钟洱冰："呵呵。"

清水公司总部。

一个高层看到正摇头晃脑哼着歌的副总裁，随口调侃道："副总，怎么这么悠闲？"

副总裁打了个哈哈："这不是最近没什么活儿吗？"

"对了，副总，那个男主角……"

高层忽然想起了什么，脸上露出欲言又止的神情。

副总裁胸有成竹地淡淡一笑，脸上充满了自信："放心吧，这次的男主角经过仔细的检修，一定不会再……"

话音刚落，对于他来说宛如噩梦一般的电话铃声忽然响起。

他低头扫了一眼来电显示，脸上的笑容一下子凝固住，似乎迟疑了好几秒，才用颤抖的手接起电话，刚听了几句话，脸色就瞬间大变——

"什么？你要退货？等等，可以先问问理由吗……"

"他把你的厕所弄堵了？"副总裁额上沁出了冷汗，"你等等，我马上派人去！"面对高层忍笑的眼神，副总裁脸色一片铁青。

那个男主角，不会又被乱加了什么"拉肚子""体弱多病"之类的技能吧？

没理由啊，明明这段时间他都没有打瞌睡！

钟洱冰没想到的是……前几天还在笑夜无殇居然身体这样娇弱，不过吃了几包辣条就霸占了厕所好几天，结果一眨眼的工夫，这种幸灾乐祸就变成乐极生悲了！因为——夜无殇居然把厕所弄堵了！

上不了厕所还是小事，关键是自从那一天起，整个家里都弥漫着一种让人难以忍受的臭味，以至于钟洱冰这个房主这几天都尽量躲在单位或者去白玥光家住。

她并不是没有想过办法，但似乎被什么诅咒了一般，明明楼道里满墙的小广告，但她连续找了几个通下水道的人，不是有事就是路上突发意外状况，以至于好几天都没有解决这个问题。

有家不能回的钟洱冰越来越暴躁，在一直没办法解决问题后，她干脆直接找到了副总裁头上……

听到电话另一头副总裁信誓旦旦的保证后，她这才算是放下心，打起精神来准备收拾那个罪魁祸首。

接收到钟洱冰的愤怒，这几天自知闯了大祸，缩在床脚像只颤抖的土拨鼠的夜无殇脸上露出大难临头的绝望表情，剩下的辣条被他塞进了衣服里。

于是现在，他就可怜兮兮地缩在墙角，捂着塞满辣条的"大肚子"泪眼婆婆地看着钟洱冰，如同一朵饱受欺压的小花儿，妄图以这样的造型博取她的一丝怜惜。

然而铁石心肠的钟洱冰却不为所动，脸色阴沉地朝他步步逼近。夜无殇惊慌失措之下眼珠乱飘，忽然间像发现了什么一般指着桌子惊呼了一声："你……你看……"

明明知道他是为了转移视线，钟洱冰本只是向他所指的方向随意地瞟了一眼，然而下一刻，她的神情却凝重起来。

当初抽奖得到的那个需要充四十九天电的小人儿所在的位置，此时只剩一根烧焦的线和桌子上的一圈焦黑！

第六章　崇高的理想

发现不妙后，钟洱冰顾不上找夜无殇算账，她的第一反应就是算了算时间，这一算，她冷汗直流。好像不止四十九天，都快……三个月了？

难道……被烧化了？这个奇妙的结局让钟洱冰心情复杂。

因为出自清水公司的产品历来不靠谱，所以她对这个一等奖也不是太重视。可是，就这么平白无故地浪费了，还是让她……

夜无殇却没有想这么多，只是小心翼翼地把自己埋进了被子里，只露出一双眼睛来偷偷瞧着她的反应，此时满心都是"暂时逃过一劫"的喜悦。

就在两个人各怀心事的时候，忽然窗子被从外破开。

与此同时，一个一身冰寒的黑衣男子身形敏捷地从窗口跳了进来，落地的那一刻，冰冷的视线正好和夜无殇的视线交汇。

遭此变故，钟洱冰先是条件反射地抓起了手机打算报警，下一刻，她却注意到这个男子额头上有属于清水公司男主角专属的标志。

回想起之前副总裁的保证，钟洱冰松开了手机，十分狐疑地想——

难道这是副总裁将功赎罪送来的会通厕所的新男主角？

"这……这是你的新宠？要取代我享受泡面和辣条的人？"

比起钟洱冰的相对镇定，原本瑟缩的夜无殇此时却如看到了天敌一般，浑身的刺都竖了起来，如临大敌地瞪着黑衣男子，十分排斥地怒吼道："不！我不走！辣条是我的！泡面也是我的！我还等着进兰翔仙院学会开挖掘机走上人生巅峰呢！"

似乎幻想起了自己走上人生巅峰的美好情形，夜无殇整个人都已经陷入了癫狂状态，在床上又蹦又跳又打滚，就是不愿意被取代。

"揍他。"钟洱冰冷冷地看着夜无殇各种撒泼，没好气地命令道。

还没来得及和钟洱冰打个招呼，接到命令的新男主角面若寒霜地看向了夜无殇，完全没有"本是同根生，相煎何太急"的想法，径直一拳砸向了翻滚中的夜无殇。

恰在这时，门铃响起。钟洱冰回望了一眼斗成一团的两个人，去开门。

门外是神情苦闷的副总裁。

钟洱冰把他迎了进来，在接受了副总裁的连连道歉和对下一任男主角的无限吹捧后，两个人站在门口，没心没肺地围观着两个男主角互殴的少见情形。

一个胜在武艺高强，力量强大，又由于职业的问题十分精通打斗。另一个则仗着身形小巧，身子灵活，不断躲闪外，还时不时成功地偷袭一两次。

两个人打了半天也没有分出胜负，倒是围观的钟洱冰看得直打哈欠，不耐烦地开口阻止："好了好了，别打了。"

两个男主角接到命令后，不情愿地停手。

即便如此，两个人之间的战意依然没有消散，似乎只待钟洱冰一声令下后就会再度动起手来。

钟洱冰懒得理会他们之间古怪的气场，一阵翻箱倒柜后，终于搜出了几袋没过期的辣条和泡面，一股脑地塞到夜无殇怀里，没好气地说道："你走吧，这是饯行礼。"

"我……"夜无殇眼睛顿时像钉在了上面一般，好不容易从上面收回视线，正打算说话，钟洱冰却拉下了脸："再不走这点儿也没有了！"

得到了美食的夜无殇十分满意，他喜滋滋地抱着新得到的美食，主动走到副总裁面前，瞟了他一眼，满不在乎地说道："时间到了，我们走吧。"

副总裁无语了。

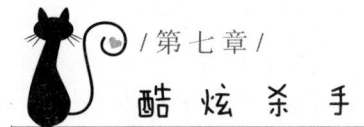

第七章
酷炫杀手

尽管腹诽这样的男主角难怪被抛弃,但副总裁脸上当然是不会流露出丝毫情绪的。

副总裁面不改色地任夜无殇抱着辣条跟到了他身后,把一旁的新男主角往钟洱冰所在的位置推了推,充满鼓励色彩地提示道:"快去认识下你的新主人。"

没有了战斗目标的新男主角先是目光失焦了几秒,在副总裁的催促下,似是如梦初醒一般回过神,这才看向钟洱冰。

新男主角一身黑衣,一头墨色的长发被高高地束起,脸上扣着半面银色面具,面具后的双眸冰寒彻骨,没有一丝属于人的气息。

不知道是不是错觉,钟洱冰总觉得他看过来的一瞬间,眼睛里掠过一抹杀气。

难道他的"记忆"里和自己有什么深仇大恨?

没等钟洱冰琢磨出什么味来,同样注意到那一幕的副总裁手疾眼快地按了新男主角的关机标志。

新男主角直挺挺地倒下,头撞到床脚发出"砰"的一声巨响。

副总裁似乎听都没听到一般,赔着笑脸说道:"哈哈,两个男主角在一起是会有点儿小影响啊,不过你放心,新男主角一定完美无缺,给您最优质的体验!"

"等等……"

原本副总裁不说这番话,钟洱冰还会以为自己之前看到的是错觉,他这番此地无银三百两的话脱口而出后,反而加深了钟洱冰的怀疑。

她下意识地就想阻拦,副总裁似乎察觉到了她的想法,脸色一变后,飞快地拖着夜无殇向大门的方向走去。

就在抱着辣条不撒手的夜无殇被神情紧张的副总裁拖着出门时,他们恰巧遇到了一个正准备进门的男子。

男子看到这一幕，稍稍侧了侧身给他们让位置，不知是有意还是无意地微微垂下头。

而忙着训斥夜无殇不分场合地任性的副总裁也无暇注意旁人，夜无殇更是个满心只有辣条的家伙，于是双方平安无事地擦肩而过。

"喂，等等，你还没给我修厕所呢！"追着副总裁和夜无殇到门口，钟洱冰这才注意到这个刚进门的陌生男子。

他有着俊秀的容貌，一双黑漆漆的眼睛清澈干净，此时眼神温软看着她的样子，像一只等待被收留的小狗。

不知道是不是错觉，钟洱冰总觉得他看起来有些眼熟，似乎在什么地方看到过……

不，大概是错觉吧，自己的记忆中可从没有出现过这个人。

双方对视了几秒后，钟洱冰终于想起了什么，心里隐隐一动，惊疑不定地指着他："你不是……"

话音未落，男子眼底飞快地掠过一丝看不清的情绪："主人。"

钟洱冰抬起头看着他的发涡，脑中的记忆渐渐回笼："你是上次一等奖抽中的那个……"话说了半截，她忽然卡壳了。

没有流露出一丝被遗忘的恼怒，对方依然安静地看着她。

钟洱冰忽然灵光一闪，脑海中浮现出那个似乎被自己充电充过头的"一等奖"："小服？对不对？"

说出这个答案的同时，她却隐隐觉得有些异样。似乎她和眼前这个人的交集不仅仅如此，可是记忆里明明……

正因为一时恍神，钟洱冰并没有注意到对方眸中掠过一丝迟疑，却还是语气温顺地回答："嗯。"

想起烧焦的电线，钟洱冰半是心虚半是怀疑："奇怪……我以为你……"

"质量好。"小服毫不犹豫地说道。

大概是小服看起来没其他男主角那么桀骜，说起话来又很靠谱的样子，钟洱冰看着他也顺眼了很多，很快就接受了他的身份。她瞟了一眼躺着的男主角："你和这些男主角……都认识吗？"

小服侧过头，仔细地打量了他一下："认识。"

"他有什么奇怪的爱好？"钟洱冰回想起副总裁奇怪的态度，谨慎地问道，打算发现问题就将其送回店里。

第七章 酷炫杀手

小服似乎经过一番思考后,蹦出了两个字:"很穷。"

钟洱冰听得一头雾水,没好气地问道:"你就不能多说几个字吗?"

这个问题小服不知道怎么回答,只是呆呆地看着她,眸子里似乎带了几分委屈的神色。

"算了。"

钟洱冰无力,只能试图从这两个字里破解出更多的信息,然而无论如何都不明白很穷为什么算得上是奇怪的爱好,毕竟她的每一任男主角都很穷。

左思右想后,她还是决定直接开机来看看,于是按下了男主角额上的标志。

男主角缓缓地睁开眼睛,钟洱冰这才注意到,他的两只眼睛竟然是不同颜色的,如同一对美丽的宝石一般。

一睁眼,他的眼神就是一种无机质的冰冷,不带杀气却令人寒彻入骨的目光在钟洱冰的脸上逗留数秒后,一抹冰冷紧贴在她的脖子边。

钟洱冰皱起眉,并没有脖子被刀刃割破的感觉。她这才肯定,之前在他眼中看到的杀机不是错觉。

直觉告诉她,他对自己出手并不是本能的防备,而是另有原因。

正在她沉思的时候,初醒的男主角忽然再度合上了双眸。

小服把手从他的关机标志上移开,从钟洱冰的脖子边拨开匕首,将其取出后,刀刃朝向自己,放在了钟洱冰面前。

"乖。"钟洱冰像拍只大型犬一般随手拍了拍他的头,拿过匕首仔细观察着。

这把匕首没有任何标识,看似普普通通,钟洱冰凑到鼻子边试图闻到传说中的血腥气,却惊讶地发现这把匕首是没开刃的,紧皱的眉头不由得松了松。

也对,按照这些危险品男主角的秉性,如果弄假成真伤到人怎么办?看来他们的武器应该是仿造品了。

她一把扯过新男主角脖子上的商标,发现他的身份是杀手。

姓名:步邀飞花(可更改)

性别:男(出厂预设,不可更改)

外貌特征:他有着一双宛如名贵宝石一般的异色双瞳,俊美无俦的容颜总是掩在面具下。

身份:《酷炫杀手爱上我》男主角。是最大的杀手组织的金牌杀手,因为一双天生的异色双瞳,总是被视为怪物,受到他人的嘲笑欺凌,因此对自

075

己这双眼睛恨之入骨。然而却第一次有人对他说:"你的眼睛真美。"她,本是他的任务目标,然而一向冷酷无情的他却甘心在她的微笑中沉沦,不惜为了她而背叛整个世界……

拥有技能:释放杀气

无力评价对于一个神秘杀手来说,"异色双瞳"是多么明显的特征,钟洱冰直接翻找到了这个技能的相关内容。

释放杀气:比较实用的技能哦!可以吓跑汪汪!

啊呸。

不知道在钟洱冰查看身份卡的过程中,小服对步邀飞花做了什么,总之再度打开后,他总算没有第一时间就对钟洱冰出手。

这一次,步邀飞花盯着钟洱冰辨认了一会儿,似乎才读取了她的身份,眼中的敌意渐渐退去,却依然冰冷。

钟洱冰也不在意他对自己的态度,问道:"你是把我认成什么人了吗?"

听到钟洱冰的问题后,步邀飞花没有任何反应,就在她皱起眉几乎要认为他是哑巴的时候,他不知道从哪里翻出一块写着字的牌子——和我说话请投币。

钟洱冰一噎,哭笑不得之后,心里又冒出几分好奇。她在包里翻了翻,终于从一个不起眼的角落翻出一枚硬币。

硬币一出现,步邀飞花的眼睛就死死地锁定在上面,原本冰冷的眼睛蓦地染上了灼热的神采。

钟洱冰似有所悟。

难道小服所说的"很穷",意思是他视财如命?

她沉吟过后,把硬币塞进了他的嘴里,然后充满期待地等着他回答他的问题。

也不见吞咽的动作,步邀飞花口中的硬币眨眼就消失了,他终于纡尊降贵地开口:"还要。"

两个字后,他又回到了面无表情的状态,再也不肯开口说话了。

钟洱冰的脸都黑了,真想一掌拍死他:"不说话我退货了啊!"

步邀飞花用没有焦距的眼神和她对视了几秒后,把那块写着字的牌子举起,遮住了脸,似乎这样就可以抵挡她的威胁一般。

就在钟洱冰阴沉着脸,对他这摆明了要无赖的样子无计可施的时候,小

第七章 酷炫杀手

服却以迅雷不及掩耳之势扒开牌子，直接塞了一堆硬币到他嘴里。

不知道是不是硬币太多无法快速消化，步邀飞花的脸僵硬起来，口中发出古怪的"咔嚓咔嚓"的声音。

几秒后，他在钟洱冰惊骇的眼神中吐出了几颗碎掉的牙齿。

钟洱冰大喜过望地一拍小服的肩，毫不吝啬地夸奖道："干得好！"

接收到钟洱冰的赞扬，小服的脸上依然没有什么表情，头顶的呆毛却快乐地跳起舞来。

咦？会动？

钟洱冰的注意力全然被此吸引，有些稀罕地盯着他看了几秒。

察觉到她的视线，小服似乎有些不好意思地垂下眸子，呆毛也小心翼翼地缩了回来。

"谁让你收回去的？吐出来。"钟洱冰皱眉不快。

小服犹豫了一下，抿了抿唇，拔天线一般又把呆毛拔了出来，呆毛小心翼翼地探了探头，然后终于舒展开来，像小树苗一般在小服头顶晃了晃。

钟洱冰这才大发慈悲地放过了小服。

恰巧这时，丢在一旁的手机响了起来，刚一接通，电话另一头就传来白玥光欢快的声音："玥光姐，听说你又弄了个新男主角？"

"嗯。"

"说起来，上一个男主角我都还没打过照面呢。"似乎想到了什么，白玥光语气遗憾地喃喃。

回想起夜无殇和白玥光隔着厕所门说话的情形，钟洱冰嘴角抽搐地喃喃："不，你们其实见过。"

"咦，玥光姐，你刚才说什么？"

"没什么。"

猜到白玥光打这个电话来的目的，钟洱冰直接邀请他们来一起吃晚饭。

果不其然，白玥光欢快地答应了。不过数个小时，她就和白晓华一起提着菜上门了。好在这期间，修厕所的人终于联系上了，家里也不再弥漫着那糟糕的气味。

"洱冰姐，我来看……"

一进门，两兄妹手中的菜就不约而同掉到了地上。他们惊讶地看着屋内的情形，左看看右看看，不敢置信地问道："两……两个？"

"我没看错吧？"

"嗯，两个。"

钟洱冰无奈地摊手，开始给他们解释事情的来龙去脉。白玥光听得兴致勃勃，白晓华却听了几句就失去了兴趣。

他绕着两个男主角转了一圈，眉头一皱，似乎做了一个艰难的选择一般，选择了站在戴着面具的步邀飞花身旁，然后掏出镜子来欣赏着自己美貌的脸，同时还不忘开口美滋滋地问道："我是不是比你帅？"

下一刻，冰凉的刀刃就紧贴在了他的脖子边。

白晓华浑身都僵掉了。他打了个激灵，小心翼翼地把脖子从刀刃边拯救出来后，洒着泪花，兔子一般蹿出老远，然后惊魂未定地拍着胸口，远远地对步邀飞花怒目而视。

步邀飞花却看都没他一眼，垂眸慢条斯理地擦了擦匕首后，手一动就不知道把它收到哪里去了，又恢复了看似无害的样子。

这一次，白晓华不会再被他的模样所欺骗，而是把目标转向了小服。

他小心翼翼地观察了一番，确定他身上并没有携带什么危险物品后，才再度拿着镜子溜达到他身边，试探性地问道："我是不是特别帅？"

小服并没有给他任何反应，白晓华却松了一口气，继续捧着镜子陶醉不已：

"我是不是世界上最帅的男子？"

"我是不是上天的宠儿？"

"为什么我每天都会被自己帅醒？"

心满意足地收起了镜子，白晓华一拍他的肩，眉飞色舞地说道："好兄弟，果然有眼光！"

小服无奈地眨了眨眼。

小服很快就成了钟洱冰历任男主角中最受宠的一个，大概是因为他外貌出众又听话，不但白玥光对其赞不绝口，就连人如其名的钟洱冰也对他十分和蔼可亲。

要是让前面的几个男主角看到这一幕，绝对会气得眼睛都红了。

尤其是白晓华，他似乎格外喜欢小服，每天下班后就提着一堆菜往钟洱冰家里跑。

第七章 酷炫杀手

就像被打开了什么神秘的开关一样,也不顾钟洱冰诧异的目光,白晓华直接搬了把凳子坐在小服的旁边,叽里呱啦说了一大堆的话。

钟洱冰看着小服眼睛都快成了蚊香状,不由得心生怜惜,悄声问道:"玥光,你哥他这是……怎么了?"

白玥光不停地往嘴里塞着小服做的餐后小甜点,习以为常地说道:"他只是终于找到一个欣赏他的美貌的人了。"

接触到钟洱冰怪异的眼神,她又往嘴里塞了一块小饼干,然后补充道:"按我哥的话说,他是每天都要被自己帅醒!"

得知缘由后,钟洱冰再度看向两个人。这一次,她看向小服的眼神带了真切的同情。

"小服兄弟,你说,我为什么会长得这么帅呢?"

白晓华浑然不觉那边两个人关于他的交谈,捧着脸对着镜子左照右照,觉得自己的每一个部位都宛如上天精雕细琢而成,不由得暗自叹息:"要是我不这么帅就好了,就不会有这样的烦恼……"

小服支着下巴,眼神放空地发着呆,似是对他的话很费解。

白晓华对此毫无察觉,依然自顾自地说了下去:"对吧?你也这样认为是吧?"没等小服回答,他又兀自点了点头,自言自语地回答道,"你当然也这样认为,毕竟这是无可反驳的事实。"

"唔……"

小服头顶的那一根呆毛无精打采地蔫了下来。

钟洱冰有些好笑地咳了一声,小服仿佛听到了什么召唤一般飞快地抬起头,眼巴巴地看向她。

比起前面几只娇生惯养、一无是处的男主角,这个附带的奖品虽然呆了点儿,却是个家务和厨艺都很棒的小天使,钟洱冰觉得让他保持这样的积极性很重要。

于是看到他这副迫不及待想要证明自己的样子,她想了想,随口说道:"去做些蛋挞吧。"

小服眼睛一亮,头顶的呆毛充了电一般欢欣鼓舞起来,虽然依然没什么表情,却莫名让钟洱冰觉得他心情很好。

嗯……果然很喜欢干活啊。

看着小服迫不及待冲进厨房的背影,钟洱冰十分欣慰。

失去了唯一听众的白晓华"唰"地收起了镜子,一下子拉下了脸,看向钟洱冰的眼神充满了敌意。钟洱冰被他怨恨的眼神看得浑身不自在,一瞬间觉得自己是个坏人一样。

为了摆脱这种油然而生的罪恶感,钟洱冰连忙转移了话题。

实际上,她对这一点也好奇很久了。

忽略白晓华自恋的举动,她好奇地问道:"你能听得懂小服的话是什么意思?"

虽然这几天,无论她下什么命令,小服都会如实执行,但是有时候跟他说话,或者问他一些问题,得到的回答却是风马牛不相及。

就比如——

"你都会做些什么?"

"嗯。"

"你要吃饭吗?"

"唔。"

"你在做什么?"

"哦。"

诸如此类的,好像除了单个字音的,他都不会说了。

"当然!世上知他者莫若我,我们是好知己好哥们儿!"

果不其然,白晓华轻而易举地被这个话题转移了注意力,听到钟洱冰的问题,想也没想就说道。

"那他刚才说的是什么意思?"

"刚才说的?我忘了,不过让他现在随便说几句,我当场翻译给你听!"他立刻自告奋勇道。

刚把准备好的蛋挞雏形放进烤箱的小服被叫了过来。

白晓华用手抓了抓头发,然后整理了下衣领,才一本正经地问道:"小服兄弟,你觉得我长得怎样?"

"嗯?"

"他的意思是,我长得特别帅。"

白晓华煞有介事地点了点头,然后回头给钟洱冰翻译道。

"你说,全世界最帅的人是谁?"

"啊?"

第七章 酷炫杀手

"当然是你啦！"白晓华满意地点了点头，指着自己"尽职尽责"地翻译道。

"我为什么长得这么帅呢？"

"呃……"

"当然是因为天生丽质难自弃！"

钟洱冰无语了。

她怎么觉得这是白晓华的自作多情更多一些？

觉得白晓华误会了自己的意思，小服头顶上的呆毛晃了两下，十分不高兴地耷拉了下来，无精打采。

白晓华却还在那边沾沾自喜。

现在他已经完全进入了自恋状态，忘记为小服翻译这件事了，只顾着自问自答着。

小服趁他没注意，又偷偷溜回厨房继续做蛋挞了。

令钟洱冰烦心的不仅是天天上门，碍于白玥光的关系不知道怎么赶走的白晓华，还有整天像门柱子一样立在家里，除了释放冷气一无是处，碍手碍脚的步邀飞花。

"你在这里待了好些天了，总应该干些活儿了吧？"

钟洱冰抱着手臂，皱着眉看着步邀飞花，觉得他更加一事无成，还不如前面会搬砖的夜无殇呢。

步邀飞花面无表情地看着她，终于动了动，在钟洱冰以为他有所触动的时候，他拿出一块板子，举起来，挡住了那张戴着面具的脸。

和我说话请投币。

钟洱冰不耐烦地扒开牌子："我让你去干活，没听到吗？"

步邀飞花耳朵动了动，却依然无动于衷，继续举着牌子，似乎誓要把装聋作哑进行到底。

钟洱冰觉得自己要被气死了。

这时，拖完地的小服经过，看到这一幕后，默默地走上前，摸出一堆硬币，一枚枚地投入步邀飞花的口中。

钟洱冰有些惊讶："咦？这些硬币不是……"

小服认真地解释道："他的。"

"他是说，这些硬币是给他的。"白晓华连忙跟上前，尽职尽责地做着翻译。

小服又耷拉下呆毛。

他想说的明明是，硬币是从步邀飞花的房间搜刮出来的。

上次给步邀飞花塞了一把硬币的结果，是他的牙崩掉了，这次钟洱冰还真怕把他剩下的另一半牙也崩掉。

没想到，大概是因为不再如上次一样是一股脑塞进去的缘故，步邀飞花的喉咙动了动，满嘴的硬币就消失得一干二净，牙也还牢牢地驻扎在他的嘴里。

观察了一会儿，似乎没什么动静，钟洱冰有些疑惑地看向小服："好像没什么反……"

话音刚落，步邀飞花忽然开口了。

他的第一个目标是白晓华——他指着白晓华，浑身冒着寒气："你每天拿着镜子照什么照。还有你翻译得压根儿驴唇不对马嘴，真是受不了你这个自以为是的家伙！你看你和你妹妹长得这么像，怎么就不能学她安静点儿？整天听你毫无价值的废话简直受够了！哭什么哭？"

白晓华被他说得灰头土脸，缩到沙发一角默默抽泣。

失去了目标后，步邀飞花严厉的视线又自动锁定了正幸灾乐祸的钟洱冰。察觉到这道视线，她不由得头皮发麻，脸上的笑容也一下子凝固了。

"还有你！"

步邀飞花皱着眉瞪着她，身上的气场意外地变得十分强大，钟洱冰情不自禁退了一步。

"别以为我猜不到你在想什么，我会的可多了，只是我不是靠卖艺生存的人！你干什么用那种眼神看我？要多投币，我才有心情干活！你知道吗？我可是人气最高的男主角之一。我的价值不是用来打杂的，整天给我穿衬衣牛仔裤一点儿品位都没有，你究竟是不是女人……"

钟洱冰同样被说得灰头土脸，神情呆滞地和白晓华并肩坐在沙发上，开始慢慢消化去了。

步邀飞花似乎想要把他们这群"犯罪分子"一网打尽，X光一般的目光又扫向剩下的小服："还有你！你做的蛋挞分量太少了！你不知道我也想吃吗？你以为我和你饭量一样吗？我可还在长身体！还有谁让你做那么多家务活儿的，我才是最有价值的男主角，你算什么东西，也敢喧宾夺主？小心我举报让他们回收你……"

小服的头越垂越低，呆毛不知什么时候也怯生生地缩了回去。

除了因为临时有事不在场的白玥光外，在场所有人，无一幸免地被步邀

第七章 酷炫杀手

飞花指着鼻子抱怨了一通。

看着前几天还毫无存在感的步邀飞花在多吃了几枚硬币后,此刻变得威风凛凛,钟洱冰眼睛都要瞪直了,满心的莫名其妙。

这是……变异了?

幸运的是,步邀飞花这种疑似变异的画风并没有持续多久,刚把小服说得蔫头耷脑后,他就忽然陷入了一阵古怪的沉默。

然而,其他人却依然不敢轻举妄动,生怕迎来的会是一场更大的狂风骤雨。

没想到,画风再次突变——

不过几秒,几个人就看见刚刚还滔滔不绝、口若悬河、唾沫横飞地教训他们几个人的步邀飞花突然一屁股跌坐在地上,直喘着粗气:"呼哧……呼哧呼哧……"

刚才那身被不明生物附体一般的强大气场,也随着这个狼狈的坐姿而消失得一干二净。

这副快要断气的模样……

难道是一口气讲了太多的话讲累了?

钟洱冰暗自猜测着,却不敢因此小觑,心有余悸地和泪眼蒙眬的白晓华交换了一下眼神。

说完了?应该是吧?真的不会复发了?

就在气氛十分古怪的时候,一个清亮的声音忽然打破了沉默——

"哥,小冰,刚刚没盐了,我去买回来了……咦?你们在做什么?"

白玥光一进门,就看到那个冷冰冰的黑衣杀手高冷不复,此时正毫无形象地瘫软在地上直喘粗气。

钟洱冰和白晓华则看起来好像很不自在似的直挺挺地坐在沙发上,一脸古怪地眉来眼去着。

她眨巴着眼睛,歪了歪头,百思不得其解。

好像发生了很多事情的样子?

看到屋内奇怪的一幕,白玥光不由得感到十分惊讶,然而屋内的几个人都十分沉默,并没有回答她问题的打算。

她一头雾水,刚准备问给她开门的小服,一直傻呆呆的白晓华就突然反应过来一般,哭喊着扑进白玥光的怀里,哽咽着控诉道:"玥光,有人欺负我!"

"什么?谁?"白玥光瞪圆了眼睛,惊怒交加地一拍墙,目露凶光地扫

视着屋子里剩下的几个人。

自然,钟洱冰和看似无害的小服很快就被排除了,于是,她怀疑的眼神不断扫射着仅剩的步邀飞花,恰巧这时——

"就是他!"

白晓华响亮地擤了下鼻子,红着眼圈指着步邀飞花说道。

有了靠山,他自觉背也不驼了腰也直了腿也不抽筋了,简直精神百倍,此时指证"犯罪分子"的样子更是不复之前小可怜的模样,显得正气凛然。

硬币消化完毕后,步邀飞花恢复了正常状态,先前的记忆一股脑地涌进了脑海。回想起自己那酷炫霸气,拳打白晓华,脚踢钟洱冰的样子,实在太尴尬了!

他的脸上不由得泛起一抹红晕,想要解释自己的身不由己。可是白玥光却眼睛一斜,上下扫视着他,脸上露出一抹"果不其然"的神情,声音因生气而有些尖锐:"就是你欺负我哥?"

不,这是误会,他明明说的就是事实!

步邀飞花再傻也知道这个罪名不能认,更何况他压根儿不觉得自己做了坏事,连忙又是摆手又是摇头,想要赶紧洗清自己的嫌疑。

可是,因为刚才吃完大量硬币后说的话太多了,他现在什么都说不出来,只能憋红了脸一边喘着气,一边拼命地摇头摆手。

白玥光等了好几分钟都没等到回答,见他像神经病一样手舞足蹈的样子,眼里反倒增添了一分警惕——

这……不会是脑子不正常吧?

她才懒得管他是不是有什么难言之隐,直接转头问道:"哥,他刚刚怎么欺负你了?"

"他刚刚说我长得丑,还说我是一事无成的家伙!"白晓华指着步邀飞花,悲恸欲绝地说道,恨不得把他对自己所有的侮辱都一股脑重复一遍。说到这里,他的眼圈一红,眼泪又忍不住吧嗒吧嗒掉下来了。

"什么?长得丑?一事无成?这是你吗?这是在说你?"

白玥光不敢置信地惊呼出声,又转头去征求其他人的意见:"他……他真敢这么污蔑我哥?"

她询问的目光恰好落到小服身上。

"嗯?"似乎在发呆的小服察觉到她的视线,歪了一下脑袋,露出一副

第七章 酷炫杀手

疑惑不解的表情。

白晓华在旁边拿着纸抹着鼻涕眼泪，不忘"翻译"："小服的意思是，我说的话当然是真的，比珍珠还真！"

"小服从来不说谎。"接触到白玥光的目光，钟洱冰很不厚道地火上浇油。

她的确没有说谎，小服从来不会说假话，至于白晓华所谓的"翻译"对不对……

她才不知道呢。

得到主人的夸奖，小服头顶的呆毛又兴奋地晃了晃。

"你这浑蛋！敢欺负我哥！"

得到了"证据"的白玥光怒火顿时"噌噌噌"暴涨，瞬间从小白花黑化成了黑莲花。

她咬牙切齿地看向步邀飞花，没等他再"狡辩"，直接一拳砸了上去。

看着那颇有雷霆万钧之势的拳头，步邀飞花打了个激灵，连忙敏捷地跳起来闪躲。

原本，这是一件很容易的事情，毕竟身为杀手的他，敏捷和隐匿属性较常人都强上许多。

但是因为消化太多硬币的后遗症，他虽努力闪躲了，却没有完全躲开，而是在闪躲的过程中踉跄了一下，于是，白玥光的拳头正砸在他的嘴巴上。

"啊！"

一声足以震破耳膜的惨叫后……

很不幸，步邀飞花剩下的牙齿也被打掉了。

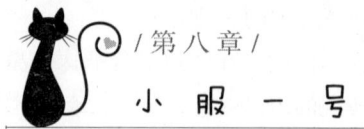

/第八章/
小 服 一 号

自从发生了那件事后,步邀飞花就不敢再出现在众人,尤其是白晓华兄妹的面前。

每当他们来串门的时候,步邀飞花总是跑得比兔子还快,如同某种见不得光的阴暗生物一般,毕竟,他们给他造成的心理阴影实在太大,而且的确也给他留下了难以磨灭的深刻记忆——他此刻尚未自动修复完全的满口破牙就是铁证。

就因为此刻的情形,他连续好几天都只能一边眼巴巴地看着钟洱冰吃着大鱼大肉,一边可怜巴巴地喝着清汤寡水的小粥。

急剧下降的体重证实了他这几天过着怎样惨无人道的生活,这让他对这对兄妹简直又恨又怕,只得努力缩小自己的存在感,力图让这件事赶紧被大家淡忘。

而钟洱冰却并不为他的"识趣"而开心,相反的是,她对步邀飞花的不满与日俱增。

她觉得自己简直就像养了一个一无是处的废物。每天把活儿全部推给小服,什么也不做便罢了,看到她下班回家后,那个该死的步邀飞花就如同一只小老鼠一样,利索地躲进房间里,除了吃饭,就再也不出来了。

大概是他这段时间表现得实在太过神秘的缘故,久而久之,钟洱冰不快的同时,心里倒生出了几分好奇,十分好奇他整日躲在房间里做什么。

于是一天,钟洱冰趁着他又溜回房间的时候,推开了他房间那扇半掩的门。

打开门后,眼前的一幕让她大吃一惊——步邀飞花床上堆了一大堆亮晶晶的硬币——正是小服喂给他的那些,而每天阴郁地在家里走来走去的步邀飞花,此刻正眼睛发光地看着面前的硬币,一枚枚翻来覆去地耐心数着,嘴角带着满足的笑容。

比起他的日常形象,现在简直就像病入膏肓的病人服用了一剂可以起死回生的神丹妙药,瞬间容光焕发一样。

第八章 小 服 一 号

回想起他刚出现时那一身黑衣戴着面具、破窗而入的样子，再看看他现在的形象，钟洱冰觉得自己眼睛都被闪瞎了。

她不由得皱起了眉，冷冰冰地问道："你在做什么？"

正专心数钱的步邀飞花吓了一跳，惊得立刻跳了起来。

因为很久没有被打扰过，他早已放松了警惕，完全没有了锁门甚至关门的意识，此时看到来人后的第一个反应就是用身体将那堆硬币挡住，还色厉内荏地拔出匕首挥舞着："你……你做什么？谁让你进来的？"

"这是我的屋子，你不过是我买回来的男主角而已，我想进我自己屋子的房间，还要问你吗？"钟洱冰才不怕他那没开刃的破刀，没好气地说道，"再说，你也压根儿没有关门。"

"那……那不管怎么说，这房间现在也属于我了！"步邀飞花语塞后，结结巴巴地狡辩道，见钟洱冰面色不善，他又赶紧生硬地转移了话题，"你有什么事吗？"

"骗了我这么多硬币，你总该干活了吧？"钟洱冰指着那堆硬币冷冷地说道。

步邀飞花悄悄挪过去一点儿，不安地看了那堆硬币一眼，又赶紧心虚地挡住。

他的脑袋飞快运转着，眼珠一转，又一本正经地说出了一个自认为十分"绝妙"的理由："最近小服做的东西都被白晓华那个家伙吃光了，我没吃饭，没有力气干活。"

说着，他捂着胸口倒在硬币堆上，装出了一副气若游丝的样子，演技简直浮夸到了极点。

看着他这副无赖的样子，钟洱冰当然不会相信他的满口胡言，忍不住皱起了眉。但她什么都没说，而是直接转身离开了。

这么容易就敷衍过去了？

想起之前对阵钟洱冰时自己的屡次失败，步邀飞花心里不由得感到一阵疑惑，不喜反忧，但还是暗暗松了一口气。

不管怎样，自己的钱总算是保住了。

想到这里，他开心起来，又在硬币堆上打起了滚。

但他的好心情仅仅持续到了吃饭的时候——

"今天为什么做了这么多饭？"

步邀飞花原本还为钟洱冰这么好心让他出来吃饭感到稀奇，但当看到桌上那堆积如山的白米饭时，他不由得震惊了。

钟洱冰用筷子敲了敲碗沿，阴恻恻地冷笑一声："你不是说饭不够吃吗？我今天特意让小服做了十个人的分量，总够你吃了吧？"

"我……"步邀飞花脸色一青，嘴唇不住地颤抖着。

然而，再怎么百般不情愿，他还是不得不自作自受地在钟洱冰威胁的目光中，艰难地吞下了比往日多很多倍的饭。

等他刚痛苦地塞进最后一口，钟洱冰就不容置疑地说道："现在吃完了，你该去干活了吧！"

就知道她没安好心！

步邀飞花心中暗叫不妙，但脸上表情不显，灵机一动，又想到了一个借口，他张开嘴，不顾形象地露出自己空洞洞的口腔："可是……我没有牙。"

"那就去看牙医，把牙补上。"钟洱冰没好气地说。

尽管自己会修复，但毕竟总是吃不了好东西，因此步邀飞花以为可以公款报销，心里不由得一动："看牙医？是你付钱吗？"

钟洱冰淡淡地瞟了他一眼："你最近不是赚了一堆硬币吗？正好可以拿去看病。"

步邀飞花反应激烈，连忙捂住自己的口袋，态度坚决地抗议道："不行！"

钟洱冰皱起眉，有些不耐烦地说道："那你到底想怎样？你不干活，我就只能……"

"退货威胁论"就要说出口，却在这时——

"你有这种想法就不对了。"正好串门来找小服的白晓华听到他的话，不由得皱眉，不赞同地说道，"多干活就赚得更多，小投资大收益。你把牙补好了，就等于有钱入口袋……"

他大马金刀地往沙发上一坐，摆出一副成功人士介绍经验的样子，滔滔不绝地说道。

步邀飞花先是一愣，随即脸上浮起恍然大悟的神色，似是听到什么令他兴奋的词，他的眼中迸发出兴奋的光芒，迫不及待地说道："我马上就去！"

话音刚落，他便如一阵风般飞奔出了门。

只留下目瞪口呆的白晓华一脸惋惜地喃喃："我还没说完啊，他这么急干什么……"

第八章　小 服 一 号

跑出家门的步邀飞花没有丝毫迟疑,向着记忆中附近的市人民医院飞奔而去,整个过程连气也不喘一下。

这闪电一般飞快奔跑着的身影自然引来了路人的注目。

一开始,大家还只是称赞这个人跑得很快,可是当他们发现他一直保持着这样的速度后,聊天的方向开始转变。

"那个人这么急做什么?"

"不会是小偷吧?"

"什么?小偷?"

"大家快抓小偷啊!"

大概是人多胆壮的缘故,一些平时从不多管闲事的人,此时也热血沸腾地加入抓"小偷"的义举之中。

于是,在前往医院的路上,多出了一支抓小偷的队伍,而且这支队伍还有着不断变长的趋势。

但是步邀飞花跑得太快了,速度是作为杀手的他的一项基本要素,人行道上根本没人能追上他,而那些在马路上拥堵的车就更没可能了。

不过还是有多事的人将昙花一现的步邀飞花飞奔的情景用手机拍了下来,传到了网上。

这一系列的照片很快在网上掀起狂转的热潮,不仅网友们议论纷纷,住在附近,恰巧见到这一幕的人也积极地参与了这个话题。

——我就在现场围观,天哪,他还在跑!现在到××路口了,速度好像没变过!

——是不是在拍电影呀?

——难道是运动员吗?

——现在到××街了!速度绝对没变过!

——听那些人在喊抓小偷,真的假的?

一些好奇的网友开始搜寻步邀飞花的信息,也有一些网友给他取了个"奔跑哥"的外号,暗暗筹划着想要去找他拜师。

"我……我要补牙!"

对于其他事情,急着去把牙齿补好然后"投资赚大钱"的步邀飞花自然不知道,此时他满脑子充斥着赚大钱,走上人生巅峰的念头。

他一口气跑到市人民医院牙科,推开门,迫不及待地朝着里面喊道。

本以为一见到牙医就能立马补好牙，没想到牙医还没见到，他的举动却换来正在诊室里候诊的病人的怒目而视。

"要补牙排队去！"

"现在的年轻人啊，真是的，什么素质啊？竟然想要插队。"

"就是就是，我在这里等了差不多半天了，他居然刚来就想插队……"

"真没礼貌。"

这些等得正十分烦躁的病人，终于找到了一个可以消磨时间的话题，对着步邀飞花指指点点、议论纷纷，十分不齿他插队的行为。

甚至在这个同仇敌忾指责他的过程中，还有不少有缘人互加了联系方式。

在众人不屑的目光中，步邀飞花的脸因屈辱而一阵青一阵红，一阵怒火自他的内心升腾而起。

"你们……"

他刚要发怒，一个粗犷的声音忽然炸雷一般在他的耳边响起。

"先生，你是来看牙的吗？请领号排队，不然就请你离开这里。"守在门口的保安走上前，拦住了步邀飞花。

最近医闹事件频繁，医院的保卫工作做得十分严密，请了不少保安。

这位保安大叔是一位退伍军人，只是一个照面，他就觉得这个男子不是什么善茬，因此从一开始就对他抱有十足的警惕。

此时看他果然闹了起来，保安大叔立刻出面干涉。

他的行为得到了众位排队的病人赞赏的目光，他更加觉得责无旁贷，拉下了脸，十分威严地再度警告了步邀飞花一番。

步邀飞花生出了一肚子的怨气，看到面前这个孔武有力的保安，本打算吵闹一番的，却因为这段时间钟洱冰的耳提面命，只好将威胁的话咽回肚子里。

尽管他暂时屈服了，却依然受不了其他人鄙视的目光，咬牙切齿了好一会儿，还是在不自觉中使用了自己的"释放杀气"技能，见大家都噤若寒蝉地收回视线，他这才满意地领了号排到后面去了。

尽管大家被他吓到，当着他的面都是敢怒不敢言，但这并不妨碍他们私下里讨论。

还有人在网上发现了"奔跑哥"的话题，知道其实所谓的"奔跑哥"只是一个爱插队、没素质的家伙，之所以跑得那么快也只是急着看牙而已。

这个残忍的事实让网友们十分失望，使得这个话题的关注度持续下降。

第八章 小服一号

不像其他人还能玩玩手机，步邀飞花没有手机这类的娱乐工具，只能时而蹲时而站，百般不耐烦地在牙科等了大半天。

就在他怒火节节飙升，即将开始第二轮的爆发时，终于轮到他了。

等护士喊到他的号时，步邀飞花迫不及待地走了上去，一屁股坐到了座位上，冷冰冰地说道："我要补牙！"

步邀飞花原以为用自己的强大气场威吓一下这个可恶的牙医，他就会对自己客气一些，说不定还能打个八折，省下一点儿钱。

可让他大失所望的是，牙医却像是习以为常一样，无视他冰寒彻骨的视线，转身对护士说道："准备麻药和……"

从疑惑中回过神，步邀飞花刚好听到了牙医和护士的对话，不由得警惕地竖起了耳朵："等等，打麻药要钱吗？"

刚刚在外面听那些病人议论，说是牙医很坑人，不过是拔了个牙而已，随随便便就花了几百块钱，难道就是因为麻药？

想到这里，他在心里对面前的牙医唾骂不已。

牙医用看傻瓜的眼神扫了他一眼，淡淡道："当然。"

步邀飞花半信半疑，用警惕的目光审视着他："那补牙的麻药……要多少钱？"

"不贵，也就一百来块吧。"牙医一边整理工具，一边随口说道。

步邀飞花一听，蓦地坐起身，全身散发着寒气，沉声说道："不要麻药！"

说话的同时，他在心里噼里啪啦地打着小算盘。

不过是痛一阵罢了，能省下一百块，这可是一笔巨款！

"可是……"牙医皱起眉，语气有些迟疑，似乎想说什么。

"没有可是！"步邀飞花一听牙医欲言又止的语气，就猜到他是想坑自己一笔，于是不容置疑地说道，"我是不会打麻药的！"

"你想做什么？"没有理会他的无礼，牙医眉心蹙得更深，冷静地说道，"如果不打麻药的话，你会受不了的。"

"胡说！"步邀飞花嘴角扯起一抹冷笑，他可是堂堂金牌杀手，怎么可能怕这点儿小小的疼痛。

于是，他不屑地说道："不就是牙痛吗？有什么承受不来的？你以为我是那种娇滴滴的小女生吗？"

"再说了，我没听说过打麻药还要钱的！总之……"步邀飞花忽然心生

一计，悄悄摸出一把刀，他用手指抚着刀刃，心里举棋不定。

虽然答应过钟洱冰不惹麻烦，可是他赚这点儿钱也不容易，要不要……

一边是比生命还重要的钱，一边是钟洱冰的黑脸和白玥光的拳头，一时间他陷入了纠结之中，最后决定再对牙医威逼利诱一番，如果他再不识趣，自己就……

打定了主意，他准备开口，谁知道他刚张开嘴，牙医就一钳子下去——

当啷！

步邀飞花浑身一震，手一松，手中的刀子掉到了地上，发出清脆的声音。

"啊啊啊！你做什么？"下一刻，他的惨叫声响彻云霄。

"你不是说不要麻药吗？"牙医举着钳子，面无表情地说道。与此同时，不着痕迹地把刀踢到了一边。

步邀飞花因生理上的疼痛而泛出了眼泪，完全没有留意到牙医的举动。他强忍着疼痛，恶狠狠地看着牙医的脸，不知道是不是错觉，隔着泪他隐约看到那笑容中带着几分幸灾乐祸。

心里蓦然生出一阵寒意，他下意识地想去摸自己的刀，却后知后觉地想起它已经掉在地上了。

而掉在地上的刀……却已经离他很远，一定是被牙医故意踢走了！

心中陡然响起警兆，步邀飞花觉得自己就像躺在砧板上待宰的鱼，而手无寸铁的他心里没有一丝安全感，不由得挣扎得更厉害了："啊啊啊……"

看到步邀飞花胡乱挣扎的模样，牙医忍不住皱眉警告道："你最好不要乱叫，不然导致了事故，会大出血的。"

步邀飞花挣扎的动静渐渐变小，瞳孔却因惊恐而蓦然放大。

难道他……他不会是想杀人灭口吧？

怀着这样的心理，在步邀飞花耳中，牙医警告的话，就扭曲成了——

"你喊吧，就算喊破了喉咙也没人会来救你。"

步邀飞花浑身的血液骤冷，真想不顾一切逃跑。从这一刻起，他对牙医这种职业产生了一种深深的恐惧心理。

虽然他的身份使得他向来对生死看得很淡，然而，也不知是因为他是金牌杀手很少遭遇死亡威胁，还是由于来到这个远离刀口舔血的世界后日子过得太过安逸的缘故，他竟然可耻地在一个小小的牙医面前感到了恐惧。

而无论是这种羞耻的记忆，还是恐惧的心理，都足以使得他做下了一个

第八章 小 服 一 号

决定——他再也不要来看牙医了!

这么想的同时,又一阵疼痛传来,他顿时忘记了刚才的那点儿恐惧,哀号出声。

"啊啊!"

他在那边一厢情愿地把牙医拉入了黑名单,却不知道面前冷酷的牙医对这个诸多挑剔的病人也没有什么好感。因为他的不配合,牙医不得不在补牙的过程中,不断开口提醒。

"不要咬着我的镊子,快把口松开。"

"啊啊啊!"

"把嘴张开,你不张开怎么补牙?"

"唔唔唔!"

"别乱动,小心碰坏刚补好的牙了!"

"啊啊啊!"

最后,结束了补牙,步邀飞花如一摊烂泥一般奄奄一息地瘫在治疗椅上,觉得自己连说话的力气都没有了。

大概是一直对牙医心怀警惕百般防备,他觉得补个牙,就像经历了一场谋杀,简直让他心力交瘁。

牙医黑着脸说道:"好了,拿这个单子去交费,然后就可以走了。"

步邀飞花接过单子,刚瞟了一眼上面的数字,脸就一青,嘴唇开始不住地颤抖:"一千?怎么可能?补个牙怎么可能这么贵?你是不是把麻药也算进去了?我明明没要麻药的!肯定是你算错了!"咆哮到后面,他的分贝越来越高,也越来越理直气壮。

"没有错,最后的收费是电脑算的,你用的是最便宜的补牙材料,但一共二十颗牙,每颗五十,一共就是一千。"牙医满脸不耐烦地揉了揉被震到的耳朵,看也不看他一眼,不冷不热地说道。

步邀飞花却对他的解释置若罔闻,紧紧捂着口袋,十分悲愤:"你……你这个强盗!"

"下一个。"

牙医冷着脸,并不理他,直接唤来护士收拾东西。

刚走入诊室的护士却被地上一个闪亮的东西吸引了注意力,她定睛一看,发现竟然是一把匕首!她打了个激灵,回过头来再看看表情狰狞、满口鲜血

的步邀飞花，似有所悟，顿时被自己的猜测吓了一跳。

这是……

难道……他刚才打算对医生做什么却被自己打断了？

看着步邀飞花恨不得掐死牙医的表情，护士心中更加肯定了自己的猜测。

"强盗！你一定是骗我的！"步邀飞花神情狰狞地扑向牙医。护士腿不由得一软："不好了！闹事了！"她尖叫着跑出了诊疗室。

外面的患者听到护士的尖叫声，不由得慌张起来，整个牙科陷入了一片混乱。

本是无凭无据的事，却在恐慌中不断升级，传到后来已经成了"杀人魔闯入医院挟持了众多人质"这类丧心病狂的谣言，惹得整个医院都陷入了恐慌。

好在很快，就有人报警叫来了警察。

最近医闹事件频繁，附近派出所的民警也不敢大意，接到报案后立刻赶到现场，虽然没有出现想象中血流满地的情形，但看到牙科里正在大吵大闹的步邀飞花和被颤抖的小护士捡起的匕首，他们还是迅速锁定了犯罪嫌疑人，如临大敌，迅速将步邀飞花控制了起来。

将步邀飞花带回派出所后，警察们开始审问他。

只是步邀飞花后知后觉地拾回了身为杀手的忠贞，紧咬着牙关，一句话也不肯说。

就在审问进展停滞，一众民警对着步邀飞花一筹莫展的时候，一个小警察忽然注意到了什么："咦？这不是清水公司定制男主角的标志吗？"

在他认出了步邀飞花身上的标志后，其他警察也纷纷留意到了步邀飞花的身份。

于是，他们审问的方向不再是步邀飞花的作案动机，而变成了他的行为是不是其主人所指示，以及其主人的联系方式等。

这一次，步邀飞花只得不情愿地开口了。

根据步邀飞花的信息，民警们很快联系到了他的主人——

钟洱冰。

接到民警通知的钟洱冰带着小服赶到了派出所，却被告之——

"你就是这个男主角的主人吗？你的男主角企图在医院闹事，对医院造成了很糟糕的影响，还好被我们控制住了。"

"请问他的行为是你指使的吗？"

第八章 小 服 一 号

"什么？在医院闹事？"钟洱冰大吃一惊，将质问的眼神投向了步邀飞花，心里犯嘀咕：不就是去看个牙医吗，怎么会在医院闹事？

对上杀气腾腾的钟洱冰，步邀飞花心虚地移开了视线，嘴唇嚅动着："我只是……"

现在并不是质问他的时候！钟洱冰心里对他十分恼恨，却知道现在不是发作的时候。她的脑袋飞快转着，心中思索了一番措辞，然后开口道："警察先生，我这个男主角……"

正要扯一些理由解释的时候，小服突然拍拍她的肩膀，将什么东西递了过来。

咦？

钟洱冰下意识接过他递来的东西，低头一看，发现是一把匕首。她掂了掂重量，又仔细观察了一番后，却发现刀子的手感有些怪……

这是假的刀吧？

民警肃然开口道："这就是你的男主角用来闹事的凶器。"

多亏了小服，钟洱冰立刻想到了应对的理由："不好意思，您误会了，这把刀是假的，是他用来cosplay（角色扮演）的道具……"

"假的？"民警一怔，接过刀正准备说话。

"警察先生！警察先生！不好意思，我来迟了，这件事我会解释的，拜托你们千万不要叫来买家……"一个上气不接下气的声音从门外传来。

随即，一个人冲了进来。

钟洱冰视线落到这个人身上，不由得一怔。

这个气喘吁吁地冲过来的人，正是刚刚赶到的副总裁！

可惜他还是来迟了！

"是是是……你们……"刚一冲进门，钟洱冰的扑克脸就映入眼帘，副总裁蓦地来了个急刹车，在距离她还有好几步的位置停步，心里"咯噔"一下，下意识要落荒而逃，"哈哈，我只是走错了，我这就……"

干笑着倒退的同时，他心里泪流成河。

糟了，这次闹得这么严重，会不会又被退货？

可惜警察并没有给他这个机会，他示意同事挡住了门，沉声问道："你就是清水公司的负责人？"

"我是……"眼见没有了退路，副总裁只好硬着头皮应了下来。

自从钟洱冰的男主角第一次进派出所后,副总裁就吩咐技术部在每个男主角身上留下定位,一旦他们出现在派出所之类的地方,就赶在钟洱冰到来之前冲来把一切麻烦摆平,可是……尽管紧赶慢赶,他还是慢了一步!

他的目光忐忑不安地扫过钟洱冰和……

当他的目光落到钟洱冰旁边的小服身上时,似乎一愣,正准备掉转视线,又忽然意识到什么一样重新死死地定在他身上,好像看到了什么不可思议的事物一般,惊疑不定地问道:"你是……小服?"

小服并没有意识到他在和自己说话,进入了例行的放空状态。

钟洱冰狐疑地看了他一眼,又看了一眼神情复杂的副总裁,心里不解。

副总裁呆呆地看着小服,脸上渐渐露出了沉痛的神情,一副想要抱着他痛哭流涕的模样:"我可怜的小服,你怎么变成这样了?"

小服回过神,面露疑惑地看向钟洱冰,又看看正对着他哀号的副总裁,眸子里流露出陌生的情绪,似乎压根儿不认识他一般。

"你的金丝边眼镜呢?你的犀利眼神呢?你的狡诈微笑呢?"全然没有察觉到他的抗拒,副总裁冲了上来,一边围着小服打着转,一边不住地嘀咕着,满脸的不敢置信,还试图伸出手摸一把来辨认真假,似乎想看出朵花来。

小服大概从没接触过这样的怪大叔,有些紧张地往钟洱冰身边靠了靠。

接收到他求救的眼神,钟洱冰皱起眉,神情不善地挡住了副总裁鬼鬼祟祟的视线:"'这样'是什么样?我觉得小服现在这样挺好的,你是不是认错了啊?"

小服听到这话,头顶的呆毛愉快地晃了晃。

"不,这款独一无二的外观设计绝对是我们的小服,我是不会认错的。可是……可是小服明明应该是……"副总裁欲哭无泪,似乎遭到了什么巨大的打击一般,显得恍恍惚惚的,声音也有些发飘,"精明能干的万能管家啊!"

"噗!"

听到"精明能干的万能管家"几个字,钟洱冰差点儿喷出一口血来,她看看又进入放空状态、神情呆呆的小服,又看看一本正经的副总裁,不可思议地问道:"他他他……哪里像什么精明能干的万能管家了?"

"所以,我才觉得奇怪啊。"副总裁摸着下巴,苦思冥想着,绕着小服转了又转,百般不解地嘟囔着,"到底是哪里出了差错呢?明明我是亲自看着他们装运的,奇怪呀奇怪,对了,难道是……"说到这里,他似乎想起了

第八章 小 服 一 号

什么，倒吸了一口气，声音变低，眼珠乱转，心虚地瞄了钟洱冰一眼。

他没有注意到小服也不自在地垂下眸子，掩去了眼底一闪而过的心虚。

"喂，你们是来聊天的吗？态度给我端正点儿！"钟洱冰正打算追问，被无视了很久的民警终于忍无可忍地沉声喝道。

副总裁终于从沉思中回过神，赶紧道歉道："对不起对不起，今天的事其实……"

因为被证实了确实是闹剧，因此在副总裁赔上了一箩筐好话后，几个人接受了一番批评教育，就被允许离开了。

只不过，临行前，民警忽然想起了什么一般："等一下！"

副总裁以为他是要罚钱，心里一慌，脚下动了动，似乎想要拔腿就跑，但理智还是阻止了他。

好在民警并没有罚款的意思，而是拿来了一个什么东西，嘱咐道："这个……给你的男主角贴上吧。"

副总裁看清那是什么后，脸色一黑，恨恨地瞪了步邀飞花一眼，支支吾吾地说道："这个……我先拿回去自己贴吧。"

民警严肃地说道："不行，职责所在，我们必须亲自监督你贴好。"

副总裁迟疑了一会儿，还是不情愿地接过来，疑似报复地狠狠地拍在了步邀飞花的背上，换来了对方一个冰冷的眼神。

钟洱冰有些好奇地探过头看了看，发现那是一个写着"疑似危险品"的标签，不由得觉得有些好笑。

确认完毕后，民警挥了挥手说道："好了，你们现在可以走了，下次请约束好你们的男主角，再有这种情况就不会这么容易放过你们了。"

这个小小的插曲让副总裁从头到尾都黑着脸，因为被贴上了这种标签的男主角往往很难卖掉。

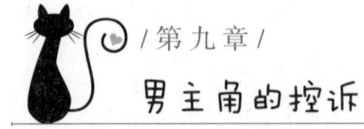

第九章 男主角的控诉

几个人离开派出所后,一路沉默地走着,以副总裁为代表,集体释放出了沉重的气息。

钟洱冰咳了声,打断了这种古怪的凝重,开口问道:"话说,为什么你们精明管家还配置了呆毛?这审美观有些古怪啊,你们的设计部……"

这个话题终于让副总裁打起了精神,听到这样的污蔑,他神情悲愤地反驳道:"我们男主角设定的外观根本没有什么呆毛!"

钟洱冰没有在意他的气急败坏,瞟了小服的头顶一眼,欲言又止:"喏,你自己看啊,这……"

副总裁恨恨地转过视线,瞪着小服的头顶,那深恶痛绝的神情仿佛看着什么有生死大仇的敌人:"难道是变异了?要不我检查……"

说话的同时,他把手伸向小服,小服似乎有些害怕地往后退了退,躲开了他的魔爪,副总裁脸上不由得一僵。

"做得好。"钟洱冰转头表扬了小服一句,然后脸带嘲笑地鄙视副总裁,"别以为定制男主角就不看脸了。"

被进行了针对外貌的精神攻击,副总裁的脸更黑了。

到了分岔路口,钟洱冰和副总裁告别后,带着小服朝家的方向刚走了几步,却被副总裁叫住了。

"对了,他……"副总裁抱着残存的希望,把步邀飞花往钟洱冰的方向推了推,面带希冀。

钟洱冰没有动,只回了他一个冷笑,接收到她冷笑中包含的信息,副总裁叹了口气,愤怒地瞪了步邀飞花一眼,拖着他往另一个方向走去。

回到家后,钟洱冰靠在沙发上,忽然想起今天副总裁说的那些话——那些关于小服的重重疑点,她说不在意是不可能的。

她扬声朝着厨房的方向喊道:"过来过来,小服,我有事要问你。"

让她意外的是,小服并不像以往那样随叫随到。

第九章 男主角的控诉

"洗碗。"隔了好几秒,厨房的方向才遥遥传来了他的声音。

钟洱冰无意识地皱了皱眉。

不知道是不是错觉,她总觉得小服似乎不太想接受这场审问,不过她并没有打算就这样放弃:"放着,我等会儿洗,你先过来。"

在慢吞吞走过来的路上,小服又忽然被其他事绊住了脚步:"拖地。"

钟洱冰不为所动:"先回来,我回头拖。"

小服不情愿地放下手中的活儿,顶着焉巴巴的呆毛无精打采地走了过来。

他刚走到面前,在钟洱冰张口打算说话的时候,又忽然转过头看向电视:"天气预报。"

"别闹了,你从来不看的。"钟洱冰忍不住瞪了他一眼,再次皱了皱眉。

果然不是错觉,他似乎真的对此非常抵触,甚至用上了这样拙劣的转移话题的方法。

她坐直了身子,清了清嗓子,开始问:"坐好,认真点儿,我问你几个问题。你是什么时候被生产出来的?"

"忘了。"

"你还记得副总裁吗?就是刚才派出所的那个大叔……"

"忘了。"

"你被装运的时候有没有发生什么奇怪的事?"

"忘了。"

小服虽然语气很认真,却对每个问题都给出了同样的答案,表现得十分不配合,给人一种敷衍的感觉。钟洱冰觉得再问下去也没有任何意义,便不再提问,盯着他有些不高兴了。

仿佛察觉到了她的情绪,小服怔怔地看着她,有一瞬的不知所措,似乎想起了什么,眼睛一亮,埋下头主动把呆毛送到钟洱冰手中,还蹭了蹭她的手。

钟洱冰:这种养了一只大型犬的错觉是怎么回事?

感受到手心柔软的触觉,钟洱冰很顺手地揉了揉,心里的火气莫名其妙消减了不少,脸上虽依然挂着阴沉的神情,心里却悄悄软了下来。

"忘了。"小服再次说道,想起之前发生的事,又认真地补充道,"真的。"

看着他眼巴巴求原谅的模样,钟洱冰先是一阵郁闷,又莫名其妙地笑了起来。算了,懒得管了,反正……他总比那些废物男主角有用多了。

这一次,新男主角没有很快就出现,刚经历过一个男主角的折磨,钟洱冰也不太在意，反正已经有全能的小服了，大不了就当成一开始买的就是小服好了。久而久之，她也差不多快要忘了这件事。

一天下班的时候，回家路上，钟洱冰远远地看到很多人围在一起，甚至还有人拿出手机来拍照，时不时交头接耳地讨论着什么。

虽然心里的确有几分好奇，不过她担心惹上麻烦，没有去围观，只远远瞟了一眼，便继续向着家的方向走去。

走到家门口的时候，钟洱冰遇到了蹦蹦跳跳的白玥光。

"洱冰姐！"白玥光似乎刚约会回来，满面春风，很高兴地和她打招呼。

钟洱冰注意到她来的方向正是之前很热闹的位置，于是随口提起了刚才见到的那一幕，原本只以为白玥光也许路过时听到了几句，没想到她本就在现场，并且算是亲历了这件事。

于是，她顺势打听起之前的事。

原来，刚才有一位老人摔倒了，一个好心的年轻人去把她扶了起来，却在家属赶到后被诬陷成导致老人摔伤的罪魁祸首。

现在那个年轻人还被老人及其家属缠着不放，要求他给予赔偿。因此那个年轻人只好等在那里，希望有人能为他做证。

白玥光并不是一开始就在那里的，她只围观到了年轻人扶起老人后被家属纠缠的事情，但这并不妨碍她对这件事表示义愤填膺："现在这些人真是太过分了，把整个社会风气都带坏了，弄得大家简直都不敢做好事了！要不是我之前没在现场，一定甩出十个八个证据……"

钟洱冰脑中隐约闪过什么念头，心不在焉地点头附和了几句，八卦完毕的白玥光心满意足地走了。

本只是听过感叹一番便算了，钟洱冰没想到，她和那位乐于助人的好青年却颇为有缘。这位话题的主角出现在钟洱冰面前时，是以一个她没有想到的身份——小服的朋友。

比起之前那些独来独往的男主角，小服似乎没那么孤僻，竟然无师自通地领悟到了交友的技能，还把第一，不，第二个朋友带回家做客了。

白晓华大概勉强算是他的第一个朋友吧。

他的新朋友是一个长相俊朗、笑容阳光的青年，说话也彬彬有礼，给钟洱冰的第一印象还不错。

在他的自我介绍中，钟洱冰知道了事情的来龙去脉。

第九章　男主角的控诉

原来他就是之前白玥光和钟洱冰聊天话题中提到的那个助人为乐的青年，小服出去买菜的路上正好看到了这件事，便帮他做了证，加上有几个好心的群众也站出来帮忙说明，这才使得他从那些无良家属的纠缠中解脱了。

青年对小服十分感激，得知他的身份后，认为拥有这样男主角的主人一定有着高尚的品格，因此没有去处的他决定自愿卖身给钟洱冰。

至于为什么他没有去处……是因为他的真实身份是一个偷跑的男主角。

在他离开工厂即将被送向主人所在的地方的时候，同公司的几个男主角偷偷来告诫他，他未来的主人是一个阴险狡诈、卑鄙无耻、残暴冷酷的人，而他们几个人便曾深受其害，好不容易凭借自己的智慧逃出生天，希望他千万不要重蹈覆辙。

听到大家苦口婆心的劝告，向来循规蹈矩的青年终于决定——

自己不能再逆来顺受，要为自己而活，这一次，一开始就要逃跑！

"无论付出什么样的代价，我都不会向恶势力投降！"青年斗志昂扬地说道，然后向钟洱冰露出一个讨好的笑容，"只有您这样品格高尚的人，才值得我留下。"

品格高尚？为什么她倒觉得，那串阴险狡诈的形容词反倒更适合自己？

钟洱冰的心里虽然很怀疑小服这种单音节青年是怎么为他做证的，不过，她也的确没有理由拒绝一个免费的劳工，便默许他留下了。

"人心不古啊。"而那边，想起之前被"碰瓷"的青年，露出一副历经沧桑的样子，又开始长吁短叹。

"嗯。"小服一边发着呆一边蹦出个单音节附和道。

青年精神大振，感激地拍着小服的肩："要不是小弟你为我做证，为兄可就真栽在那里了！"

钟洱冰忽然想起了什么，皱起眉讶异地问道："为什么需要你提供证明？"

"因为那些无理取闹的家属咬定是我撞倒了老人！"青年义愤填膺地说道，"他们居然妄图讹诈我一笔巨款！"

"嗯，如果我没记错的话，"钟洱冰沉吟道，"法律规定的是'谁主张谁举证'，因此应该由对方来提供你撞伤老人的证明，而非你自己证明自己是无辜的。"

青年闻言，恍若石化。隔了好几秒，他才僵硬地扭头去看小服，脖子发出了"咯吱咯吱"的声音："那你当时为什么不提醒我？"

小服没开口，但他那张纯良的脸让青年很快又自己为他找了一个理由："啊，大概是你也不知道……"

话音未落，小服说道："知道。"

青年的脸顿时黑如锅底："那你……"

"打杂。"小服又蹦出两个字。

青年语塞，他的确说过，谁能帮他做证，就无条件地为对方做一切力所能及的事，就算是打杂也可以，可是……

难道他帮助自己，只是为了得到一个免费的劳工吗？

想到之前自己天真地认为对方品格高尚、心地善良，青年觉得心里有些不舒服。就在他心情宛如从天堂一下子跌到地狱的时候，小服指了指隔壁，难得地吐出了三个字："他说的。"

青年一下子精神起来："什么？是刚才那个叫白晓华的聒噪男人建议的？他怎么这么阴险？他……"

青年宛如找到了一个发泄口一般，暴跳如雷地指着隔壁叫骂着。

很久没说话的钟洱冰忽然开口："等等……你之前说要卖身？"

抱怨声戛然而止，青年脸上流露出夹杂着后悔和心虚的神情："我当时的确……可是……"

钟洱冰脸上露出若有所思的神情，眼神古怪地打量着他，视线重点徘徊在他锁骨的位置："你不需要卖身。"

青年被她的目光看得有些不自在，摸了摸自己的脸，似乎想起了什么，脸上露出尴尬的神情，有些警惕地抱住了胸口："不不，别看我很好说话，可其实我是一个有原则的人，并不是你所理解的那个……"

话音未落，钟洱冰就毫不客气地打断了他："闭嘴。"

想起他之前为了讨好自己能够留下，拼命抹黑"前主人"的那些话，钟洱冰咬牙切齿地说道："因为你的主人本来就是我！"

"什么？"话音落下，青年先是一脸茫然，待到消化完钟洱冰话中的信息，他的脸上顿时露出了如遭雷击的神情，"你你你……你就是那个女魔头？"

回想起小伙伴们给他灌输的种种信息，他脸色煞白，目光不自觉地瞟向大门，似乎恨不得立刻就夺门而出。

面对他一目了然的防备，钟洱冰没有露出生气的神情，十分平静地问："我的模样很像女魔头吗？"

第九章 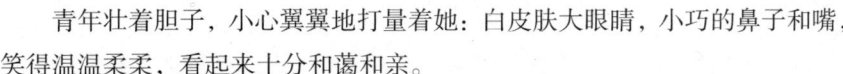 男主角的控诉

青年壮着胆子，小心翼翼地打量着她：白皮肤大眼睛，小巧的鼻子和嘴，笑得温温柔柔，看起来十分和蔼可亲。

他犹豫地摇了摇头。

"那你觉得我是女魔头？"

青年犹豫着，小心翼翼地观察着她的模样，还是选择继续摇头。

虽然之前听其他男主角洗脑，让他觉得他的"主人"是一个可怕的女人，可是亲眼见到她这样柔弱的样子，听到她温言细语地说着话，他原本坚定不移的想法悄悄发生了变化。

会不会是他们误会了呢？

现在看起来，她是一个心地善良、正直的好姑娘，不然，怎么会在不知情的情况下，收留他这样一个孤苦伶仃的无家可归的小可怜呢？

钟洱冰装模作样地叹了口气，十分沉痛地说道："其实，他们只是对我有点儿小误会。"

没错没错！一定是误会！青年连连点头，做出这样的举动后才察觉不对，赶紧故作严肃，自以为不着痕迹地套着话："可是……他们明明说……"

"他们说我什么了？"心里咬牙切齿地盘算着回头再跟副总裁算总账，钟洱冰脸上却是一副想知道又害怕受伤的神情，看得青年心都软了，是"误会"的想法更加坚定。

他不自在地咳了一声，想起小伙伴们那些刻薄的话，底气都有些不足了："司马傲天说……"

司马傲天？钟洱冰回忆了一下，好不容易从记忆里捞出一个酷炫霸气的形象。哦，是那个因为不能继续玩布偶娃娃而死机的王爷。钟洱冰在小本本里暗暗地记着黑账，脸上却满是好奇："他说我什么了？"

"他说你因为爱慕他至深，嫉妒他和王妃相亲相爱，所以故意使出种种卑劣、不入流的方式陷害王妃，企图抹黑王妃在他心目中的形象。好在他有着一双慧眼，轻而易举地看透了你的阴谋，对你这样死缠烂打的行为十分厌恶，所以宁愿回工厂……"

"什么？他竟然这么说我！"钟洱冰一拍桌子，怒不可遏。桌子上的杯子上瞬间出现了裂纹。

前一刻还在心里对她下了"柔弱"定义的青年下一刻便看到了这一幕，不由得瞠目结舌。

"你……"他指了指杯子,又指了指钟洱冰,结结巴巴地蹦出几个字。

钟洱冰后知后觉地意识到自己的失态,干咳一声,打算亡羊补牢地扯点儿什么弥补回来。小服在旁边忽然面不改色地说道:"我手滑。"

话音落下,钟洱冰连忙配合地点了点头。

看看小服一脸的认真,再看看钟洱冰一脸的正直,青年自己也恍惚起来。

小服真是太冲动了,怎么不能像主人一样温柔美丽呢?

他不着痕迹地离小服远了一些,继续往下说,"龙振雷说……他本来成了世界第一大公司的总裁,走上了人生巅峰,人称'太平洋主',不仅如此,他还精通广场舞等技能,在网络、报纸上都拥有众多支持者,天天有姑娘哭着喊着要嫁给他。然而你对他的绝世美貌十分嫉妒,再加上对他求而不得,于是想把他关在家里,折断他的羽翼让他成为你的专属杂工,他好不容易才逃了出来……"

砰!又一个杯子裂了。

小服:"手滑。"

屡屡被打断,青年面带不满地瞪了小服一眼,清了清嗓子继续说道:"夜无殇说,因为他高达250的智商惊为天人,所以被世界上最好的学校兰翔仙院看中,决定去深造,曾经参加入学考试失败的你却嫉妒他的才能,不顾学校的挽留和恳求,把他强行送回了店里……"

啪!一个酒杯裂了。

小服:"手滑。"

"步邀飞花说,因为他敛财有方,富甲一方,是世界上有名的财团的贵公子。而不会赚钱的你为了侵占他的财产,所以捏造假证据把他送到派出所,害得他身败名裂,不得不回到公司……"

哗啦!一个茶壶被扔到地上,碎成好几片。

小服:"手滑。"

故事说完了,青年也终于忍无可忍地掀桌:"有完没完?"

两个人四目齐齐看向他,这是反应过来了?

青年有些紧张地咽了口口水,先是对钟洱冰讨好地笑了笑,然后义愤填膺地指着小服的鼻子骂道:"你!你知道主人养你多么不容易吗?不给主人多赚钱就罢了,还摔坏了她这么多杯子,真是太败家了!"

"其实,事情的真相是这样的。"钟洱冰清了清嗓子,面露哀伤。

第九章　男主角的控诉

青年很快被她的话转移了注意力，正襟危坐。

"其实，司马傲天并不是我把他送回去的，而是……他因为我的朋友和他的心上人长得一模一样，求而不得疯掉了，我原本想要留下他悉心照顾，却没想到他精神失常，每天都跟着我的朋友。惊吓之余，我的朋友在不知情的情况下报了警，派出所直接把他送回了清水公司。我曾经去公司门口跪了三天三夜想要回他，却被副总裁拒绝了……"

青年抽了抽鼻子，不知不觉间，眼圈红了起来。

"他恨我也是应该的，是我没有保护好他！"钟洱冰叹了口气，沉痛地自责道。

"怎么能怪你？"青年赶紧安慰道，"我回去就告诉他，千万不要放弃治疗！他的主人还在痴情地等着他！"

"还有龙振雷。"钟洱冰飞快地酝酿着措辞，一时卡壳，小服在旁边小声地提醒道："白晓华。"

虽然不知道他的原意，钟洱冰却从这个词中得到了灵感，她露出一副咬牙切齿的样子："龙振雷，只有他是不配被原谅的！他说好了要教我邻居跳好广场舞，并看着他成为世界广场舞之王，却在他学到一半的时候不告而别，因为别人出了高价请他一对一教导……

"我邻居是一个非常热爱广场舞，非常有梦想的男孩子，因为龙振雷的中途离场，邻居大受打击，梦想就此夭折，如今整天捧着镜子自问自答，以为是自己哪里做得不够好。"

"太过分了！他怎么可以这样？"听了这个故事，青年感动地抽噎了两声，"有机会我一定要转告他，当一个正直的人！身为男人怎么可以这样不负责！还有……有机会请让我见一见你那位邻居吧，他实在太让人同情了。"

其实，你们已经打过照面了。

钟洱冰咳了一声，继续一本正经地胡编："夜无殇……也是我的错，我欺骗了他。他以为他考上了兰翔仙院，其实是我骗他的，他的分数远远不够。可是他那欢喜的样子，我怎么忍心打破他的梦想呢？所以我骗他说他考上了。可是……他坚持要去读那个学校，是要交高额的学费的。我让他和我一起努力打工赚钱，他却……总之，都因为我没用，都怪我没钱……"

"这怎么能怪你呢？他还有理了！"青年的眼泪收了回去，义愤填膺地跳了起来。

"噢,还有……步邀飞花。他整天沉浸在'斗地主'里乐不思蜀,赚了很多游戏币,却因为整天玩游戏有些走火入魔了,认为那些游戏币可以在现实中使用。上次他拿着手机想用游戏币去买东西,被对方责怪后,却掏出刀……唉,总之,如果我能更加尽职尽责地……"

"这怎么会是你的错呢?是你以前遇到的那些男主角太不让人省心了。"

经过钟洱冰的这番解释,青年终于彻底释然了。

而且,有了小服这个对比,青年觉得她看起来比小服善良多了。

至少她不会设计陷害自己,不像小服,明明知道那个白晓华是在欺骗自己,竟然还默认他给自己挖陷阱!

如果不是主人好心告诉自己,也许自己还蒙在鼓里呢!

主人也许只是受到了太多的伤害,才会变成这样。大概,她只是如小刺猬般用满身的刺把自己保护了起来,却不知这样不过是伤人伤己。

实际上,她有着十分柔软的内心……

想到这里,他的眼神变得柔和起来。

可是……他回过神来,看看一脸纯良的钟洱冰,又看了看道貌岸然的小服,眼神中忽然染上了一抹担忧之色。

再和小服这样的人相处,她会不会连这点儿最后的纯真都失去了?

钟洱冰不知道青年此刻所想的东西,继续问道:"那你还要留下来吗?"

"我……我留下来!"稍稍犹豫了一下,对上钟洱冰充满希冀的目光,青年脑子一热,果断地说道。

然而脑子一热做出回答后,再度涌上他心头的却是一丝后悔。

原本可以有一个获得自由的机会的,他就这样放弃了吗?

懊恼归懊恼,但青年的性格使得他从来不会轻易违背自己的承诺。

于是,青年只得强自按捺下那一丝悔意,开始思考起自己应该如何利用好这个身份。

首先,得多做好事,匡扶正义,实现自己的理想。

其次,要以身作则,以一个正直向上的形象来引导主人,不让她走上歪路,要让她拥有纯洁的心灵。对了,还要感化小服,争取让他洗心革面,重新做男主角。还有那个被欺骗感情、梦想夭折的邻居,他要拯救他的心灵……

青年陷入了对未来的美好畅想之中,一时间,那一丝懊恼的情绪消失得一干二净,取而代之的是一种为理想而努力奋斗的豪情。

第九章　男主角的控诉

"对了，我不卖身！"忽然，沉浸在美好幻想中的他似乎想起了什么一般，紧紧地捂着胸口，再度郑重地强调。

钟洱冰不以为然地瞟了他一眼，干脆地打消了他的顾虑："在我这里不需要卖身，不过你得干活。"

"当然，我不会白吃白住的！"青年忙不迭地点头，又拍拍胸脯，满脸自豪地说道，"我可不是那种一无是处的人，更何况，我本来就看不起那种人，身为男儿，本就应为妻儿顶起一片天地，怎可……"

他仿佛打开了话匣子似的，滔滔不绝地说了一大堆肺腑之言，说到兴头上，干脆一屁股坐在地上摆出了准备长篇大论的架势，还反客为主地拍了拍地板，对小服和钟洱冰说道："来来，都坐。"

钟洱冰赶紧阻止他："好了好了，我明白你的雄心壮志了。"

"对了，你以前是做什么的？"

"嗯？主人，你是问我以前的身份吗？"

钟洱冰给青年的第一印象很好，于是他很配合地主动亮出商标让钟洱冰查看他的身份。

青年的身份是……武林盟主。

好像是一个不错的职业？

钟洱冰思索着，查看起了他的信息。

姓名：轩辕景（可更改）

性别：男（出厂预设，不可更改）

外貌特征：他有着一张英俊的脸庞，温润如玉的气质，还有着一双看似无情实则多情的眼睛，任何一个少女，都会情不自禁地沉溺在他那双深邃的眼眸中……

身份：《盟主追妻：爱上小白花神医》男主角。他是江湖中最有名望的武林盟主，他玉树临风，英俊潇洒，惹得无数江湖女子为之痴迷。他的理想却是铲平天下邪教，他助人为乐，做好事不留名，简直是一切美好的化身……终有一天，他遇上了他一生的劫——那个温柔美丽、善良纯洁，江湖人称"怜华仙子"的她，她悲天悯人、救死扶伤、悬壶济世……她与他的理想不谋而合。从此，两个人成了江湖上人人艳羡的神仙眷侣……奈何一场巨大的阴谋将两个人卷入其中，当发现她是魔教中人后，他该如何抉择？

拥有技能：唠叨，做好事不留名

唠叨：如名，拥有这个技能的男主角会随机对周围的人自动释放"语言摧残"，被动技能。

做好事不留名：技能内容如名，需要小心的是，这个技能似乎会产生一点儿小小的后遗症，比如收快递忘记签名之类。

为什么总觉得不是什么好技能？

虽然有些失望，但钟洱冰还是对这个勤劳爽朗的青年充满期待，尤其是他和步邀飞花截然相反，竟然第一天就十分热心地问钟洱冰："需要我帮忙做些什么吗？"问出这句话的时候，他的双眸闪闪发光，一片真挚，分明是渴望劳动渴望证明自己的热情。

看到他这样，钟洱冰十分欣慰，觉得自己继小服之后，真是再度捡到宝了，然而很快，她就发现自己实在是太年轻太天真了……

"你会做饭吗？"

轩辕景有些心虚，声音也小了几分："不会，可是……"

钟洱冰皱了皱眉，心里忽然生出一丝不好的预感："你会拖地吗？"

轩辕景垂下头，有些蔫巴巴地说："不会，可是……"

钟洱冰的眼神开始发生变化："那你会洗衣服吗？"

轩辕景不自在地动了动脚："不会，可是……"

钟洱冰简直想掀桌了！这不是第二个步邀飞花吗？

她觉得历任男主角中，步邀飞花是最没用的一个。

前面的几个虽然不可能和小服相提并论，但至少会做一些简单的家务，只有步邀飞花不仅好吃懒做，还总是给她惹麻烦。

对上钟洱冰那"那要你何用"的眼神，轩辕景觉得十分委屈，然而左思右想却实在想不到可以证明自身实力的话，只能讷讷地挤出一句："我……我真的可以帮忙……"

钟洱冰心平气和地问道："那你会做什么？"

这个问题一传入耳中，轩辕景就遭到了会心一击。

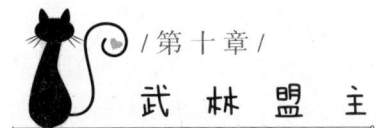

第十章
武林盟主

他陷入了沉思,自己会什么?吟诗作画好像会,也有一点儿武艺。酒量不错算不算技能?可是自己仅有的这些能力,似乎并无用武之地,轩辕景心虚地埋下了头,脸憋得通红。

他沉默了好一会儿,大脑飞速运转着,想要从记忆深处翻找出自己的本领,恰好这时,电视里的专家谈起了毕业大学生就业的问题。

"毕业大学生……就业……专业……"

零星的词语传入耳中,轩辕景脑中忽然灵光一闪:"我要出去找工作!"

他仿佛找到了一个为之奋斗的目标一般,充满昂扬的斗志。

这实际上并不是忽然冒出的念头,他酝酿已久了。

这几天来,他因为身无分文,在钟洱冰家中白吃白住,买菜做饭之类的事都被小服做完了,再说以他的能力压根儿就插不上手。

这让他十分过意不去。然而,比起过意不去,他心里更多的是惶恐。

不仅寄人篱下,还白吃白住,这样的事只有一无是处的人才做得出来。

想起话本里那些一朝得志,为了自己的前途抛妻弃子,甘愿去依附势力强大的女人,凭借美色争宠,却整天受气十分窝囊的男人,轩辕景心里的危机感更深了。

他的脑海里不由得浮现出这样的画面:因为什么也不会做又白吃白住,主人钟洱冰渐渐对他厌倦了,但因为她是个心地善良的少女,还是好心地养着他。

而那个心机很重的小服却趁机上位,通过美食和做家务来夺走了钟洱冰的宠爱,还拼命地在她面前说着自己的坏话。

终于,钟洱冰对他彻底失望了,不顾他的哭喊,将他抛弃在楼下的垃圾桶旁。当他绝望地看着小服跟在钟洱冰身后扬长而去的时候,分明是六月的天,却飘起了鹅毛大雪……

不行,他绝对不能变成那样的人!

找工作，势在必行！

心里立下豪言壮志的轩辕景向钟洱冰郑重地承诺着，英俊的脸上露出认真的神情，让人生出一种强烈的安全感："你放心，我一定会找到工作，不给你们添麻烦的，而且，我会按时交伙食费给你。"

第一次遇到这么自觉的男主角。钟洱冰听了心中很是欣慰，十分高兴地鼓励他道："好，难得你有这份志气！加油，我相信你一定可以的！"

为了表明对他信任的态度，向来吝啬的钟洱冰还给他拿了一些零花钱，让他饿了可以买点儿东西垫垫肚子。

轩辕景神情庄重地接过那几张轻飘飘的纸币，眼神十分虔诚，仿佛接过了重大的责任一般："放心吧，主人，我不会辜负你的信任的！"

钟洱冰挥挥手："去吧，我相信你。"

轩辕景被鼓励得有些飘飘然，于是告别了钟洱冰，斗志昂扬地出门找工作去了。

踏出房门的那一刻，他还在心里感叹：

谁说主人很可怕的？现在看来，她分明是一个心地善良的女孩子！

站在窗台边，看着轩辕景渐行渐远的身影，钟洱冰慢慢地收起脸上的笑容，忽然面无表情地看向小服："你说他能找到工作吗？"

"不。"小服毫不犹豫地回答。

"为什么？"

"脸。"

经过一段时间的朝夕相处，钟洱冰已经能够比较熟练地自动翻译小服的话了："哦，你是说他长得丑？其实……"

她摸着下巴，回忆着轩辕景的脸，很客观地评价道："也还不错吧。"

听到钟洱冰为轩辕景说话，小服有些不开心地晃了晃呆毛，很快又蹦出一个字："废。"

"啊？是说他什么也不会，一无是处吗？不过比起前面的其实也还……"钟洱冰视线落在小服的头顶，忽然收了声。

不知道是不是错觉，她似乎从那根呆毛上感受到了一阵强烈的反对。

"你是不是对他有意见？"钟洱冰试探性地问道。

感受到钟洱冰的关注，呆毛似乎有些羞涩地把自己藏了起来，而小服的视线也刻意地避过了钟洱冰的凝视。

第十章 武林盟主

尽管他没有回答,但钟洱冰直接把他的沉默当作了默认,她自言自语地说道:"不是你把他捡回来的吗?品性应该还是不错的吧……"

似乎不开心钟洱冰为他开脱,小服很不甘心地给了轩辕景最后一击,而这一次,连钟洱冰也无法反驳——

"他蠢。"

梦想当然是美好的,但现实往往会带来残忍的一击。

轩辕景在街上逛了半天,却一无所获。

原本他心怀满满的斗志,此时却如同被戳了个洞的气球一样,一点点地散得一干二净。

他从未像现在一样为自己的处境感到彷徨。以往,他是高高在上、一呼百应的武林盟主,只要一声令下,自然有人将自己想要的东西送到面前。

他的父亲便是天下最有名望的天下第一庄庄主,他从小锦衣玉食,不愁吃穿,用的好玩的好,用现在的话来说,就是标准的富家子弟。

在以前,他文采不凡,被称为"江湖第一才子",受到江湖人的景仰,高高在上的他享受惯了这种崇拜,把所有事情都想得很简单。

直到现在,他才发现,原来自己什么都不会。

大街小巷贴满了招工启事,高级技工、厨师、文员、打字员、出纳会计……无不要求本科学历,甚至名牌大学学历。

就连一个扫地的职务,也要本科学历?他没有看错吧?

轩辕景盯着那张商场招募保洁员的招工启事好一会儿,最后回过神来,还是不甘心地推门走了进去。

"你好,我是来……"他看着面前的大婶,露出一个爽朗的笑容。

据以前爱慕他的侠女们说,他笑起来的样子没有任何一个女人可以抗拒,为了得到他这样的笑容,她们什么都愿意做。

虽然有一丝美男计的嫌疑,但目前还是找工作最重要。

没想到,对方对他的美男计熟视无睹,公事公办地问道:"应聘的是吗?把你的简历和证书复印件给我吧。"

轩辕景有些心虚地吐出一个字:"我……"

大婶皱起眉,眼神犀利地看了他一眼,满是怀疑地问道:"还愣着做什么?你不会是没有吧?"

没有底气的轩辕景声音不由得弱势了几分:"我的确没有,但是……"

"什么都没有你还来应什么聘？"大婶不耐烦地白了他一眼。

"我只是想找一份工作！凭什么保洁员也要本科学历？这是瞧不起低学历的人吗？"轩辕景硬着头皮，愤愤不平地说道。

大婶冷笑一声，问："你是名牌大学毕业的吗？"

"不是，可是……"

"你有什么证书啊？会什么技能？"

"不会，可是……"

"呵，什么都不会，还敢胡说八道？"

轩辕景还打算反驳，大婶忽然话锋一转，指着远处的一个身影问道："你知道那位正在拖地的阿姨是哪里毕业的吗？"

循着大婶指的方向望去，轩辕景看到了一个衣着朴素，正勤恳地拖着地的阿姨。那看起来不过是一位普通的大婶，轩辕景不明所以，向大婶投去疑惑的目光。

"她可是名校毕业的研究生！"

"还有，你看那位正在收废纸的大爷。"

轩辕景也随之掉转视线看向另一个方向，映入眼帘的是一个穿着破旧衣服、胡子拉碴的大爷。

"他可是高才生！"

轩辕景瞠目结舌，现在找工作竟然要求这么高吗？

想到这里，他不由得暗自佩服起钟洱冰，竟然能找到一份出版社那样的工作，难道她也是名牌大学毕业的？

大婶似乎对他这样的目光习以为常，冷酷无情地说道："你什么学历也没有，也想来应聘？别开玩笑了！"

轩辕景收回肃然起敬的视线，听到这话慌忙地说道："不不不，请你给我一次机会，我一定做得比他们……"

"什么都不会，什么都没有，你来捣什么乱？快走！走！"

不等轩辕景再为自己说几句好话，大婶就扬声喊道："保安，把他赶出去。"

不到一分钟，猝不及防的轩辕景就被几个身强力壮的保安毫不留情地赶了出去。

他不甘心地迈着沉重的步伐离开，心情十分低落。

连找份工作这个起码的要求都达不到，自己还何谈助人为乐、匡扶正义

第十章　武林盟主

呢？难道自己的梦想还未起航，就要这样夭折在起点了吗？

就在这时，一阵吵闹声传入耳中——

"哎哟！哎哟，我的老腰，我的手，我的腿……"

"你撞了我，要给我赔钱，哎哟！我这老命啊……"

轩辕景拉回神思，循声望去，只见不远处的小路上，一个老人躺在一辆名车前，呻吟着打滚。

车主则站在他面前，趾高气扬，一副看不起地上的老人的神情。

一群路人则在周围围观，低声议论着，对着老人指指点点。

对眼前似是十分痛苦的老人没有丝毫的同情，车主语气冷淡地说："我已经报警了，而且我车上装了行车记录仪，等警察来了，自有判断。"

老人脸上一僵，下一秒却更加痛苦地在地上打着滚："哎哟哎哟，欺负老人啦，没有天理！"

这简直就太没有良心了，怎么能欺负老年人？

有钱就了不起吗？还有那些只围观却不帮忙的人，简直就是助纣为虐！

匡扶正义的豪情再度在他的心里泛滥。

"等一下！"在众人错愕的目光中，他忽然大声指责道，"你怎么能乱撞人？"话音落下，他正义凛然地冲上前，对着开车的人指责道："既然你撞了他，怎么能够不赔钱？"

不仅是车主，就连躺在地上的老头也愣住了，轩辕景并没有注意到这一幕，注意力完全集中在面前的肇事者身上。

他此时昂首挺胸地站在车主面前，眼睛里燃着愤怒的火花。

车主动作夸张地挖了挖耳朵，匪夷所思地问道："你说什么？"

"你……"

"哎哟，小伙子，这个人撞了我不认账。"

老人眼珠一转，立刻扯住轩辕景的裤脚，哭喊着说道："你一定要替我做证！"

轩辕景接触到老人信任的眼神，热血涌上头，拍了拍胸脯，满是豪情地答应道："没问题！我帮你做证！"

"我亲眼看到他撞了你的！"

"小伙子，你真是好人……"

看到这一幕，车主脸色变得很难看："你们是一伙的吧？"

"什么一伙儿？你撞人还有理了？"轩辕景立刻反唇相讥。

车主抱着手臂冷笑一声，不再和他争辩。

交警很快就赶来了，他们看了行车记录仪的录像，很快判断出老人是碰瓷。

"怎么可能？你们是不是一伙……"轩辕景完全不相信，他开口质问道。

就在这时候，老人一骨碌从地上爬起来，指着轩辕景说："不，我不是说被这辆车撞了，是这个人撞了我！"

"什么？"轩辕景一蒙，神情茫然地看向他。

老人却避开了他的视线，指着他的鼻子对交警说道："就是他撞的我！"

"这……"轩辕景惊呆了。

这句话为什么这么熟悉？这不是他前几天被碰瓷时……

糟了！没隔多久，轩辕景再度遭遇了同样的事情。

而这下没有了小服，压根儿没有人为他做证。

脑子一片空白的他完全忘记了钟洱冰给他科普的"谁主张谁举证"的概念，眼神恳求地望向周围，一心想着怎样去证明自己的清白。

因为轩辕景"助纣为虐"，路人对他的印象很差，都不愿意给他做证，而身为受害者的车主更是对他全无好感，冷哼一声后，直接开车走掉了。

这个区域正好是录像的盲点，什么也看不到。

一时间，轩辕景简直有种山重水复疑无路的感觉。而老人死死地抱住他的大腿不让他走，得意扬扬地说道："你要是不赔，我就告你！"

求助无援，反倒是惹来了一片幸灾乐祸的目光，轩辕景失望极了，垂头丧气地说道："好吧……我赔！"

他不情愿地翻着自己的口袋，恋恋不舍地交出了钟洱冰今天给他的零花钱。那几张轻飘飘的纸币看得老人眼睛都直了，但他还是抱着"蚊子再小也是肉"的心理一把夺了过来。

"哼！穿得像模像样，没想到也是个穷人。"

数着手中十几张一块钱、五块钱和十块钱的零票，碰瓷的老头哼了一声，扔给轩辕景一个鄙视的眼神。

轩辕景气愤地握紧了拳头，却只能眼睁睁地看着老头趾高气扬地扬长而去。想要维持正义，结果却不尽如人意——

不但再度被碰瓷，身上的钱也所剩无几。

这下，轩辕景不但没有赚到钱，反而欠钟洱冰的更多了。

第十章  武 林 盟 主

浓浓的负罪感充斥着他的心。

这样怎么对得起主人！

难道……难道自己真的一无是处吗？

想到这里，轩辕景如同受到了惊吓一样，赶紧摇摇头将那种可怕的念头驱去。

就在他觉得自己走投无路的时候，无意识地往旁边看了一眼，却在经过的一间破旧的网吧门上看到了一张招工启事。

招收保安，不限学历，不限工作经验，工资面议。

有意者请联系：133×××××××

不限学历，不限工作经验……

轩辕景眼前一亮。

这个真是太好了！这简直就是为他而设的职业！

从这个职业的名字就听得出来——保安，保护百姓的安全。

望着这张招工启事，轩辕景的心里生出了久违的豪情，刚才被嫌弃的羞愧感一瞬间消失得一干二净，他再看了一眼招工启事，就毅然推门走进了网吧。

"你真的是来应聘的？"

网吧的老板是一个三十岁出头的青年，此时他看着轩辕景的目光很古怪，语气中满是怀疑之意。

无论怎么看，这都是一个文质彬彬的羸弱青年，不像能打的样子。

而在网吧老板心目中，保安明明应该是浑身肌肉、目光凶狠的彪形大汉。

"当然！"轩辕景挺起胸，十分坚定地回答。

网吧老板上下打量着轩辕景，目光逗留在他的脸上，心中却更添了一分怀疑，原因无他，只是因为他笑起来太爽朗，给人一种天真无邪的阳光青年的印象。

敏感地察觉到对方眼中的怀疑，想起刚才被拒绝的惨痛经历，轩辕景心里一急，连忙强调："我是认真的！只要聘请我，我什么都能干……"

为了能够留下来，轩辕景开始了口若悬河的演说，他十分擅长长篇大论，话题从今天应聘保安，一直讲到了曾经平定江湖的丰功伟绩……

"好好好，我知道了。"

还平定江湖，你以为自己是武林盟主啊？老板心里嘀咕着，忙不迭地打断了他。

"那个……你能展示一些真才实学吗?你要知道,虽然我们这里不需要学历,但我们聘请的是保安,不是业务员和推销员……"

老板是厚道人,担心折损面前这个阳光青年的面子。他尽量语气委婉地说着,想让轩辕景能知难而退。

谁知道——

"没问题!"轩辕景毫不犹豫地应了下来。

他对自己的武功十分自信,否则当初也不会成为武林第一人——虽然是没有实权的。

"我该怎么证明?"他迫不及待地想要证明自己的实力。

没想到他竟然没听出自己的婉拒,老板一时蒙了:"这个……"

"就用这个吧!"轩辕景径直拖过旁边的椅子,然后,在老板的目瞪口呆中重现了传说中的——空手劈板凳!

没错!

就是字面上的意思!

老板受到十分严重的惊吓,膝盖一软,差点儿跪在地上。

回过神后,他用肃然起敬的眼神看着轩辕景,抱起了拳头:"壮士!请受我一拜!"

"不必不必。"话虽是谦虚,轩辕景语气里却是满满的沾沾自喜,"对于我这种……"

眼见他又想发表长篇大论,老板连忙赶在这之前打断了他:"壮士,我决定聘用你了!我们这里工资一个月一千元,不包吃不包住,你没问题吧?"

"没问题!"

"我们这里早上六点上班,晚上十一点下班,你没问题吧?"

"没问题!"

"那我给你办理入职手续,这修理凳子的钱就从你工资里扣了?"

见轩辕景出乎意料地好说话,老板似乎松了一口气,小心翼翼地问出了这个最在意的问题。

"没问……等等,什么?"

轩辕景蓦地回过神,一脸狐疑地看向老板。

虽然他看起来还是傻乎乎的,眼神也并不冷厉,但想起他刚才表现出来的武力值,老板依然不敢小看他,缩了缩脖子,犹豫地说:"刚刚你徒手把

我的凳子弄坏了，这把凳子很贵的，而且全网吧就这么一把，所以……"

说到这里，老板有些畏惧地看了看被砸得稀巴烂的凳子，没敢再重复"赔偿"之类的话。

"这……自然是要赔偿的。"

轩辕景的笑容有点儿勉强，但还是没有厚着脸皮不赔钱的勇气。

"那就好！"

老板很明显松了一口气，很有打了一巴掌给颗甜枣的意思："从明天开始上班吧！"

于是，轩辕景正式在网吧里入职了。

虽然因为最后那个小插曲导致不够圆满，但整体还是美好的，因此轩辕景还是很高兴的。

他从网吧开始一路哼着歌，怀着喜悦的心情回到家，迫不及待地告诉了钟洱冰这个好消息。

原以为她会欣喜若狂，没想到映入轩辕景眼帘的却是钟洱冰吃惊的表情。

咦？

这和想象中不太一样啊？

两个人面面相觑，轩辕景百思不得其解，难得灵光一闪，惊讶地问道："你……你不会是以为我找不到工作吧？"

"怎么会呢？"心里掠过一丝被猜中的心虚，钟洱冰赶紧收起脸上不合时宜的表情，取而代之的是一脸真诚的开心，"我只是太惊喜了！"

轩辕景半信半疑："是吗？"怎么总觉得那表情像"惊吓"更多一些？

钟洱冰假装没听出他的怀疑，索性就这个话题延伸下去："那是当然！我实在太惊喜了！你比之前的几个男主角加起来还要有用，他们大都没有工作，更别说像你一样第一天就……"

轩辕景被夸得飘飘然，自信心更是膨胀："我一定会好好工作，多赚钱来帮助更多的人的！"

"嗯。"钟洱冰心不在焉地附和道。

"啊，我毕竟也是一个有工作的人了！既然这样，我今天不如早点儿睡，养足了精神明天才能认真上班。"

折腾了一整天，轩辕景也确实有些累了。

看着他脚步轻快地回房间，钟洱冰莫名生出一种不祥的预感，她收回视线，胆战心惊地问旁边的小服："你说……他几天会被开除？"

第二天，轩辕景作为一名网吧保安光荣地就职了。

比起赖在钟洱冰家白吃白喝，这份虽然不包吃不包住但毕竟有工资拿的工作理应是足够令人满意的。

然而，令轩辕景失望的是，这份工作并不像他认为的那样风里来雨里去、救人于水火之中，而是十分枯燥和烦闷，一直在做一些鸡毛蒜皮的事——

"小兄弟，我这里走不开，去帮我买碗泡面吧。"

"老兄，你有没有妹妹啊，给我介绍个女朋友吧？"

"喂！小保安，我先睡一觉，眼镜放这儿帮我看着啊。"

"哎，小兄弟，帮我看着外套，我去上个厕所！"

诸如此类。

不过，正直青年轩辕景还是十分负责地一一回答："当然没有问题！我很快就回来！"

"没有妹妹！"

"我会为你们保管的，几位小兄弟放心！"

就在他逐渐习惯网吧这种乌烟瘴气的气氛时，几个鬼鬼祟祟的小青年推着一辆摩托车走了过来。

他们面带忧心，交头接耳地低声说着话：

"这下怎么办？"

"还回去？"

"不行！就算还回去也来不及了！"

"哎呀，别磨蹭了，那个人快追过来了啊……"

他们面色慌张，情不自禁地加快了脚步，在路过网吧的时候，其中一个人眼珠一转，留意到坐在网吧门口，全身充满浩然正气的轩辕景。

他不由得灵光一闪，在同伴们惊讶的目光中，上前套着近乎说道："这位大哥……"

在他上前搭话的时候，几个狼狈为奸的同伴猜到了他打的小算盘，脸上不由得露出笑容。

"什么事？"

轩辕景尽职尽责，推开了他伸过来的手，板着一张严肃的脸说道，"你们要是想偷东西，我是绝对不会允许的。"

第十章 武林盟主

他在说什么?这个家伙好像真有点儿傻。

几个青年交换了一下眼神,心中暗喜。

刚才那个青年再度开口:"不是的,我们是好人,是有一件事想让你帮忙。"

轩辕景闻言,不自觉地坐直了身子,拍拍胸脯承诺道:"什么事?要是力所能及的,我一定会帮!"

想起自己以前做好事不留名的种种事迹,轩辕景精神一振,不禁向那几个人探过身子,神情变得更加专注。

"我们想让你帮我们保管一下这辆摩托车。"

青年犹豫地说道,几个人都紧紧地盯着轩辕景,似乎有些怕他拒绝。

就这么点儿小事?

和预想中的不太一样,虽然有些意兴阑珊,但轩辕景还是一口答应:"没问题!"

青年们大喜过望地交换了一下眼神。

果然是个笨蛋!

"那就拜托你了!"

"你真是个大好人。"

"真是帮了大忙了!"

几个青年恭维了轩辕景一番,轩辕景的嘴越咧越大,觉得自己整个人都飘飘然起来。

说来也奇怪,曾经的自己天之骄子一般,整日沐浴在形形色色人的恭维之中。他们有的是有求于他,有的是爱慕于他,有的是想从他身上得到什么,而那些恭维的话更是好听得足以把人捧到天上去。

纵然如此,那些话只让他觉得无趣,竟然没有现在这些小小的恭维让他开心。

飘飘然的盟主完全没注意到那几个青年什么时候溜走了,拉回他的神思的是一声暴怒的大喊:"我的车!"

怒喊声仿佛惊雷一般在耳边响起,有着足以震破耳膜的攻击力。

轩辕景刚回过神,就看见一个男子出现在他面前,正打算伸手去碰之前几个小青年留下的车。

光天化日下居然有人做这样的事!

责任感迸发,轩辕景精神抖擞地站起来:"你想做什么?"他严厉地喝止。

"这是我的车!"那男子气急败坏地说道。

轩辕景生气地看着他:"你怎么能偷东西?这可是我帮别人保管的!"

帮别人保管?

听到这几个字,对方更加生气了:"原来你是小偷的同伙!"

"你才是小偷,你……"

被反咬一口的轩辕景气愤极了,他刚准备说话,没耐心的男子却一拳朝他打了过去,直接在轩辕景脸上留下了一个乌青眼。

轩辕景捂着眼眶,满脸的不敢置信:"你干吗打人?"

车主满面怒色地指着他的鼻子骂道:"打的就是你!狼狈为奸!小偷!"

没有留意到他的话,轩辕景依然十分愤怒:"这是犯法的!我要报警!"

经过电视剧等的耳濡目染,轩辕景也知道遇到危险要找警察,这里的警察就等于古代的捕快,专门除暴安良。

"报警?犯法?"

那人重复了一遍这几个词,冷冷一笑,忽然从怀里掏出一张精神病证明。

轩辕景感觉事情不对,立刻怀疑道:"胡说,你看起来哪里像是有精神病的样子?"

对方理直气壮地说道:"我这是急性短暂性精神障碍!"

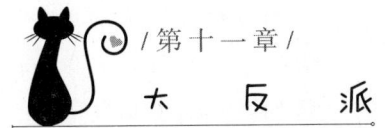

第十一章 大反派

急性短暂性精神障碍？

听到这个陌生的名词，轩辕景一头雾水。

这是什么？也是精神病的一种吗？

这种闻所未闻的疾病先是让轩辕景心里生出了一丝惶恐，但很快，他就理所当然地认为这是对方故意编造出的一个子虚乌有的名词，目的不过是用来糊弄自己。

这个想法一出现在脑海里，他脸色变幻莫测，之前一次次被敲诈的回忆如潮水一般涌进脑海。

想起当时的一幕幕情形，轩辕景心里又羞耻又愤怒。

难道他今天又要重蹈覆辙？

绝不！

"你以为我会相信吗？"轩辕景不退反进，在对方诧异的目光中一把抢过证明，只扫了一眼就神情不屑地扔到了一边，还威胁地挥起了拳头。

对方先是一怔，随即色厉内荏地上前一步，梗着脖子指着自己的鼻子挑衅道："怎么着，你还敢打我不成？你打啊！打啊！"

挑衅的声音传入耳中，轩辕景的眼睛都气红了。

话音刚落，他就一拳砸在了对方的脸上。

没有料到这样的结果，那个男子不由自主地晃了晃后，捂着眼睛一下子蒙了，几秒后才在周围人的哄笑声中反应过来。

周围刺眼的指指点点和异样的目光让他觉得脸上火辣辣的，羞恼之下，为了找回面子的他指着轩辕景的鼻子开始破口大骂。

听着自己的祖宗十八代被骂了个遍，热血涌上心头的轩辕景哪里受得住这样的挑衅，当即暴跳起来，打算不由分说地先揍他一顿，然而想法尚未付诸行动，就被厉声阻止了。

"住手！"

原来网吧老板见到战斗升级，悄悄地打了报警电话，警察在最关键的时刻赶到了。

对"捕快"这样的存在，轩辕景拥有与生俱来的好感，这一刻他看着那熟悉的制服，心里蓦然生出一丝安全感，完全忘记之前和警察打交道时不愉快的经历。

本以为警察一来就理所当然地为自己主持公道，没想到对方却"恶人先告状"地向警察出示了自己的精神病证明。

仔细地检查了证明一番后，为首的警察原本严肃的眼神柔和下来，原本临下班还要出来干活的怨气也消减了三分——这毕竟是真精神病啊，做什么都无法自己控制的。

这么一想，他便释然了，抱着一种宽容的心态，彻彻底底地用一种看精神病患者的眼神看向轩辕景的对手。

轩辕景却没有意识到异样，只气鼓鼓地瞪着警察看向对方时"慈祥"的眼神，只觉得自己遭受了传说中的区别待遇，十分气恼。

这实在太不公平了！

他刚伸出手打算义愤填膺地对警察的不公平指责抱怨一番，就被警察的眼角余光瞟到。误以为他想要袭警，警察以迅雷不及掩耳之势控制住他，将他的手反按在身后，严厉地警告道："老实点儿！"

对这样的区别待遇，轩辕景当然很不服气，然而对方人多势众，他只能暂时忍气吞声，在心里骂他们狼狈为奸。

而刚才还一副柔弱模样的对手此时被警察护在身后，向他露出一个得意的神情，这更让他怒火万丈，差点儿就不顾一切冲上前与他厮打。

不过，对方的挑衅并不是没有好处的——因为轩辕景忽然回忆起刚才发生的事情，脑中灵光一闪，扭着身体大声说道："我……我也有精神病！"

话音落下，周围人的说话声一下子低了下去，周围的人连带着警察目光齐唰唰地扫向他，眼神诧异。

不知道是不是错觉，轩辕景觉得警察禁锢着他的力量也放弱了几分。

这招似乎很有效！

他心中大喜过望，连忙挣扎着，再度强调道："我真的有精神病！"

没想到这招这一次却不管用了。

见多了这种犯了事就装疯卖傻的人，警察在初始的意外后只冷笑了一声：

第十一章 大反派

"你也有精神病?那你也拿证明出来啊!"

"证明?"轩辕景瞠目结舌,"我自己有病,还需要证明?"

见到他"阴谋被揭穿"垂头丧气的样子,围观的人纷纷拍手称快,交头接耳地议论着。

"警察做得对!"

"最讨厌这种做错事就装疯卖傻的人了!"

"警察叔叔真是太聪明了!"

得到了群众的支持鼓励,几名警察备受鼓舞地挺起了胸脯,推搡着把轩辕景押进了警车。

见到这一幕,有人拿起手机暗暗地对轩辕景被带上警车的背影拍了几张照,发起了帖子。

说一说我今天看到的那个所谓的"神经病"

今天在××路口围观了一件笑死我的事情!"楼主"口才不好,一句话介绍吧:有个家伙无故打人,在警察面前还装疯卖傻冒充精神病。

不过结局很解气的是,因为无法提供相关证明,这家伙还是被警察叔叔带走了……

这个帖子意料之外地在网上引起了轩然大波。

——警察叔叔干得漂亮!

——精神病人属于限制民事行为能力的人,但这种妄想冒充精神病患者,想要逃避法律惩罚的做法应该受到严惩!

"为逃避处罚,男子装精神病患者""警察秉公执法,识破男子计谋"等话题纷纷上了热门搜索。

很快,又有知情人爆料曾经遇到过这名男子,他曾经和一个碰瓷老人狼狈为奸意图敲诈,幸好有行车记录仪证明了车主的清白……

这个知情人的爆料更是激起了大众的抵触,纷纷刷屏想要找出这个助纣为虐的坏蛋。

不过,那都是后话了。

轩辕景当然不知道网络上的"惊涛骇浪"。

此时的他耷拉着头,无精打采地坐在派出所的椅子上,接受着警察的审问。

轩辕景老老实实地交代完事情的来龙去脉,迎接他的却是几名警察怀疑的眼神。

"怎么可能有这么傻的人？"这句话到了嘴边险些说出来，几名警察对他说的话半个字都不相信，拍了拍桌子，厉声喝道："坦白从宽，抗拒从严！"

奈何轩辕景本就说的是实情，翻来覆去也就那么几句话，无论警察是旁敲侧击还是厉声呵斥，都无法再问出半句有价值的话了。

几名警察交换了一下眼神。这样的情形下还是不肯吐露更多信息，这个叫轩辕景的嫌疑人不是心理素质太好，就是真不知情。

如果说是前者，看他这傻乎乎的样子他们是怎么都不肯相信的，难道真是冤枉了他？可是……

就在盘问一时陷入僵局的时候，为首的警察忽然接到了一个电话——

原来真正的几个小偷在别处盗窃时被人赃俱获，在审问时交代了这桩事。

这样一来，也就间接证实了轩辕景的清白。

没想到还真是被冤枉的……

想到那几个小偷提到轩辕景时满口的"笨蛋"，几名警察有些哭笑不得。

尽管轩辕景并不是有意的，但众警察还是惩戒性地对他批评教育了一番。

分明是做好事，却偏偏一次次是这样的遭遇，轩辕景简直觉得自己心都要碎成饺子馅儿了。

有什么阴暗的情绪在他的内心悄然滋长着，他悄悄握紧了拳头，眼神也渐渐发生了改变。

对上他阴鸷的眼神，原本还在侃侃而谈的警察不由得打了个冷战，不敢置信地再度望去，却见他又是之前那样茫然无措的状态。

回过神后，警察暗自懊恼自己的失态，虽然将刚才看到的那一幕归结为幻觉，心里却还是觉得毛毛的。他掩饰一般地挥挥手打发了轩辕景："得了，你快走吧，下次别再干这种傻事了。"

轩辕景步履沉重地走出了派出所。

派出所门口的人行道上，几名背着书包的小学生在打闹嬉戏，他们清脆的笑声传入耳中，仿佛阳光般驱散了他心里的阴云。似乎是受到了这样快乐情绪的感染，他的嘴角情不自禁扬起了微小的弧度。

其中一名小学生一扭头，恰巧看到他，笑声戛然而止，随即似乎受到了很大的惊吓一般呆呆地看着他。

隔了好几秒，他才如梦初醒一般对旁边的小伙伴偷偷说道："那个哥哥看起来好凶！一定是个大坏蛋！"

第十一章　大反派

轩辕景脸上的笑容刹那间消失得一干二净，他的耳力不凡，听得一清二楚。

大坏蛋……

天之骄子顺风顺水无所不能人见人爱花见花开的武林盟主大人从未想过，自己会在某一日被冠上这样的称谓。

就连小孩子都嫌弃他！一股怨愤涌上心头，下一刻，他做出了连自己都没有想到的事情——

他一把抢过那个小朋友手里的棒棒糖！

看着手里的棒棒糖，轩辕景彻底愣住了。

自己这是在做什么？自己居然会欺负一个小孩子？

没等他想太多，被抢了棒棒糖的小学生就"哇"的一声大哭起来："哥哥果然是个大坏蛋！呜呜呜！"

原本打算把棒棒糖还给他的轩辕景手一下子僵硬了。

没等到轩辕景为自己辩白，小学生就哭着跑开了，而他的小伙伴们也赶紧捂好自己的棒棒糖，用警惕的目光看了轩辕景一眼后，飞快地作鸟兽散。

轩辕景本以为听到"坏蛋"这个词，他的心情会十分糟糕和委屈，没想到，看着小学生们对他如避蛇蝎的模样，他心里竟然生出一丝快感。

为什么觉得当坏蛋的感觉这么棒？

轩辕景赶紧摇了摇头，想要甩开这个念头。

不，这一定是错觉，自己可是正义的武林盟主！

可是想起自己"做好事"后的遭遇，他那匡扶正义的理想有些动摇了。

难道自己还想那样被人误解、陷害和污蔑吗？

轩辕景握紧了拳头，眼神逐渐变得坚定。

他决定了，今后要当一个"大反派"！

闯下如此大祸的轩辕景理所当然地被网吧老板扫地出门了。

临走前，他试图向老板争取留下来，在这个想法遭到老板毫不留情的拒绝后，他不甘心地说道："老板，可是我的工资……"

然而，他一分钱也没有拿到。

听到他这句话，老板的脸一下子变得铁青，他随手抄起搁在门边的一把扫帚，挥舞着往轩辕景脸上拍来。

尽管轩辕景身手敏捷没有被打到，但还是被蹭了一脸灰。然而老板似乎

比他这个受害者更加生气，他大声咆哮着，唾沫喷了轩辕景一脸："给我滚！给我闯了这么大的祸，你竟然还有脸管我要钱？要不是看你傻人一个，我还要管你要精神损失费呢！赶紧走！"

心虚的轩辕景只好灰溜溜地滚出了网吧。

他左看右看确定老板没有追出来后，溜了一个圈绕到了网吧后门，躲在垃圾桶旁边，开始蹭起了网吧的无线网。

实际上，他并没有看起来那样绝望和失落。

虽然的确有过一闪而逝的沮丧，但他心里更多的却是新梦想带来的兴奋。

然而，对于这个新梦想如何去实现，他却没有丝毫头绪。

他用网吧的无线网刷了一会儿论坛，又看了看新闻后，忽然灵机一动，在有名的作者聚集的小粉红论坛发了一个帖子。

如何当一个"反派"

"楼主"最近遇到很多糟糕的事情，心灰意冷，觉得世界很灰暗，现在改变了想法，我决定不再当好人了，我要当一个"大反派"。那么问题来了——怎么当一个高素质的优秀"反派"？

比起夜无殇那种"单纯"的少年，在网吧耳濡目染过一段时间的轩辕景发起帖来得心应手，如果忽略内容，他的语气还是十分接地气的。

而且他自认为选择发帖的地方也是很合适的——虽然海角论坛人气更高，但那里以家长里短和明星八卦来博眼球，反倒不如作者众多、充满脑洞的作者论坛。

然而当轩辕景充满期待地一刷新，映入眼帘的却全是冷嘲热讽。

"反派"？青春期没过吧？

——放假了？小学生都出来上网了！

——"楼主"请不要放弃自己！

——一本正经发帖想要当"反派"的人啊！

这都什么跟什么？

他很不高兴地踹了一脚垃圾桶！

这些人怎么可以对他伟大的梦想冷嘲热讽？

不过，他很快就转怒为喜了，因为除了一开始那故意捣乱的几层楼，接下来，大多数人都看似十分认真地给了他诚恳的建议。

——"反派"？从我看了那么多电视剧的经验来看，先从换发型开始吧，

第十一章 大反派

最重要的是要再来个烟熏妆什么的！哦，对了，要记得衣服不是黑色就是红色，呃……如果是最后揭晓的幕后"大反派"型，当我没说。

——鄙人再补充一点儿拙见！"楼主"还要改变说话的方式，要把"不服我，那就死""臣服吧，凡人""天道不公，我宁成魔""我命由我不由天"挂在嘴边，一定要把台词"我还会再回来的"铭记在心！记住，一定要领悟"千方百计害主角却都自食其果"的技能！

这些建议都写得十分仔细，一看就是经验之谈。轩辕景认真地把它们复制粘贴到了手机自带的记事本里，准备闲暇时慢慢品读。

下面的建议都大同小异，轩辕景走马观花地看了一遍，忽然被其中一个账号吸引了。这个账号是与众不同的红色，十分炫目，如果没有猜错，大概代表着论坛的VIP（贵宾）会员。

而且，这个账号的名字也十分炫酷——马特家高级皇家贵族协会副会长。

"反派"？这个不就在说我们协会吗？马特家俱乐部，A国历史最悠久、最资深的贵族……

在一段长长的介绍后面，还附带了几张自己的自拍，还有这个所谓贵族协会成员的相片。

什么东西？看着那些顶着一对熊猫眼，头发五颜六色、奇形怪状的"贵族"，轩辕景目瞪口呆。

原本以为是恶作剧，没想到下面的跟帖纷纷证实了这个人的身份。

——呀，"版主"（论坛版块管理人）居然出山了。

——没错没错，现在最流行这种造型。

——"版主"居然出现了。

看到这样的情形，本打算发送的一排字被轩辕景识相地删除了。

他看着屏幕上一行行崇拜的语句，深深地感受到了自己的孤陋寡闻。

——这个什么"版主"很有名吗？

这个问题被他不经意地发了出去，换来了大家热情的回复。

——"版主"当然很厉害了！

——当然，"版主"可是风靡全论坛的人物，就连"坛主"都要甘拜下风！

——那是，"版主"可是永远走在时尚前沿的美男子！

轩辕景看着纷纷冲出来围观"版主"的众人，不由得目瞪口呆。

时尚前沿？美男子？

难道……是他们的眼睛集体出现问题了吗？明明这个被他们称为"版主"的人画风十分清奇。

等等，可是……

自己身为曾经的正义武林盟主，代表着"白"，既然和自己的审美观截然相反，那不正意味着……

没错，一定是这样！这才是真正的"大反派"的品位！

虽然现在还无法欣赏这种美，但那一定是因为自己心里还善念犹存的缘故，等自己改造过后就一定能够适应这样的美！

做完了这番心理建设后，轩辕景踌躇满志地站起身，甩了甩发麻的腿，走进附近一家理发店。

一进门，他就一眼相中了一个造型类似论坛帖子里马特家贵族协会成员的理发师，直觉告诉他，这个其貌不扬的人会给他带来最彻底的改变。

"你让我给你理发？"马特家理发师把玩着手中的剪刀，高傲地斜睨着他，身上每一个毛孔都散发出"你这个愚蠢的人类"的信息，"你能理解我的理发理念吗？你能理解马特家贵族的真正内涵吗？你知道马特家贵族是怎样高贵的存在吗？"他咄咄逼人地提出了一连串问题。

听到"马特家"这个熟悉的词，轩辕景忙不迭地说道："能的能的，不瞒你说，我之所以想来换一个发型，就是一个论坛上的前辈建议……"

"论坛？"马特家理发师竖起了耳朵，假装不在意地问道，"那个人叫什么名字？"

"好像叫什么特什么协会……"

就在这个时候，旁边忽然冲出一个人，语速飞快地对轩辕景说道："先生，请这边来，这位还是实习生，不能……"

"你给我让开！"马特家理发师气势汹汹地一把推开了他，看向轩辕景，"是不是马特家高级皇家贵族协会？"

没想到，这个理发师一口气吐出了这个长长的完整名称，眼睛还闪闪发亮。

轩辕景不由得惊讶："啊，你怎么知道？我就是受到了这个协会副会长的指点……"

原本神情不屑，从头至尾斜视着他的理发师听到他的这句话，眼睛里一瞬间装满崇拜和浓浓的羡慕："你居然遇到了这位神龙见首不见尾的大人物！竟然还能够受到这位大人物的亲自指点……"说着，他似乎想到了某种可能，

第十一章 大反派

顿时肃然起敬,"难道你就是传说中拥有天生'反派'资质的男人?"

"没错,当一个名副其实的'大反派',就是我的梦想!"在马特家理发师变得崇拜的眼神中,轩辕景的虚荣心得到了很好的满足。

"放心吧,看在我偶像的面子上,我一定会尽我所能为你设计一款独家造型,保证符合你的气质!"证实了自己的猜测,马特家理发师更加热情,拍拍胸脯,信誓旦旦地保证道。

"可是……"刚才想要阻止两个人达成交易的理发师又神出鬼没地出现在两个人面前,欲言又止地想要说些什么。

"走开!这位兄弟的头发被我承包了!你别想抢我生意!"马特家理发师凶巴巴地一把推开他,一脸不耐烦地对他吼道。

"没错,我想要的感觉只有他能剪出来!"

已经和他一拍即合的轩辕景当然不容别人欺负自己的好兄弟,当即配合地说道。

那个理发师看了看轩辕景,叹了口气,只好转身走了。

两个人一唱一和地把他挤对走后,友情更是上升了一截,担心再受到阻挠,马特家理发师赶紧把轩辕景带到了一把空着的椅子前,大展身手起来。

这个理发师对马特家文化推崇至极,在理发的过程中,一直喋喋不休地向轩辕景传授着自己的心得感想,一副深得马特家精髓的样子,这无疑让轩辕景对他更添了几分信心。

不知道过了多久,昏昏欲睡的轩辕景感受到肩膀被重重一拍,一个喜气洋洋的声音在耳边响起:"完工!"

当轩辕景再次睁开眼睛时,镜子里映出的是熟悉又陌生的自己——

镜子里的人有着一头放荡不羁的五彩头发,呈霹雳状在头顶绽开,长长的刘海儿斜搭在额头上,遮住了一只眼睛,唯留另一只深邃的眼睛,散发着忧郁的神采。

这样的形象太具有冲击性,乍一见到,轩辕景就呆愣在椅子上,瞠目结舌。

"太棒了!"

惊醒他的是耳边欢呼的声音。

轩辕景宛若石化,他僵硬地转过头看向发出声音的马特家理发师。却见理发师此时满面红光,眉飞色舞地说道:"这是我有史以来做出的最完美的一个发型!"

在马特家理发师满口的夸赞下，轩辕景也渐渐接受了这种不一样的美。

忽然，他想起了最重要的一件事，眼珠乱转，忐忑不安地说道："可是……那个……钱……"

马特家理发师一拍他的肩，持续着满面红光的状态，唾沫横飞地说道："要什么钱？你可是我的知己！知己之间还谈什么钱？俗！"

"只不过，"他忽然顿了顿，偷偷看了一眼店主所在的方向，悄悄地在轩辕景耳边说道，"你可要在偶像面前替我多说几句好话。"

轩辕景被他吹捧得飘飘然，尽管觉得那位指点他的人神出鬼没，自己接触到他的机会并不太多，但碍于面子和空空的口袋，轩辕景还是硬着头皮，一口答应下来。

得到了他的保证，理发师高兴极了："好兄弟，真是够义气，来来来，我帮你化点儿妆，保证锦上添花，让你更像一个'大反派'！不收钱！"

听到"锦上添花""更像大反派"等描述，轩辕景心动不已，再加上这个理发师早已证实了自己的实力，于是轩辕景十分放心地把脸也交给了他。

理发师哼着歌拉开抽屉，掏出一堆瓶瓶罐罐，开始在轩辕景脸上涂抹起来。他又是勾眼线又是涂眼影，甚至比轩辕景都兴奋。

简单的化妆比理发速度快得多，很快，镜子里就诞生了轩辕景的新形象——乌黑的嘴唇，厚重的烟熏妆，宛如鬼魅。

一开始看到自己的新形象，轩辕景当然是拒绝的，但抵不住理发师的一流洗脑功力，他竟然也觉得这样的自己酷炫中透着邪魅，邪魅中透着霸气，霸气中又透着高贵，是一副不折不扣的反派模样了。

而且伴随着这样造型的诞生，他的心境似乎也发生了翻天覆地的变化——似乎在他心中黑与白的界限，已经完全模糊了。

轩辕景站起身来，在镜子前转了一圈，全角度地欣赏着自己的新形象，把恰好看过来的店主吓了一跳。

店主瞠目结舌地看着轩辕景欣赏完毕，昂首挺胸地走出门，直到背影消失在视线中，他才如梦初醒地指着马特家理发师对其他人破口大骂："不是让你们看好他别让他捣乱吗？我们理发店还想不想有生意了？"

"店长……"之前试图阻止却失败的那个理发师战战兢兢地说道，"我原来说过，可是那位客人指名要求……"

店主闻言无语，摇了摇头，叹了口气，心里不由得生出一丝忧虑。

第十一章　大反派

现在年轻人的审美观都这么奇怪？难道自己的店真的该改变风格了吗？

走出理发店的轩辕景被铺天盖地的阳光照得不禁眯了眯眼。他觉得随着形象发生了翻天覆地的变化，自己也宛如获得了新生。

轩辕景此时的造型十分吸睛，不过周围的人停留在他身上的目光大多是厌恶、不喜和畏惧，如果换作曾经的轩辕景，大概是会心碎一地的，而现在的他反倒十分享受这样的目光。

没错，就该是这样的态度，反派总是这样孤独的！

大概是新造型带来的心境上的改变，轩辕景对"当坏人"这样的事上了瘾，一路上又是抢小朋友的气球，又是朝别人做鬼脸，时不时还要对陌生人发出刻薄的讥讽。

最为神奇的是，他的潜意识中似乎牢牢遵循着一种名为"欺软怕硬"的原则，遭受他欺凌的人大多选择了忍气吞声，至多便是骂他几句，这对于现在的轩辕景来说完全是不痛不痒，倒也没惹上什么麻烦。

他所走过的地方，遭殃者甚众，更糟糕的是，同样的遭遇很快降临到了其倒霉的主人钟洱冰身上——

"主人在吗？"

双休日在家休息的钟洱冰先是听到了一阵敲门声，伴随着敲门声一同响起的是轩辕景听上去有些模糊的声音。

"又忘带钥匙了吗？"钟洱冰嘀咕着开门，没想到首先映入眼帘的却是一头鸡毛毽子一般的头发。

"你是……"钟洱冰一眼没认出来，狐疑地上下打量着他，悄悄地把门关小了一些，并不打算让他进门。

"主人，把钱给我交出来！"碍于系统设定，轩辕景依然称呼她为"主人"，然而语气却没有丝毫恭敬的意思，反倒有几分趾高气扬。

从"主人"这个称呼及熟悉的声音中猜出了对方的身份，看着面前画风清奇的可人儿，钟洱冰整个人都蒙了。

轩辕景却完全体会不到她复杂的心情，见她一言不发，干脆抡起拳头在她眼前威胁地挥了挥，粗声粗气地说道："快把钱统统交出来！"

入室抢劫？不，等等……

钟洱冰脑中一片混乱。

就在这时候，本应在屋里做家务的小服飞快地蹿了过来，一脚踹开轩辕景，

把钟洱冰护在了身后，行云流水的一系列动作竟然硬是被他做出一种杀气腾腾的感觉。

然而这样的感觉却在小服干脆利落地结束了战斗，眼巴巴地转头等表扬的时候消失殆尽。

随手扯了扯他的呆毛以示鼓励，钟洱冰心有余悸地从小服身后探出头来，进入视线的却是顶着一双熊猫眼倒在地上的轩辕景。

——作为一个立志要做"大反派"的男人，为什么在线时间这么短？轩辕景心如死灰地装死。

钟洱冰无语了。

她收回视线，正接触到小服邀功一般的眼神。她迟疑了几秒，嘴角抽搐着，艰难地挤出几个字："嗯，不错，不过下次争取把他打得……美观一点儿。"

小服："不是我。"

"啊？不是打出来的吗？"钟洱冰干笑几声，狐疑地小声嘀咕了一句，很快又把注意力转移到了其他方面。

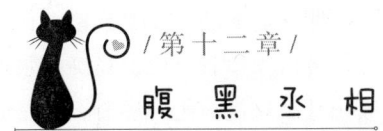

/ 第十二章 /
腹黑丞相

轩辕景这是怎么了?

她示意小服将他关机以防万一后,检查起了轩辕景此时的状态,发现他莫名其妙多了个负面状态——

"因为受到的刺激过多,黑化升级了,变成誓当'反派'的盟主"。

这是什么状态?

钟洱冰一头雾水地继续查看他的其他信息,发现就连商标也变成了"盟主2.0版"的字样,后面还多了一排红字:危险指数四颗星。

而主要的信息栏更是发生了翻天覆地的变化。

姓名:轩辕景2.0(可更改)

性别:男(出厂预设,不可更改)

外貌特征:他有着一张英俊的脸庞,涂黑的眼角勾勒出一种如魔似幻的气质,他那一头"马特家皇家贵族"标志的五彩头发,炫目得足以让任何一个少女,都会情不自禁地沉溺其中……

身份:曾经的他,是武林中玉树临风的第一公子,人人羡慕的武林盟主,眼中非黑即白,梦想着匡扶正义,拯救不幸之人于水火之中。如今的他却在饱经磨难之后,看透了情,看透了爱,看透了这个可笑的世界,如同凤凰一般涅槃重生,这不仅仅是外形上的改变,更多的,则是心境上的脱胎换骨,可谓——魔神归来!

拥有技能:抢小朋友的棒棒糖,欺负小朋友,欺软怕硬。

总觉得这个男主角什么地方都不对劲儿!

尽管轩辕景已经被关掉了,完全可以放下心,但钟洱冰想起他之前奇奇怪怪的举动和这奇怪的新属性,还是很没有安全感,一时不敢靠近他,只戳了戳小服:"小服,你知道……这是怎么回事吗?"

小服看都不看轩辕景一眼,毫不犹豫地说道:"坏了,退掉。"

"坏了?不对吧……"

明明更像是升级或者变异了,为什么小服要让自己去退掉他?

钟洱冰摸着下巴,狐疑的眼神在小服的脸上逡巡着,却没有从他的脸上看出什么端倪。她寻思着,还是做出了决定:"不管怎么说……还是先问问副总裁吧。"

不料,副总裁的电话一直打不通。

打了几个电话都没有人接后,钟洱冰皱起眉,眼底多了几分焦灼:"不行,一直联系不上。记得副总裁说过他最近要在邻市的分店待一段时间,正好邻市新开了一家游乐场,我们干脆直接去找他,顺便去那游乐场看看吧。"

小服一般是不会有什么意见的,他默默地点了点头,回屋去收拾东西。

他的效率一向很高,再则并不需要带太多东西,因此他很快就拉着行李箱折返。

临走前,钟洱冰见轩辕景双目紧闭,依然处于关机状态,于是十分放心地走出了房门。

她却没有注意到,在她转身的那一刻,小服的手似是不经意地掠过开机键,轩辕景蓦地睁开眼睛,眼中红光一闪。

两个人选择的交通工具是火车,位置并排,对面是一个穿着一身鹅黄色衣服,长得如面团一般可爱讨喜的少女和她的小男朋友。

"姐姐,你男朋友真帅。"

看着小服体贴周到的一举一动,坐在钟洱冰对面的少女托着腮十分羡慕地说道。

"男朋友?"

钟洱冰失笑:"他不是我男朋友。"

小服虽然没有吭声,身上却明显发出一种愉悦的信号。

见到两个人这截然相反的反应,少女的眼睛滴溜溜地转着,充满兴致和好奇,她旁边的小男朋友却不乐意了,伤心欲绝地看着她,十分哀怨地说道:"九九,你怎么可以觉得别的男人比我帅?"

少女似乎是司空见惯一般,听到这话,眼睛眨也不眨,随口说道:"当然是你最帅啦!"

夸奖的话让她的小男朋友脸上飘起了几朵小红云,她却依然目不转睛地盯着钟洱冰和小服的一举一动,看得钟洱冰后背发凉。

第十二章 腹黑丞相

好在火车很快就到站了，钟洱冰几乎是用逃出生天的心情告别了那对小情侣。

然而终于找到邻市的分店后，却是又一个"惊喜"等着他们——

"什么？出去了？"

"是的，这段时间业务比较多，所以副总其实很少在店里，如果您要找他的话，可以留一个电话，等他回来我们会为您转告的。"店主十分诚恳地说道。

钟洱冰正准备离开，旁边的店员看了看他们，似乎想起了什么一般在店主耳边说了几句话，店主若有所思地微微点头，然后开口叫住了他们："两位请等一下，今天副总只是临时出门，过不了多久就会回来，如果两位有空的话可以在会客厅等一等。"

接下来也的确没什么安排，钟洱冰和小服对视了一眼，还是决定在这里等一等。

店员为他们送上了热茶后，就忙自己的事情去了，钟洱冰再次拨打副总裁的电话，却依然没有接通。

她心里不由得泛起疑虑。副总裁难不成是知道男主角又出问题了，怕她找上门，所以故意躲着她吧？

两个人却不知道，就在他们辛辛苦苦地到处找副总裁的时候，正主却正脚步虚浮地从网吧走出来。

他穿着好几天没洗的衣服，因为熬夜打游戏而显得面容浮肿，看起来十分憔悴。

正在他打着哈欠打算回店里时，面前却忽然多了一个人。

副总裁抬起惺忪的睡眼看向对方，映入眼帘的却是一个……

画风清奇的年轻男子。

对方有着一头造型狂野的彩色头发，穿着一身朋克风格的皮质衣服，黑眼圈比副总裁自己的还要厚重很多倍，看起来就像是……

副总裁被自己这个想法吓了一跳，下意识地捂住了钱包退了一步。

注意到他的动作，对方凶神恶煞地喝道："把你的钱通通交出来！"

抢劫！

副总裁腿一软，下意识地打算转身就跑，下一刻，脸上却忽然露出狐疑的神情。

等等……

这个人好像有些不对劲儿？

作为男主角的生产商，副总裁当然有一套鉴别男主角的方法，短短的恍惚后，他很快认出了这是自己卖掉的男主角轩辕景。

如果没有记错的话，这不正是刚给钟洱冰换的新的男主角吗？

记忆中这个男主角性格温和、正直爽朗，是他精心从一堆残次品里挑选出来的，比之前正常的男主角整体素质都差得不太多，怎么会……变成这副样子？

副总裁暗恼陡生。

这些男主角在库房时明明都好端端的，虽然是残次品，但整体还是瑕不掩瑜的，不知道为什么，他们一到钟洱冰那里就接二连三地出问题。

钟洱冰……还真是个管家克星！

不不，眼下更重要的是……他怎么会连自己都认不出，竟然胆大妄为地攻击自己？

副总裁神情凝重地查看起轩辕景的信息，却发现他竟然多了一种"六亲不认"的负面状态，这种负面状态会使得男主角无法辨识出主人，充满攻击性。

至于他为什么会有这样的负面状态，副总裁真是百思不得其解……

兀自陷入沉思的副总裁却没有留意到，轩辕景看着他的眼神越发凶恶。

——自己这样酷炫霸气的大反派站在他面前，竟然还敢走神？

反派的尊严不容挑衅！

进入了黑化模式的轩辕景耐心短缺，当即决定直接运用武力征服眼前这个不识相的家伙。

直到一拳砸到自己脸上，副总裁才回过神来，久违的疼痛让他有一阵的恍惚。

尽管男主角失去控制这样的事极少发生，但为了杜绝这样的可能性，每个公司都配备有专门对付男主角的工具，清水公司当然也不例外。

副总裁当然有对付男主角的方法，然而偏偏这几天他迷上了网游，整日泡在网吧乐不思蜀，压根儿把工作抛在了一边，哪里还会尽职尽责地随身带着相关的设备？

于是，作为堂堂一个男主角的生产商，副总裁竟然被自己公司生产的男主角揍了一顿，这样的奇耻大辱简直让他觉得整个世界都灰暗了。

轩辕景离开后，他越想越伤心，缩在墙角委屈地哭了起来。

第十二章 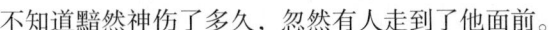 腹 黑 丞 相

不知道黯然神伤了多久，忽然有人走到了他面前。

首先映入眼帘的是一双锃亮的皮鞋，这双皮鞋看起来就十分高档，价格当然也漂亮得让副总裁记忆深刻。

似乎想到了什么，副总裁赶紧抬起头，果不其然，看到了总裁那张冷若冰霜的脸。

"我……"

他正准备诉说自己的委屈，刚吐出了一个字，不由得打了个冷战，赶紧停口，却依然太晚了。

总裁抱起手臂，居高临下地一笑，但那脸上冒出的森森寒气却并没有让副总裁感到放松，反倒是让他想起一个叫"怒极反笑"的词。

总裁说："我说怎么这么多天见不到你，原来你居然泡在网吧打游戏？你还要不要这工作了？"

"不不，总裁，你听我解释啊！"

"闭嘴！"

于是一场异常惨烈的职场战争在这个阴暗的角落发生了。

这场战争导致的最终结果是，副总裁垂头丧气地冲回了分店。

"副总裁，这位……"

店主见到他眼睛一亮，连忙开口想要把钟洱冰来访的事情告诉他。

然而副总裁却不耐烦地摆了摆手，对他的话充耳不闻，兀自在店里翻找着什么东西。

钟洱冰刚瞟到一眼他的身影，他就匆忙地翻出收拾男主角的工具，然后再度冲出了门。

对于副总裁这样无礼的举动，店主显得有些尴尬，干笑着说道："副总裁只是……他大概是遇到了什么突发事件，女士，您要吃点儿什么吗？这附近有一家……"

好在这一次，副总裁还算给他面子，并没有失踪多久。

半个小时后，他风风火火地拖着鼻青脸肿的轩辕景回来，动作十分粗鲁地把他塞进了废弃男主角通道。

从副总裁带着轩辕景冲进来开始，钟洱冰就全程看得目瞪口呆，直到轩辕景尖叫着消失在传送带尽头，她才回过神。

无暇去思索轩辕景怎么神奇地从家里跑了出来，她的第一反应便是：

"这……算不算越俎代庖啊？我并没有退货啊。"

她的声音如同清凌凌的冰水，副总裁这才从暴怒状态清醒过来。他僵硬地转过头，脖子似乎都发出了"咔嚓咔嚓"的声音。

副总裁刚准备开口说些什么，一个彬彬有礼的声音忽然响起："由于我们的过失，这个男主角发生了无法修复的程序错误，为了表示补偿，我们会立即为您准备一款新的男主角。"

钟洱冰循声望去，却见一个戴着金丝边眼镜的陌生男子，看起来倒是很符合副总裁心目中温文尔雅的金牌管家形象。

副总裁用充满感激的眼神看了他一眼。

不愧是……他简直就是及时雨一样的存在！

副总裁隐晦地瞄了钟洱冰一眼，暗自庆幸，幸好他没有贸然……

此人的解围似乎让副总裁有了灵感，他似乎想起了什么，从口袋里掏出几张票一样的东西递到钟洱冰面前，讨好地说道："远道而来也没什么好招待你们的，这里正好有几张新开的游乐园的优惠券，有空的话你不如和……"

他的目光落到了钟洱冰旁边看起来呆呆的小服身上，顿了顿，脸上再度露出了不忍直视的神情，怎么也无法把"小服"叫出口，只好绕过了称呼，含含糊糊地说道，"你们可以一起去转一转。"

小服接过优惠券，低头看了一眼，平静地说道："过期了。"

钟洱冰狐疑地看向副总裁。

副总裁脸一僵，打了个哈哈，赶紧把手伸进口袋再掏了掏，又掏出几张票。这一次，他特意留意了日期才将票送到两个人手里。

好不容易送走了这对"煞星"，副总裁抹了一把头上的汗，看向刚刚解围的男子："下一个男主角安排好了吗？"

对他的狼狈视若无睹，男子语气温和："按照您的要求，已经发货了。"

"那就好。"

店主在旁边忍不住插话："副总裁，这位顾客好像要求挺高啊，这都第几个了？你说这次的……"

"还有……"

他迟疑地看着眼镜男子，"您瞒着总裁，把因为我们这边的失误打算补偿给玩家的小服二号扣下来不太好吧？万一被玩家发现了……"

副总裁看了一眼眼镜男子，得到他肯定的眼神后，沾沾自喜地说道："这

个男主角一定不会发生什么问题了,这次是我和二号共同商量好的,他一定会来一场英雄救美留住顾客的心……二号的事你就更不用担心了,你没看到小服好端端地在她旁边吗?顶多就是充电充过头,导致性格有些变化,何必要浪费资源呢?"

明明副总裁说得信心十足,不知道为什么,店主却有些不安心,他总觉得自己似乎忘掉了什么。

直觉告诉他这件事很重要,只不过,直到副总裁和二号离开,他也没有想起来。

也许……这件事没有那么重要呢。

店主压下自己心里涌出的不安,这样安慰自己,然后安心地开始玩起了"斗地主"。

半个小时后,店长收到了来自副总裁的短信,上面表明他们已经登上了回去的飞机,马上关机。

就在这时候,一个管理库存的店员忽然慌慌张张地冲了出来。

"不好了,店主,好像……副总裁把'他'发出去了!"

"他?"听到他的话,店主先是一脸茫然,随即恍然大悟一般脸色一变,不由得倒吸一口凉气,蓦然站了起来。

他终于想起自己忘掉的事情了!

之前因为仓库空间不足,所以他们把新研发出来的"他"和库存男主角们放在了一起,没想到却被副总裁阴差阳错地误发了。

"他"是他们这个分店为了提高销量,背着总部那边秘密研发出来的,一旦被发现的话,后果可想而知。

更重要的是,"他"还是个……

他焦躁不安地在店里转了几圈,只觉得心烦意乱,最终还是咬着牙说道:"这件事就不汇报给副总了,毕竟'他'……"

他和店员交换了一个意味深长的眼神。

早已进了游乐场的钟洱冰和小服并不知道店里发生的事。

今天是周六,游乐场的人很多,大多是情侣或者家长带着孩子,买了票就匆忙进门,一看就知道是有目的地游玩。

钟洱冰和小服木桩子一样站在入口处,倒有些不知所措。

"我从没来过游乐场……"

钟洱冰思索着,把目光投向小服。

接触到她疑问的视线,小服简单地回答:"没有。"

钟洱冰环顾了一周,看着周围熙熙攘攘的人群,眼神有些古怪。

不知道为什么,她可以肯定记忆中自己并没有来过游乐园,却总有一种似曾相识的感觉。

看着面前巨大的摩天轮,她的脑海中似乎飞快地闪过什么,却又在她细思时了无痕迹。

"真是奇怪……"

"洱冰姐!"

清脆的声音打断了钟洱冰的思绪,循声望去,她却看见有一段时间没见到的白玥光遥遥向她挥手,笑靥如花。

钟洱冰不由得有些惊喜。这段时间白玥光兄妹一直到处旅游,算来两个人也有不短的时间没碰面了,倒没想到会在这里碰到她。

吸引到钟洱冰的注意后,白玥光就脚步轻快地向钟洱冰和小服的方向跑来,大概是因为太过高兴,她并没有注意到周围的情形,于是在只离钟洱冰几步之遥的位置不小心撞到了一个人。

"小心。"

对方稳稳地扶住了她,声音温和地提醒道。

"啊,对不起对不起!"

白玥光慌慌张张地说道,抬起头的那一刻却呆住了。

她对上了一双春光潋滟的眸子。

这是一个如同画中走出来一般的美男子。他有着水墨画一般的眉目,说不出地清逸脱俗,宛如画中的仙人,他唇畔浮着一抹清浅笑意,看起来十分可亲。

不知道为什么,明明白玥光已经站稳了,但他的手却还扶在她的腰上,并没有移开。

如果换一张脸,这完全就是占便宜的举动,而顶着这样一张仙人一样的脸的他做得十分坦然,也让人生不出恶感。

面对这样古怪的举动,白玥光竟然没有一如既往地一脚把他踹飞,而是失神地看着他,面红耳赤,宛如少女一般。

一旁的钟洱冰看得瞠目结舌。

第十二章 腹黑丞相

脸红？害羞？少女？

以上的任意一个词在记忆中，还从未在这只金刚芭比身上出现过。

第一次，钟洱冰意识到白玥光是个柔弱的女孩子。

她倒并不认为是白玥光的问题，因为白玥光的桃花运异常好，而外貌出众的追求者遭到同样残忍的待遇，也不是一回两回的事啊……

难道这个男子身上有什么特别的吸引人之处？

这是钟洱冰绞尽脑汁唯一想出的可能性。

大概是钟洱冰的视线太有存在感，白玥光几秒后如梦初醒一般，触电似的从他怀中挣脱，一路小碎步地跑到了钟洱冰身边。

对上钟洱冰打量的眼神，白玥光似是后知后觉地意识到自己的失态一般，不好意思地把自己藏在了她的身后，故意避开男子的视线，然后拼命扯着钟洱冰的衣袖闷闷地说道："我们快走吧，丢脸死了。"

比起羞，白玥光现在更多的似乎是恼。

话音落下，没等到钟洱冰的回答，她已一马当先地走在了前面，然而走路的姿势却异常僵硬。

"怎么？小鹿乱撞了？"

钟洱冰跟上前，调侃地用手臂撞了撞她，忍不住回头看了一眼，却正对上刚才那个男子的视线。

他竟然没有离开，看到钟洱冰回头后，对着她挑眉一笑，一副早有预料专等着她回头的模样，钟洱冰不由得皱起了眉。

她回过头，心里总觉得这个人有些古怪。

"不知道，"离开那个男子后，白玥光似乎从那种脸红心跳的状态脱离了，她神情茫然地挠了挠头，"不知道为什么，总觉得……"

她努力组织着语言，却怎么都描述不出那种鬼迷心窍的状态。

就在这时候，小服忽然开口："他在跟着我们。"

"什么？"白玥光大惊地回过头，"咦？他还真跟着我们！他是什么意思啊？"

"也许是正好去一个方向吧。"

钟洱冰安慰地提出一个猜测，心里却暗暗防备起来。

令人费解的是，这个奇怪的男子一直跟在他们身后。

他似乎也不打算隐藏自己的意图，闲庭信步一般沿着他们的路线走着，甚至在他们回过头时还微笑着点头。

莫名其妙地走了一段路，白玥光终于忍不住了，她拉着钟洱冰一起停了下来，等着男子自己撞上来。

男子似没有看到她防备的目光一般，停在两个人的面前，目光不着痕迹地在两个人脸上打了个转，然后微笑着开口："有话要和我说？"

"喂，你跟着我们……"一靠近她，白玥光的脸就控制不住地涨红，却还是艰难地吐出了后半句话，声音却不禁放轻了很多，"做什么？"

钟洱冰也绷着脸，略带防备地看着他。

男子莞尔，笑容温如三月的微风，然后做出了一个出人意料的举动——

他忽然把脸凑近钟洱冰，见到这一幕，白玥光红着脸，眼神兴奋，小服头上的呆毛却警惕地直直竖起，看向男子的眼神异常不善。

钟洱冰却是一怔，因为他在她耳边轻声说道："还没有猜到吗？"

想到了某种可能，钟洱冰不确定地问道："你是……新男主角？"

男子闻言笑意更深，默认了她的猜测。

"新男主角？"听到了钟洱冰的话，白玥光不由得一愣，看向男子的眼神少了一些敌意，却依然充满怀疑。

"当然。"

说到这里，他慢慢地展开不知道什么时候出现在手中的扇子，遮住了大半张脸，唯余一双似笑非笑的眸子。

话音落下，他暗示一样地眨了眨眼睛，旁边的一个女生因为忙着看他，"咚"的一声撞到了电线杆。

钟洱冰和白玥光目瞪口呆，小服的呆毛更是瞬间被无形的雷劈成了焦黑色。这一行人都是外貌出众，更不要说还有一个格外吸引眼球的家伙在，更是引来了众多若有若无的视线。

实在没有被围观的爱好，在钟洱冰的强烈建议下，几个人就近找了个奶茶店，决定坐下来谈。

为了表示自己的友好，男子刚一坐下就主动交出了自己脖子上的商标牌。商标表明他的身份是丞相。

因为对这个新来的男主角极端不信任，钟洱冰还偷偷用了几种网上攻略里教的防伪鉴定来判断他的真假。

然而一切都表明，眼前这个男子的确是清水公司生产的，她的男主角。

第十二章 腹黑丞相

姓名：阑慕华（可更改）

性别：？

外貌特征：水墨画一样清逸出尘，如同谪仙下凡。眉眼清雅，气质非凡，举手投足都十分优雅。

身份：他，被上天贬谪的仙人。他，是权倾朝野的腹黑丞相。他，是未明朝所有未婚少女的梦中情人。世间无数男男女女为他倾倒，他却从未动容。没有人知道，他其实是一个无心无情之人……

拥有技能：面不改色地奉承，随手变玫瑰，出场自带背景音乐和动画效果。

钟洱冰觉得似乎有什么地方不大对劲儿，却又一时反应不过来。

不得不说，这种花花公子标配的技能和他那仙气飘飘的脸画风十分不一致，只不过，所有的举动让他做出来却又显得那样理所当然。

无论怎么说，阑慕华的身份揭开谜底，几个人之间也算是心无芥蒂了。

正好这时候，服务员来送奶茶。

这是一个看起来年龄不大的女孩子，显然也被阑慕华的容貌所欺骗，红着脸频频偷看他，都没有注意到几个人的奶茶完全送混了。

阑慕华手托着腮，笑吟吟地任她看。

偷看被抓了个正着，女孩子有些惊慌，手一抖，剩下的一杯奶茶没有拿稳，杯子侧翻，滚烫的奶茶洒了一些在她的手上，她不由得惊叫一声。

见到这一幕，阑慕华脸上的笑意顷刻间消失得一干二净。

在所有人都以为他是要发火的时候，他忽然站起身来，珍宝一样捧起这个女孩的手，叹了口气："这么可爱的女孩子，可不能生气啊！"

众人无语。

尽管做出这样的举动，阑慕华却并不显得轻佻，正直得如同鉴赏艺术品一样。反倒是那个女孩子满身不自在，她面红耳赤地抽出手，如同小兔子一般跳了起来飞快地跑掉，临走前还甩下了一句："抱……抱歉，我会让老板给你们免单的！"

直到那个娇小的身影消失在视线中，阑慕华才在白玥光惊叹的目光中施施然坐下。

"没办法，我总是容易对女孩子心软。"他是这样解释自己的行为的。

钟洱冰看着他对着白玥光含情脉脉的样子，之前查看资料时的那丝违和感再度涌起，她后知后觉地想起了什么，赶紧再度翻找起他的资料，映入眼

帘的却依然是同样的信息,她不由得一惊,蓦地抬头看向阑慕华。

等等!性别那一项是怎么回事?

钟洱冰的脸上刚露出古怪的神情,分明前一秒还在和白玥光聊天的阑慕华就第一时间注意到了。

他看向她,浅笑盈盈地问道:"主人,怎么了?"

还真是擅长察言观色。

钟洱冰犹豫了一下,还是问了出来:"你到底……是男的还是女的?"

话音落下,白玥光第一个露出惊讶的神情,然后仔仔细细地打量了阑慕华一番后,用眼神无声地向钟洱冰传递着"你怎么了"的信号。

阑慕华微怔之后,眨了眨眼睛,似乎觉得她这个问题十分可笑。但他却还是风度极好,笑盈盈地说道:"你说呢?"

并没有被他的表情所欺骗,钟洱冰冷静地陈述道:"可是……你的性别显示的是问号。"

话音一落,几个人的反应皆不相同。

小服是一如既往的放空状态,白玥光则是不可思议地重复道:"问号?"

她怔愣了几秒后,眼神极为古怪地看向阑慕华。

"问号?"阑慕华同样重复了一遍,微微睁大眼睛,显得有些惊讶,"他们怎么可以这样?"

紧接着,他似乎想起了什么,脸上露出若有所思的神情,低声喃喃:"大概是因为……我身上有一些女孩子独有的小毛病吧。"

女孩子独有的小毛病?钟洱冰对他这样的解释深感怀疑——

能够使得性别都被模糊的,真的会是什么小毛病吗?

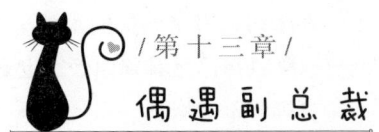

第十三章
偶遇副总裁

喝完奶茶后,几个人接下来都没有安排什么行程,不过既然有免费的游乐园券,不用也挺可惜的。

免费游乐园券只有两张,恰好钟洱冰和小服都意兴阑珊,于是白玥光和阑慕华就一起去了。

而至于钟洱冰两个人怎么打发时间,她早就想好了——

"我们去网吧玩游戏吧。"她十分愉快地宣布。

小服沉默地望着她。

不知是不是错觉,钟洱冰总觉得听到"游戏"二字时小服的眼神有一刹那的怪异,一度让钟洱冰以为他不喜欢网吧这样的地方。

不过,他并没有提出异议。

这一带是商业街,两个人很快就在距离游乐园不远的地方找到了一个环境不错的网吧。

找到空电脑坐下后,钟洱冰给白玥光发了短信说明自己的位置,方便一会儿会合。

网吧的游戏很齐全,目前比较红的几款网游一应俱全。

当然,一些比较老的经典游戏也占据着半壁江山。

钟洱冰也不挑,随意找了个游戏就玩了起来,旁边的小服也和她打开了同一个游戏。

大概是因为喝了一大杯奶茶的缘故,刚把新手任务做完,钟洱冰就想去厕所。

她跟小服说了一声后,在网管的指点下找到了网吧内部的厕所。

上完厕所后,钟洱冰原路返回,却在中途瞥见了一个熟悉的人影。

她的脚步不由得放慢了几分,迟疑地看向那个人。

咦?

这不是副总裁吗?

她隐约记得之前他们来这里时，那个店长还说过副总裁这段时间天天跑网吧，所以在这里看到他好像也不太奇怪——

等等，不对啊！

不是说他和那个被称为"二号"的年轻男子今天就已经回去了吗？

说不定是人家临时改变了主意呢？

钟洱冰也没多想，只好奇地瞟了一眼屏幕，想知道究竟是什么游戏让他这样乐不思蜀。

恰巧这时候屏幕画面切换，一个戴着面具的古装男子的脸出现在屏幕上，下面还飘出了几个选项。

"姑娘，让你受惊了，我们是不是曾经在哪里见过？"他声音低沉地问道。他身上残留的血腥味传入鼻中，让你心里的恐惧一波一波涌来。原本应该远离这样危险的人物，望着他面具泛着的冰冷光泽，你却鬼使神差地开口——

a. 可是……我并不记得你。

b. 或许是在梦里吧。

c. 我也觉得公子甚为面善，也许是上一世呢！

d. 你这是在搭讪吗？

虽然钟洱冰没玩过这类游戏，却频频在同事的电脑上看到这样熟悉的画面，此时恍然大悟——

没想到副总裁这样不务正业，跑来网吧玩这种……游戏？

这……究竟该怎么评价呢？

只能说，副总裁还真是有颗少女心。

自觉知道了什么不该知道的事情，钟洱冰赶紧收回了视线，蹑手蹑脚地从他身后走过，想要假装自己没有发现这个惊天大秘密。

然而，她却因不小心碰到椅子被副总裁发现了。

"其实，我……"

钟洱冰绞尽脑汁地想要挤出几句亡羊补牢的话，努力不让副总裁发现她已经知道了他的秘密。

然而让她感到十分绝望的是，副总裁竟然不以为耻，还拦住了她："等等，你来得正好，快帮我看看这个男主角怎么攻略，我这好感度怎么总是升不上

第十三章　偶遇副总裁

去啊。"

钟洱冰的嘴角抽搐了一下，不情愿地上前一步。

原本打算拒绝的，但对上副总裁恳求的眼神，又想起对方任劳任怨地送来了一个个男主角……还是狠不下心。

毕竟，也是举手之劳的事情，而且她其实还挺好奇这种游戏究竟是怎么一回事呢！

这样想着，她也果断拉过旁边的椅子凑上前。

这个游戏是可以多线并行，也就是可以同时攻略多个角色的。

副总裁正在攻略的这条线是个王爷，从角色图片来看，是一个温润如玉型的男子。

"明日的这个时候，我在这里等你，我有话想和你说。"三王爷温柔地看着你，深邃的眸子带着你看不懂的情绪。望着他的眼睛，你的声音不自觉地放轻了些——

a. 这……

b. 好的。

c. 抱歉，我……

d. 你是谁？

在四个选项中徘徊了一下，钟洱冰没有多加迟疑就选了最后一个选项。

她虽然没有玩过这种游戏，不过想也知道，想要攻略一个并不了解的角色，人物情报是必需的，现在她压根不知道这个王爷是什么人，完全是一摸黑，当然要先问清他的身份了。

看到她的选择，副总裁做了个捂脸的表情。

"怎么了？我选的不对吗？"钟洱冰有些疑惑地问道。

副总裁干笑了一声，十分勉强地说道："没有，你……你继续吧。"

于是，钟洱冰继续攻略另一个角色。

说完了牛郎织女的传说，五皇子看向你，明亮的月光映在他犹带稚气的脸上，你注意到他的脸似乎微微泛红，眼睛却如同宝石一样闪闪发光。这样的情形下，你觉得你必须说些什么——

a. 哇，好浪漫！
b. 哦？难道你这是在向我暗示什么？
c. 改天我们再一起出来看星星看月亮吧。
d. 可是……那明明是北极星啊。

智力题？
钟洱冰看了眼星相图，胸有成竹地选了d。
副总裁眼角跳了跳，无精打采地叹了口气。
没有注意到他的反应，钟洱冰又把注意力投向下一个角色。

"薛神医，你今天心情不好？如果有什么心里话，可以告诉我，毕竟我们是最要好的朋友，不是吗？"听到我的话，薛神医不由得动容，似乎犹豫了几秒，才欲言又止地轻声问道："我……可以相信你吗？"他那向来清冷寡淡的脸上难得地露出了一丝脆弱，我不由得一阵揪心，开口说道——
a. 当然可以，我一定会为你保守这个秘密的。
b. 相信我。
c. 没兴趣知道。
d. 只有死人才能够保守秘密。

这一次有些难选，钟洱冰皱起眉，斟酌再三，依然选择了第四个选项。
副总裁的头都要沮丧得垂到桌子上了。
诸如这般，一个个出乎钟洱冰意料的结局出现了。
三王爷长叹一声，失望地转身离去。
数月后，你听说他娶了尚书之女为妃，琴瑟和鸣，就如同你们之间曾经的那些小小的秘密，都只存在于你一个人的记忆中。
五皇子的脸一阵青一阵红，半晌，他愤愤地吐出了一句"你这个人真无趣"。
那日之后，他再也没有出现在你面前过。
"死人？"薛神医古怪地笑了笑，眸中隐约的期待顷刻间消失殆尽。他自嘲地笑了笑，"呵，你又何必这样惺惺作态，你明明知道，明明知道我舍不得伤你半分，罢了，就当是我们无缘吧。"
三王爷娶亲了，夫妻之间琴瑟和鸣，隔年添了一双儿女。

第十三章　偶遇副总裁

边境频频受扰，五皇子立志报国，最终战死边疆。

薛神医在一个普通的雪夜留下了一封书信，然后不知所终。

一年又一年，年岁渐长，你成了一个老姑娘。

周围年龄相近的女子早已嫁人生子，就连妹妹们也已定亲，整日充斥耳朵的都是爹娘的叹息和族人的冷嘲热讽。

而这偌大的长安城里，能够供你挑选的良人竟然也越来越少。

最终，受不住流言纷纷的你，选择了剃掉长发，常伴青灯。

从一开始的情节，竟然能发展为这样的结局，钟洱冰无奈极了。

原来副总裁玩的时候虽然好感度不高，但也是稳步上升的，没想到她一接手，任务对象一个接一个地离开了。

消化了好久才从这样的结局回过神来，钟洱冰摸了摸鼻子，有些心虚地说道："这几个男主角性格太奇怪了，我有点儿捉摸不透……"注意到副总裁哀怨的眼神，她的声音不由得渐渐减弱。

不知道是不是错觉，这一瞬间从副总裁的身上，她感受到了一种浓浓的绝望。

不就是玩游戏玩出了一个悲剧结局，至于这样吗？

钟洱冰腹诽着，痛下决心一定要远离这种会为攻略不到游戏里的任务对象而绝望的神奇男人。

"你还敢说他们性格奇怪？明明是……"

再度开口，副总裁的声音虚弱得像是只剩了半口气。

被他的目光看得头皮发麻，钟洱冰赶紧找了个理由脱身："我先回去了，小服在叫我。"

虽是借口，不过钟洱冰回到位置上时，却发现小服的确在等着她。

明明脸上没什么表情变化，钟洱冰却莫名其妙地觉得他在看到她的那一刻，似乎松了一口气。

她心力交瘁地坐下，几乎是立刻瘫软在椅子上，向小服抱怨起刚才发生的事："竟然全都是悲剧，难道是我不对吗？"

"主人很好。"

小服安静地听完事情的来龙去脉，望着她，认真地说道。

对上他的眼神，钟洱冰微怔，有些不确定地喃喃："是吗？"

没等小服回答，钟洱冰就又摸着下巴，面不改色地自问自答道："嗯，不过我也知道，我的确很好，这些没眼光的奇怪角色。"

小服无语了。他头顶的呆毛十分嫌弃地换了个方向趴下，似乎无法面对这个神奇的女人。

钟洱冰目光落在他的头顶，一挑眉，危险地眯起了眼睛，伸手扯住了他的呆毛，在手指上绕了几圈："嗯？这是什么反应，你对我很不满吗？"

没有料到她的举动，小服有些呆愣，随即眼中因疼痛而泛起了泪花，小声说道："没有。"

钟洱冰松开手，看着呆毛晕乎乎地晃来晃去，觉得十分有趣，忍不住又弹了一下才恋恋不舍地收回手。

小服心有余悸地固定住呆毛，紧紧地把它护住，然后一本正经地果断表明了立场："主人最好了。"

钟洱冰点头："那是当然。"

小服无语了。

好在这时候，白玥光和阚慕华出现了。

找到钟洱冰所在的位置时，白玥光怀里抱着一只毛茸茸的玩具熊，高兴得小脸红扑扑的。

一见到钟洱冰，她就迫不及待地摸着玩具熊炫耀道："怎么样？是不是很可爱，这是我们参加活动赢的，猜谜大作战！"

钟洱冰闻言，神情狐疑地上下打量着她："你……猜谜？"

"喂，你别小瞧我啊，我可是……"

夸口的话刚说出一半，白玥光的眼角余光不期然间瞟到身边笑而不语的阚慕华，她顿了顿，这才不情愿地改口："好吧！其实也有他的一点点功劳……嗯，他猜谜还挺厉害的，真是人不可貌相！"

假装没有听出白玥光话中的含义，阚慕华对着钟洱冰笑得眸光潋滟："主人，我可是还有很多优点，等着你慢慢发掘呢！"

白玥光呸了他一声："洱冰姐你别理他，他简直就是个人形发电机，刚才好多女孩子过来问电话呢，我都要被她们的目光射成筛子了！"

想起刚才的经历，她不由得唱作俱佳地抱着头抱怨道。

此时，她身上完全看不出对阚慕华那种难以言说的迷恋了。

除却特别喜欢对女性放电这一点，阚慕华这个男主角整体而言，性价比还是很高的。

第十三章　偶遇副总裁

　　他虽然平时看着有些不着调，也不像小服那样十八般武艺样样精通，但不知道为什么对做家务并不反感，反而十分喜欢扫地。

　　即使是做着扫地这样接地气的活儿，阑慕华也显得格外清新脱俗，一举一动跟幅画似的，说不出地飘然。

　　而且，阑慕华十分喜欢展示这样的本领，每天都要很勤劳地扫三次地。

　　尤其是有客人来时，他更是会十分频繁地扫地，而且整个过程动作十分缓慢，务必要保证每一个扫地的动作分镜都十分唯美。

　　简直就是表演型人格！

　　不过倒也有人吃这一套，比如白玥光就很喜欢看他扫地。

　　说起白玥光，钟洱冰也有些奇怪，明明她刚和阑慕华打照面时还一副喜欢得不得了的模样，也明明和他一起去游乐场玩过、参加过活动，然而那天以后，那一丁点儿粉红反倒消失得一干二净，像是被全部格式化了一样。

　　虽然白玥光看阑慕华的时候还会发一下呆，却不再出现那样少女心泛滥的模样了，相反二人似乎总是有些看对方不顺眼，屡屡相互拆台。

　　不过，单就阑慕华扫地的技术和观赏价值这方面来看，即使是努力挑刺的白玥光也不得不承认自己的确没办法鸡蛋里挑骨头。

　　相反，她还偷偷向钟洱冰表达了自己的欣赏，试图挖墙脚："哎呀，他扫地扫得真不错，不如让他去我哥店里扫吧，我们按照实习生的待遇给他开工资！"

　　钟洱冰一怔，下意识地看向阑慕华。

　　这时候，正是因为白玥光这个客人的到来，阑慕华特意在钟洱冰面前来回扫了好几次地，地面已经一丁点儿灰尘都没有了。

　　她这是……觉得他的出现率太高了，故意在说反话？

　　钟洱冰不确定地想着，仔细地打量着白玥光的神情，却没有察觉出什么端倪，但她心里还是觉得怪怪的，于是朝阑慕华挥了挥手："辛苦了，你先去休息吧。"

　　明明是好心让他下去休息，阑慕华却表现得像是钟洱冰准备要他的命似的，脸上立刻挂上了溢于言表的失望。

　　他挂着扫把等了几秒都不见钟洱冰有收回这个命令的打算，只好十分失望地拖着扫把，无精打采地离开了钟洱冰的视线。

　　白玥光伸长了脖子看着他的背影，直到他消失在视线之中，才恋恋不舍地收回目光，扼腕叹息："哎，怎么好端端的让他走了啊，他看起来挺失望的。"

钟洱冰一愣："啊，可是，你不是暗示我让他离开吗？"

白玥光先是觉得一头雾水，回忆了好一会儿才反应过来，有些哭笑不得，"哎呀！洱冰姐，你不是以为我在开玩笑吧？我是认真的啦！"

被她"认真"的态度所感染，钟洱冰也很配合地用认真的语气重复："认真的……让他去你们店当表演型的清洁工？"

白玥光扑哧一笑，然后边笑边摆着手解释道："不是啦，我哥最近开了个小店，专门卖笔墨纸砚的，正好让他去门口写字来帮忙宣传一下。"

"啊，也行，回头我问问他。"

哦对，不得不说，这几天除了阚慕华以外，小服也怪怪的。

阚慕华才刚被赶走没多久，小服就气场阴郁地拖着拖把出现了。

他把阚慕华扫过的每一寸地面都仔仔细细地拖了好几遍，边边角角都不放过。等他脚步轻快地提着拖把离开时，地面都可以照出人影了。

钟洱冰和白玥光的目光一直跟随着他，直至其离开客厅。

然后，二人面面相觑。隔了半晌，白玥光才嘴角抽搐地开口："你家这是在玩'你方唱罢我登场'的游戏？"

钟洱冰正准备开口，忽然从房子里间传来一声刺耳的尖叫。

这个声音太过尖厉，因此钟洱冰一时没听出究竟是谁的声音，还以为家里来了什么不速之客呢。

脸上的笑意微微敛起，钟洱冰扯起白玥光："我们过去看看。"

"救命啊！"

"救命啊！来人啊！"

"啊啊啊啊！快来人啊！"

伴随着两个人一步步走近，这个声音越来越大，也越来越撕心裂肺，似乎出声的人下一秒就有生命危险一样。

她们最终循着声音，停留在了某个房间的门口。

白玥光深吸了口气，脸上露出一副视死如归的表情，紧紧地拽着钟洱冰的手打算推开这扇似乎背后藏着危险的大门时，钟洱冰却拦住了她。

咦？难道洱冰姐害怕了？

难得看到钟洱冰露出这样小女生的一面，白玥光心里莫名其妙涌出一种小小的窃喜，想到旁边还有一个人依赖着、需要着她，她顿觉豪气万千，连

第十三章　偶遇副总裁

面前未知的危险都不怕了。

"别怕，有我保护你！"

这句话在她嘴边打了个转，却又在注意到钟洱冰深思的神情时被默默地吞了回去。

啊，这样会察言观色的她真是太棒了！

此时，旁边的钟洱冰当然不知道白玥光已经神游天外了，而是神情怪异地打量着面前这扇门。

等等，这……这房间不是，阑慕华的吗？

钟洱冰这才后知后觉地辨认出那声音的确有点儿像阑慕华，只不过实在太过扭曲失真，以至于她压根没听出来。

不过也许真有什么糟糕的事发生了，钟洱冰很快就不再多想，而是赶紧推门而入。

然而眼前的一幕却让她下巴都要惊落了——

那个向来优雅、高贵，举手投足从容不迫的谪仙一样的男子，此时竟然手脚并用地拼命往窗台上爬，一副想要跳楼的模样。

与此同时，他还焦灼不安地回头频频往地面上看，似乎被什么东西吓得花容失色。

直到钟洱冰等人出现在房间门口时，他还闭着眼睛放声尖叫着，声音比女人还要尖厉。

钟洱冰十分无奈。

一瞬间，若干个标题争先恐后地从她的脑海里冒出来。

"你怎么了？"

虽然对他此时的形象感觉有些微妙，但本着人道主义关怀的原则，钟洱冰还是顾不上嘲笑他，用视线在地面逡巡了三遍，也没有找到缘由。

听到她的声音，阑慕华像是见到了救星一般，立即连滚带爬地从窗台上冲了过来。

大概是速度太快，钟洱冰愣是没注意到他是怎么蹿到自己面前来的。

旁边的白玥光，虽然努力地想要绷着脸显得严肃一些，但根据此时其僵硬的面部表情和钟洱冰对她的了解来看，此时的她内心活动一定是"天啊！画面太美不敢看"。

"你究竟……"

钟洱冰立刻开口询问事情的来龙去脉。

"刚才……"

不料他刚开了个头，就被一个声音打断了——

"你们……"同样被阑慕华的尖叫声吸引过来的小服站在门口，呆愣地看着眼前的一幕。

仿佛收到了某种信号一样，他头顶的呆毛忽然发出绿光，头顶看起来绿莹莹的。

"看不出来吗？我在和主人搞好关系，我要成为主人得力的助手！"

似乎收到了某种信号，刚才还抖得筛子似的阑慕华表演型人格及时上线，道貌岸然地胡说八道起来。

清晰地感觉到他的身体还在颤抖，钟洱冰犹豫了一下，还是本着关怀的原则，没有拆穿他。

小服抿了抿唇，眼巴巴看向钟洱冰，大概是想要得到一个合理解释，眼神似乎还带着几分委屈。

啊，多可怜的小宠物。

钟洱冰心一软，正打算开口解释，阑慕华却抢在钟洱冰表态之前，说道："别枉费精力了，你这么傻乎乎的，作为一个金牌管家，根本就不合格……"

他的话音未落，似乎是被戳中了某个雷点一样，小服眼神忽然转冷，二话不说就从腰侧摸出一把从未见过的武器。

也不见组装，他抬起手就面无表情地对准阑慕华来了一发。

整个过程不超过三秒，在场的其他人压根没有反应过来。

至于阑慕华自己更是大吃一惊，在危险降临的那一瞬间，他条件反射地偏了偏头，险险地躲过了这一记"暗箭"，之后露出一副心有余悸的模样。

阑慕华好一阵子才稳住了呼吸，之后眼神游移地频频掠向小服的腰侧和他冰冷的眼神，面对这样的威胁，他不敢再开口挑衅，十分自觉地离钟洱冰远了一些。

而钟洱冰和白玥光此时更是眼睛都瞪圆了。

这种杀伤性武器怎么会出现在他身上？

丝毫没留意一众惊呆的人，见这个碍眼的家伙已经自觉地离开了钟洱冰，小服满意地收起了武器，然后把阑慕华毫不留情地挤到一边去。

"喂，你不要太过……"

第十三章　偶遇副总裁

未待阚慕华反应过来，小服已经趁机蹭到了钟洱冰身边，占有欲十足地声明："主人，我的。"

阚慕华哑然，半晌才小声嘀咕道："兔子不吃窝边草啊。"

他的声音很小，其他人并没有听到。

"嗯嗯，真乖。"

听到小服的话，钟洱冰先是一怔，随即喜笑颜开地捏了捏他的呆毛："说起来，你这武器哪里来的？"

小服抿了抿嘴，长长的睫毛掩去眸中的情绪，小声说道："忘了。"

忘了？

钟洱冰有些狐疑地打量着他，总觉得他没说实话。不过，这个倒可以一会儿再问，现在的当务之急是——

她严肃地看向阚慕华："你刚才究竟遭遇了什么？"

因为那段插曲，之前的事完全被阚慕华抛在了脑后。

此时经钟洱冰的提醒，他顿时想起了之前不愉快的记忆，脸一下子变得刷白。

看来的确是事态严重，其他几人也都认真起来。

阚慕华的脖子发出夸张的"咯吱咯吱"的声音，他指着地面，声音充满恐惧，放得很轻很轻，仿佛稍微大点儿声就会迎来厄运一般："就……就是那个……"

那个？竟然是名字都不能提的东西吗？

脑中种种猜测盘旋着，钟洱冰神情凝重，白玥光脸上笑容收起，忐忑地紧紧抓住钟洱冰的手臂，就连小服的手也警惕地摸着武器。

三个人一起如临大敌般把视线投向他指的位置。

然而——

明明什么也没有！

哦不，只有一只体积很小的虫子，如果不仔细看甚至都看不到。

大家直接忽略了那只小虫子，目光仔细地逡巡着每一寸地面，却仍然是一无所获。

紧绷的气氛稍稍缓和，白玥光最先解除了警报。

她夸张地拍了拍胸口，语气轻快："哎呀！吓死了，你还会开玩笑了，明明什么也没有。"

看着阚慕华恐惧之色不减的面容，钟洱冰心情却没有丝毫放松，反而更

加沉重。

阑慕华似乎鼓起了莫大的勇气，战战兢兢地指着地面再度开口，脸色苍白得似乎下一秒就会晕过去："就……就是这只……厄里西斯虫。"

厄里西斯虫？

听到这个陌生的名词，几人似乎想起了什么，再度把目光集中在地面上。

这一次，却是齐齐定格在了刚才直接忽略的那只小虫子身上。

然而他们左看右看也没看出它和普通的虫子有什么区别。

地上那只静静地伏着的虫子仿佛感受到大家关注的目光，羞涩地挪了挪，迎接它的是阑慕华新一轮的尖叫。

在他的尖叫声中，钟洱冰揉了揉耳朵，皱起眉看向小服："厄里西斯虫？听起来好像挺厉害的样子……小服，你知道这是什么吗？"

小服的视线扫向阑慕华所在的方向，向他投去了一个疑似鄙视的眼神，然后默不作声地从角落里提起一瓶没有标识的神秘液体向地面上喷了几下。

虫子抽搐了几下，悄无声息地死掉了。

见到虫子失去了生命迹象，阑慕华终于停止了颤抖。

想起刚才的情形，他向那瓶神秘的液体投去充满敬意的眼神，轻声喃喃："这难道就是传说中的朗姆哈特·圣灵之水，果然如传说中的一样神奇……就连传说中战斗力强大的厄里西斯虫，在它面前也丝毫没有一战之力，更让我惊讶的是，竟然连普通人都能掌握使用它的技巧，不愧是修格伦大师的发明，这真是人类的福音……"

这次接他话的，是眼神古怪的钟洱冰，她扫了一眼那瓶液体，冷静地说道："不，其实这只是一瓶杀虫剂，只是标签脱落了。"

"不，你不明白……"阑慕华苦涩地笑了笑，伸手捂住了一只眼睛，失神地喃喃着，"有时候，我也很痛恨我这只能够看透一切虚妄的真实之眼……"

"你在说什么？"

"问我说什么？呵呵……距离那时候才过了区区百年，那些事情竟然已经被遗忘了吗？也是，毕竟你们没有经历过那一切，那暗无天日的日子……"

这都是什么跟什么啊？

钟洱冰和白玥光交换了一个惊疑不定的眼神。

阑慕华却似乎完全没感受到身边人的情绪，而是自顾自地沉浸在自己的世界里。

第十三章　偶遇副总裁

"真是羡慕你们这些普通人，你们什么也不知道……什么也不知道……那些牺牲、那些背叛和那些荣光，大概只能永远存于我的记忆之中了……"

钟洱冰磨着牙，十分想把他套上麻袋揍一顿。

她做了一个深呼吸，才按捺住火气，平心静气地打开了他的信息面板，发现他身上果然多了一种负面状态——

"长期怀才不遇导致心灵扭曲，妄图得到他人关注的小可怜"。

钟洱冰无语了。

"尽管如此，历史的轮子永远都是前进的，只留下我，传承着这份荣光，也继承了这份不该承受的罪孽和责任……"

钟洱冰眼角跳动，对另外两个人使了一个眼色，决定把他一个人丢在这里。

瞟到她准备离开的动作，阚慕华一下子眼神也不忧郁了腿也不抖了，他不长记性地飞快蹭到了钟洱冰身旁，黏黏糊糊地撒娇道："总之，主人，你要保护人家！"

小服浑身释放着寒气，又默默地掏出了武器。

虽然没见识过武器威力，但直觉有一种恐惧感的白玥光一看到他的举动，就被吓得花容失色，赶紧闪得远远的，直到贴到墙角才心有余悸地拍拍胸口，露出逃过一劫的庆幸神情。

钟洱冰却是眉毛也不动地往旁边挪了一步，几乎是在她刚离开原来的位置，小服的攻击就从耳边呼啸而过。

上一次小服的攻击被阚慕华惊险地躲开了，而这一次，大概是"大病初愈"的缘故，他心有余而力不足，被击中了。

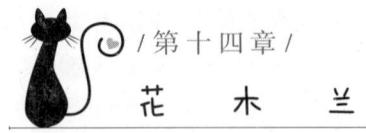

/第十四章/
花 木 兰

这一次,其他人终于见识到了中招的后果——

阚慕华整个身体如同被雷劈了一样,不自然地抽搐着,神情十分痛苦。

白玥光见状倒吸了口凉气,赶紧冒着"枪林弹雨"冲到了钟洱冰身边,疑惑地问道:"洱冰姐,这是怎么回事啊?男主角怎么可以配备杀伤力这么大的武器?"

钟洱冰皱起眉,喊道:"小服!"

听到她的声音,小服默默地掉转视线看了她一眼,然后又飞快地收回视线,似乎执意将装聋作哑进行到底。

钟洱冰赶紧拨打了副总裁的电话,好在这一次副总裁倒是立刻接了电话。

一接通,钟洱冰就开门见山地问道:"请问一下,小服配备的究竟是什么武器?他现在和男主角打起来了,这武器的杀伤力也太大了点儿……"

轰炸声中,副总裁的声音似乎是从很远的地方传来一般,断断续续的,只隐约听得到一些零碎的话语:"放心吧!小服偶尔会帮忙管理男主角……惩戒性武器……杀伤力不大……游戏开始了,我先挂……"

"等……"没等钟洱冰说完,副总裁已经挂断了电话,再打过去却没人接,估计他已经全身心地投入游戏之中。

挂断电话,钟洱冰若有所思地整理了一下之前获取的零碎信息。

按照副总裁的意思,小服似乎和别的男主角比起来更为特殊,大概更接近于管家助手之类的,因此偶尔会帮忙管理别的男主角,他的确配备了武器,但所配备的武器属于惩戒性质的,没有太大的杀伤力,所以不用担心……

得出结论后,钟洱冰稍稍放下心,再度看向那两个人时,不由得倒吸了一口凉气——

在这短短的时间里,阚慕华居然已经彻底阵亡了!

她赶紧走到阚慕华身边,俯视着浑身焦黑、偶尔抽搐的阚慕华,想起副总裁的话,她心里不由得狐疑起来。

第十四章　花　木　兰

这个……真的叫杀伤力不大？

她蹲下来探了探他的鼻息，又打开人物信息发现其头顶"受重伤但无生命危险"状态后，才彻底放下心来。

或许对于男主角这样可修复的存在来说，这的确算不上什么生命危险吧。

这么一想，她便也释然了，开始板着脸教训心虚地垂着头的小服。

"小服，你怎么对人家下这么重的手？"

听到第一句话时，白玥光就十分识相地拖着阚慕华，蹑手蹑脚地走出了房间，还聪明地关上了门。

小服的呆毛和脑袋一起耷拉着，垂头丧气的模样，没有吭声。

毕竟是原则性的问题，钟洱冰并没有因为他看起来很可怜而心软："虽然他是男主角……可是现在的男主角也算拟态人类，你这样和打人差不多了。动不动就下这么重的手，难道以后你和我闹别扭了，你也会对我……"

"不会！"听到这里，小服蓦然抬起头飞快地反驳道。

见他脸上坚定的神情，想想他一直以来都很听话，钟洱冰的语气不由得温和了几分："那你告诉我，为什么要这样对他？"

迎接她的是一片良久的沉默。

钟洱冰揉了揉眉心，头痛地说道："你如果不说，我……"

她努力酝酿着威胁的话，小服却忽然闷闷不乐地开口："不开心。"

"你这样……"钟洱冰一开始没反应过来，说了几个字后才后知后觉地问道，"你刚才说什么？"

"缠着你，不开心。"

说这句话的时候，小服的眸中闪过一丝与他绵软性格不符的暗沉之色。

"对他笑，不开心。"

"不理我，不开心。"

似乎是终于找到了一个发泄口一样，小服面色阴郁，一口气说了一大串钟洱冰的"罪状"。

钟洱冰哑然，半晌才回过神来，有些好笑，又觉得心情有些复杂。

她从来没想过，原来自己在小服心目中这样……罪大恶极。

发泄的话似乎告一段落，小服沉默了，定定地看着钟洱冰。

被他的目光看得有些不自在，钟洱冰干笑一声，试图说点儿什么缓和一下气氛："我其实……"

她刚吐出几个字，小服忽然再度开口，语气很轻很淡，眼睛却十分明亮，眸底逐渐蔓延开的火光几乎要灼伤钟洱冰的眼睛："你是我的。"

这是他第一次没有用"主人"来称呼钟洱冰，不过钟洱冰丝毫没有留意到这样的细节。

他坚定的声音犹在耳边回响，她有些怔然地看着他，心里掠过一丝难以言明的复杂情绪。

钟洱冰没想到，阑慕华这一自动修复，就花了整整三天的时间。

中途她也曾担忧过会不会出什么问题，不过在发现他头上的信息显示状态在逐渐好转后，便彻底放心了。

阑慕华正式醒来，是在第四天的中午。修复完毕，阑慕华又恢复了光鲜亮丽的形象，似乎就连受伤前那些不愉快的记忆也被一同清零了。

他迈着慵懒的步伐，打着哈欠走进了饭厅，目光在早已端坐饭桌旁的钟洱冰和小服身上打了个转，总觉得两个人之间有着某种难以言说的气氛。

他左看右看，觉得没什么区别，于是神经大条地直接一屁股坐在了两个人中间，全然不顾小服蓦然阴郁的眼神。

因为之前小服就预言过阑慕华会今天醒来，因此看到他出现，钟洱冰毫不惊讶，直接示意他开始吃饭。

阑慕华欣然接受了她的好意，开始用眼神挑剔着眼前的菜。

茄盒……不吃。

苦瓜炒鸡蛋……不吃。

炒芹菜……不吃。

糖醋鱼……不喜欢吃。

看来看去竟然没有一样能吃的，这都是些什么奇怪的菜色？

几乎是第一时间，阑慕华就意识到是小服故意针对自己。

他暗自磨牙，脸上却依然挂着优雅的笑容，和风细雨地问道："小服，今天怎么没有我最爱的梅菜扣肉啊？"

从看到他那一刻起，小服脸上的表情就死死地定格在了扑克脸上，闻言冷冰冰地说道："主人不喜欢。"

顿了顿，他"好心"地补充道："外卖，泡面。"

阑慕华几乎维持不住脸上的假笑了。

第十四章 花 木 兰

外卖？一桌好菜摆在这里，谁还愿意吃那个？更不要提什么泡面了！

他咬着牙，踌躇了一会儿，想起泡面可怕的味道还是勉为其难地坐下。

目光落到对他们之间的唇枪舌剑充耳不闻，只顾埋头吃东西的钟洱冰身上，阚慕华眸中狡黠之色一闪而过。

他不顾小服越发沉郁的气场，夹了一筷子菜递到钟洱冰碗里，说道："尝一尝这个吧，还是……"

小服眸光一寒，手又默默地摸向了腰侧。

钟洱冰的目光第一时间捕捉到了他的动作，斜斜地瞟了他一眼，小服手一僵，又默默地把手放回了原来的位置。

钟洱冰这才大发慈悲地把注意力移到阚慕华身上——

伸手直接把他的头推开，顺便接过小服适时递来的纸擦了擦嘴，然后，她才慢条斯理地说道："好了，来谈谈正事。"

"正事？"阚慕华听到这个词不由得坐直了身子，用探询的目光看向钟洱冰，表情也认真起来。

"我朋友那里有一份适合你的兼职。"钟洱冰按照白玥光给的模板，用毫无起伏的语气背诵道，"内容和你最爱的扫地相似，是在地板上表演写字。那个地方人来人往，很多人都能看到你的表演。"

本以为阚慕华一定不会喜欢这种光天化日"扫大街"的活儿，出乎意料的是，听到钟洱冰的话，他眼睛一亮，露出很感兴趣的神情，只问了两个问题。

"商业街？"

"对。"

"来往的人很多？"

"是的。"

"没问题，这个兼职我做！"

"你好，我是来报到的……"

因为生意冷清，极少有客人来，正无聊得打瞌睡的白晓华抬起头，映入眼帘的是一张水墨画一样清逸俊雅的脸。

他的目光立刻死死地锁定在那张美丽的脸上。

没有得到回应，美人微微蹙眉："老板？我是来写字的。"

回过神来，白晓华大喜过望："好，你以后就是我们店的镇店之宝了！"

白玥光兄妹的眼光果然精准,阚慕华第一天出现在店门口就引起了轰动。

没想到一开始工作就能得到"镇店之宝"这么高的评价,阚慕华对这份工作的重视立刻从三分变成了八分,一出场就认认真真地扫起大街,啊不,写起字来。

他的一举一动皆可成画,实在有着说不出的美感,看到的人连眼睛都舍不得移开。

一开始,只是周围店铺的小姑娘、小媳妇们出来围观。

渐渐地,就连一些其他街道的小姑娘,也不惜绕远路来围观。

阚慕华当天回来的时候,脸上带着满足的笑容,怀里还鼓鼓囊囊的,不知道塞了什么东西。

换一个人做出这副造型肯定难看极了,真是难为他挺着个大肚子还能表现出一副丰神俊朗的样子。

"你这是……"钟洱冰上下打量着他,明知故问,"吃多了?"

阚慕华也没回答这种答案不言而喻的送分题,直接把衣服一扯,一堆巧克力等零食"噼里啪啦"地落了一桌子。

他风度翩翩地整理了一下衣服下摆,随手变出了一朵玫瑰花送到钟洱冰面前,凝望着她的眼睛柔声说道:"给你补贴家用。"

钟洱冰面无表情地推开他的花:"你去超市打劫了?"

阚慕华一瞬间眸光潋滟如春水,声音十分温柔:"这些都是别人送的。毕竟都是可爱的女孩子们的心意,我怎么忍心拒绝?我最受不了女孩子的眼泪了。"

钟洱冰被他这副情圣的模样恶心得起了一身鸡皮疙瘩。

阚慕华接下来的工作也十分顺利,颇具商业头脑的白晓华趁机发展出了奶茶、油炸食品和爆米花等业务。

这下子,他的店更是生意火爆。

坐在店里边啃着爆米花、喝着奶茶,边隔着玻璃看帅哥表演书法。

简直太幸福了!

虽然吸引来的多数人都是为了看阚慕华表演的,倒也有小部分小男生或者女生对书法真的产生了兴趣,直接在店里买了一些相关工具,还被赠送了一本"镇店之宝"牌字帖,这一举措更是使得小公主、小王子们"龙心大悦"。

如此这般,钟洱冰三人收钱收得合不拢嘴。

第十四章 花 木 兰

其实一开始,毕竟交情摆在那儿,钟洱冰本想免费出借阑慕华的。

白玥光却不愿占她便宜,让她算是技术入股,享受着一定的分红,尽管如此,钟洱冰还是赚得盆满钵盈。

却没有人猜得到,还有更大的机遇等待着阑慕华——

"这位是阑慕华先生吗?"

这天,正在尽职尽责工作的阑慕华面前出现了一个年轻女人——

她手里拿着话筒,近距离看到阑慕华那一刻,眼睛里露出一丝惊艳。

由于阑慕华人气太高,白晓华早就给阑慕华聘了一些保镖,此时能走到他身边的都是通过了保镖警戒线的。

目光在她手中的话筒上打了个转,阑慕华敏锐地意识到了什么,对着女人莞尔一笑,明知故问:"小姐是想要签名吗?"

女人被他的笑容闪了一下,一阵脸红心跳,好在残存的理智还是在心底艰难地挣扎着,促使她没有忘记自己的本职工作。

"您好,我是××日报的记者,想要采访一下您……"

说完了正事,她连忙补充道:"当然,签名也是要的。"

她话音刚落,又有好几个人通过了保镖的警戒线拥了过来:"阑先生,我们××报也要采访您……"

"您好,我是××杂志社的主编,愿意接受独家访谈吗?"

"没关系,一个一个来。"

阑慕华带着如三月春风一样和煦的笑容,从容不迫地说道。

"简直像是王子殿下!"一个年龄比较小的记者忍不住捧脸说道,身旁年纪稍大的记者扯了扯她的衣袖来提醒她注意不要太过失态,心里却深以为然。她的话传入耳中,阑慕华眨了眨眼睛,笑得更加迷人,然后把这些采访通通接下了。

报社的几个采访一出,阑慕华的名气更上一层楼,随之而来的是各种各样的商品代言通告。

阑慕华来者不拒。

于是,他整天忙得不见人影,钟洱冰这个主人只能在电视屏幕上才能看到他的身影,仅有不断打进账户里的钱才能证明他们之间的关系。

"我是暖男,我为××代言。"

"这个夏天,和我一起燃起来!"

虽然都是些没什么名气的地方小台和报纸，但耐不住他外貌惊人，很快就名声大作，数度上了热门搜索，俨然有成为一代明星的趋势。

而就在他在外风光无限的时候，钟洱冰却窝在家里，百无聊赖地看着电视。

无意中，她换到一个地方台，恰巧播放着阚慕华的广告，想起那些人把他捧得举世无双，她不由得生出几分好奇心，停止了换台想看看内容。

没想到，这竟然是马桶刷广告！

看着屏幕上，阚慕华专心致志地将马桶刷得洁净如新、一尘不染的模样，钟洱冰瞠目结舌。

就在这时候，她接到了一个白晓华打来的电话，听到电话另一端传来的话后，她脸色大变——

"什么？有人爆出了阚慕华的住址？"

"没错，这段时间最好不要出门，阚慕华有一大堆疯狂的支持者，说不定会做出什么极端的……"

听到这里，钟洱冰忽然想起了什么，赶紧冲到阳台往下一看。

果不其然，楼底下已经有了很多年轻的少年在徘徊，时不时还拉着路人问着什么。

糟了！

喜欢阚慕华的人竟然已经找上门了！

钟洱冰有些心神不宁，甚至没有留意到白晓华什么时候挂的电话，就在这时候，她忽然听到了敲门声。

刚接完白晓华电话的钟洱冰如同惊弓之鸟一般，瞬间脸色一变，一连串诸如"疯狂的支持者向偶像表明心意未果，意图与偶像同归于尽""疯狂追星者为和偶像在一起，绑架其家人"等新闻标题从脑中一闪而过，这让她心里更加惶恐。

然而她刚冲出房间准备把门锁好，不知情的小服就开了门。

"小服……是你呀！"白玥光甜甜的声音响起，然后她提高声音，邀功一般地对屋里的人说道，"洱冰姐，这些人说是阚慕华的朋友，我就带她们来了！"

心里不祥的预感似乎即将得以证实，钟洱冰的脚步顿时沉重了很多，磨磨蹭蹭地来到客厅。

此时，客厅里除了小服和白玥光外，还多出了几个年轻的女孩，穿着打

第十四章 花木兰

扮都十分青春靓丽，和穿着一身家居服的钟洱冰形成了鲜明的对比。

钟洱冰乍一出现，众人的目光就纷纷集中在了她的身上，脸上神色各异。

过了好几秒，才有一个女孩收回审视的眼神，不屑地拨了拨自己染红的刘海儿，酸溜溜地说道："你就是他的同居女友？也不怎么样嘛……"

她的话还没说完，旁边穿着热裤的女孩就一把推开她，面色不善地向钟洱冰质问道："你为什么会和我老公住在一起？"

"你……老公？"

钟洱冰硬着头皮明知故问，意图拖延时间等到阚慕华回来。

女孩骄傲地一扬头："没错！我老公就是阚慕华。"

她刚吐出这句话，另一个暴脾气的女孩就脸色骤变，指着她的鼻子开始破口大骂："你这个不要脸的居然跟我抢老公！"

之前的女孩也满脸不高兴，声音比她还大声："胡说，明明是我老公！"

其他的女孩听到这里，也按捺不住开口抗议起来："阚阚明明是大家的，你们俩太自私了！"

"就是！谁也配不上阚阚！"

还没等钟洱冰这个"同居女友"被盘问出祖宗十八代，这些支持者们就先内讧起来，七嘴八舌的，完全陷入了一片混战之中。

钟洱冰觉得自己就像置身于喧闹的菜市场一样。

她闭着眼睛头痛地按了按额角，咬牙切齿对旁边的小服说道："快打电话把他叫回来！"

小服拿起电话默默地去一边召唤阚慕华了，白玥光浑身不自在地挪了挪脚，偶尔发出几声虚弱苍白的"你们别吵了"，却无济于事。

自从这些女孩子进门后，事态的发展就完全脱离了自己的想象……

白玥光后知后觉地感觉到这些女孩子对钟洱冰的态度极为不善，似乎也意识到自己闯了祸，给钟洱冰带来了麻烦，又不可能这个时候翻脸把她们赶出门，只得噤若寒蝉地站在一旁，努力地削弱自己的存在感。

在这样嘈杂的环境里，等待的时间显得格外漫长，钟洱冰的心情也变得越发暴躁，为阚慕华精心设计的死法已经增加到了一百零一种。

就在她的耐心即将耗尽的时候，下面忽然传来一阵比屋里更响的欢呼声。

"阚阚，我要做你女朋友！"

"啊……阚阚！"

165

"阑慕华你好帅！"

明明之前还吵成一团的一群人，此时听到阑慕华来了，立刻转怒为喜，手挽着手纷纷跑去阳台围观偶像了。

难得得了片刻的清静，小服连忙去搬了把椅子过来，钟洱冰阴沉着脸坐下，敞开大门，堵在门口等着让阑慕华选择自己的死法。

接受到召唤后立即赶过来的阑慕华一副行色匆匆的模样，戴着墨镜和口罩，被几个保镖护在身后，短短的时间就一副成了大牌明星的模样。

虽然见到偶像真人非常开心，但一想到他出现在这里的原因，大家又觉得十分心痛。

难道报道说的都是真的，阑慕华果然在和女人同居？

出现在家门口的阑慕华不复以往那光彩照人的模样，反而是从未有过的狼狈。

阑慕华好不容易在经纪人和保镖的帮助下挤上楼来，本以为回到家可以稍微松一口气。

没想到，他刚踏进家门，先是一眼看到了黑沉着脸的钟洱冰，很快又有一群女孩一窝蜂地冲了出来，不由得大惊失色。

"阑阑，我爱你！"

"阑阑！"

"阑阑！我家阑阑好帅！"

女孩子们欢呼雀跃地簇拥着他。

钟洱冰嗑着瓜子，冷笑着看着这一幕，阑慕华却是脸色难看，一副避而不及的模样。

如果是往常，这些深爱着偶像的支持者一定能够看出他此时的脸色不对。

然而在这样"竞争大、时间紧迫"的情况下，她们完全没有闲暇时间去察言观色，只努力地争取着想要第一个和偶像近距离接触。

"你们……你们等等……"连连阻止都没有丝毫效果，阑慕华情急之下，终于忍不住大声说出了自己的秘密，"可……可我是女人！"

钟洱冰家的楼层本就不高，此时他们在纠缠中不知不觉间已经到了阳台的位置，他这句中气十足的话不仅周围的人听得一清二楚，就连楼下一些耳力不错的人也听到了。

这句话如同惊雷一般，所有听到的人都惊呆了。

第十四章 花 木 兰

"这……这怎么可能？"

离他最近的女生最先回过神来。她先是上下打量着他，不敢置信地喃喃着，很快想起了什么一样恍然大悟地笑了起来，有些调皮地眨了眨眼睛："你真是太可爱了，就算被吓到了也没必要这样骗我们吧。"

她的话一出口，僵硬古怪的气氛得到了几分缓和，周围的支持者们就如找到了一个理由一般，纷纷松了口气，七嘴八舌地说道：

"吓了我一跳，阑阑这样的怎么可能是女的嘛！"

"哈哈，我们阑阑还会开玩笑了，真是好可爱啊！"

"我说的是真的！"

眼见自己的话完全不被当作一回事，情急之下，阑慕华拿出了自己的身份证。

女孩们看着身份证上的"性别"一栏，僵住了："女……"

见她们如遭雷击的模样，阑慕华心里生出几分愧疚，却也为终于说出这个秘密而松了一口气。

真……真是女的？

钟洱冰手里的瓜子落了一地，她条件反射地打开阑慕华的身份信息，果不其然，性别那项居然变成了"女"。

对了！阑慕华……花木兰？这是怎么回事？

她转过头，却见小服依然面无表情。钟洱冰怀疑地问道："你早就知道？"

"嗯。"

小服种种力图隔开钟洱冰和阑慕华，似乎在对这种不可靠的"男人"严防死守的举动从脑中一闪而过，钟洱冰皱起眉，疑惑地问道："那你还……"

小服垂着脑袋，沉默了好一阵，才慢吞吞地说道："那也不行。"

钟洱冰无语了。

阑慕华的真实性别被证实之后，四周就变得一片沉寂。

然而，这压抑的沉寂却是暴风雨的前奏，很快，楼上和楼下就几乎同时爆发出一阵更为热情的呼喊：

"阑阑，没关系的，我会继续支持你！"

"我们可以成为好姐妹啊！"

"我和阑阑的友谊永存！"

阑慕华的腿不由得一软，下巴都要惊落了。

得知阑慕华也是女性后，支持者们似乎更加肆无忌惮了，不但在场的几个女孩子开始往前冲，就连下面的支持者也开始努力地越过保镖拼命地想要往上冲。

这样的一大群人一拥而上，再有一百个小服也护不住钟洱冰。

不得不说，阑慕华的确适合做明星，自带的招蜂引蝶被动技能使得他天生就比别人更容易吸引人。

眨眼之间，钟洱冰就被踩了无数脚，连同小服也被人浑水摸鱼地趁机吃了几次豆腐。就在她的怒气值即将达到顶点的时候，副总裁及时地混在人群中一起冲上来了。

他刚一出现在钟洱冰面前，就脱口而出一连串的道歉——

"对不起，对不起，不小心发错了。"

他的旁边站着一个垂头丧气的男子，正是和钟洱冰有过一面之缘的店主。

接触到钟洱冰疑惑的眼神，副总裁狠狠地瞪了店主一眼，开口解释道："这是他们背着我们生产的定制女主角，按照公司规定这是不被允许的。

"因为我们公司的技术尚未成熟，所以定制女主角身上有可能会出现一些男主角的特征……"

说到这里，副总裁的目光小心翼翼地掠过脸色阴沉得如同暴风雨即将来临的天空一样的钟洱冰，战战兢兢地问："她没给你们添什么麻烦吧？"

"没、添、麻、烦？"钟洱冰一字一顿、冷冰冰地开口。

"那就好那就好！"

副总裁不由得松了一口气，如释重负地拍了拍胸口……等等！他忽然后知后觉地反应过来，刚才她说的好像是反问句。

反应过来后，副总裁再度小心翼翼地看去，果然，钟洱冰的脸色分明都快黑成一块抹布了！

在副总裁胆战心惊的注视下，钟洱冰慢慢地扯下头顶的菜叶，然后又一把扯过衣冠不整的小服，恶狠狠地说道："你说呢？"

周围依然一片欢欣鼓舞的气氛，副总裁却觉得心沉到了谷底，他和店长避开钟洱冰想要杀人的眼神，抖得像两只瑟瑟发抖的土拨鼠，一边回想着自己的前科，一边底气不足地为自己做着苍白无力的辩解："这……这都是误会啊！你听我解释……"

他心里虽隐隐知道结果，却还是抱着一丝渺茫的希望，然而下一秒，钟

第十四章 花　　木　　兰

洱冰还是不出所料地咆哮出声："带着她快滚！"

"我们这就走！"

就在说话的这短短几分钟，店长和副总裁也被热情的支持者砸了几片菜叶，无论是出于对阑慕华的支持还是对钟洱冰的威胁，副总裁都没有多留的打算。

他狠狠地扒拉了一下头顶的菜叶，拖着店长就准备溜走。

处于人群正中的阑慕华正心不在焉地应付着大家的热情，此时瞟到钟洱冰的脸色，机智地从人群里伸出一只手，死死地拽住忘掉自己的副总裁，飞快地大声说道："等等，带上我一起！"然而她这个举动却引起众怒，尖叫和抗议声充斥了彼此的耳朵。

"啊！阑阑你要离开我们吗？"

"你们居然敢碰我们的阑阑！"

"放开你们的脏手！"

"啊！阑阑是我们的！你们两个不要脸的家伙！"

就因为阑慕华的举动，副总裁被额外"赏"了好几片菜叶，甚至被楼下卖鸡蛋的大婶砸了一个臭鸡蛋。

他哆嗦了一下，用袖子抹了一把脸上的蛋液，赶紧甩开阑慕华的手，没想到这个"绝情"的动作更是引起了众人的不满：

"你凭什么那么凶？居然这样对我们阑阑！"

"阑阑好可怜！呜呜！真是遇人不淑！"

无论做什么都是错！

最后，副总裁在一众疯狂支持者的追赶下，和助理一人托着慕澜华的头，一人抬着她的两条腿逃走了。

尽管她的开关已经被关掉了，定制女主角身份暴露，但支持者们对此依然十分愤怒，追着副总裁跑了好几条街，那浪潮几乎要将副总裁淹没了。

原先意气风发的副总裁一头油光闪闪的头发被风吹得十分凌乱，连鞋子都在逃跑的过程中掉了一只。

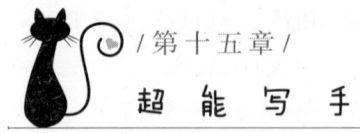

第十五章 超能写手

　　副总裁的逃跑过程堪比生死时速，最终有惊无险地逃脱了众人的包围，而慕澜华留下的烂摊子，钟洱冰却不得不收拾。

　　尽管有小服的帮忙，她还是弄了很久才把家里的垃圾清理完毕。

　　钟洱冰很想直接申请退货，奈何楼下的店早已未卜先知地关门了，客服电话也通通变成了忙碌状态，她气得直跳脚："这个副总裁，真是……"

　　看出钟洱冰心情不好，小服头顶的呆毛晃了晃，蹦出两个字："差评！"

　　咦？还可以给差评？钟洱冰一下子被这个词吸引了注意力，将疑惑的目光投向小服。小服接收到她传递的信号，殷勤地打开清水公司的官网，调出售后反馈的页面。

　　"干得好！"钟洱冰大喜过望地坐到电脑前，将这段时间以来酝酿了一肚子的话尽数发泄出来，不知不觉之间，竟然已经"噼里啪啦"洋洋洒洒地写出了一千字的大长评。

　　点击"发送"那一刻，钟洱冰顿时生出一种大仇得报的感觉。然而这种美好的感觉只持续了短短几秒——她刚将评价发布出去，网页就显示"503""502"……所有的文字都被页面错误的提示所代替了！

　　这些错误代码让钟洱冰十分无奈，这是……出现故障了？

　　"真是太阴险了！"钟洱冰愤怒地评价道。

　　一定是副总裁动了什么手脚让购买者的差评发不出去。

　　"怪不得网页上都是清一色的好评！哼，就算是这样我也不会放弃退货的。"钟洱冰伸出手，小服配合地弯腰埋头让她揉了揉头发，"我有你就够了。"

　　这句话使得小服开心得呆毛乱晃，他自告奋勇地说道："明天早起。"

　　经过这么长时间的相处，钟洱冰已经习惯了和他这种特殊的交流方式，她点了点头，了然地说道："明天你一定是早早地起床去申请退货对吧？"

　　"是。"小服回应道。

　　钟洱冰满意地点了点头："很好，我真是受够了，把这些乱七八糟的男

第十五章 超能写手

主角统统赶走，还是我们两个一起愉快地生活吧。"

二人世界？小服头顶的呆毛害羞地缩了回去。

然而让两个人都大所失望的是，副总裁并没有给他们这个机会，在第二天清早便通知分店职员将下一个男主角送上了门。

天还没亮，钟洱冰二人就被门铃声吵醒。

他们一打开门，就见门口站着一个面容清秀的年轻男孩，他的脸上戴着一副厚重的方框眼镜，穿着松垮的套头毛衣和牛仔裤，睡眼惺忪，给人一种无精打采的感觉。

一打照面，对方就用好奇的目光打量着二人，忽然想到什么一般眼睛一亮，然后迫不及待地从包里掏出一本小本子和一支笔，一边嘀咕着，一边"唰唰唰"地在笔记本上写下什么："没错，就是这样！暴躁女王和呆萌男主角的日常……"

"你是……"钟洱冰的满腹疑问在看到他头上的标记时尽数化为无奈，话锋一转，"你在写什么？"

新男主角一僵，赶紧把笔记本收了起来，欲盖弥彰地轻咳一声，然后装模作样地伸出一只手："自我介绍一下，我是新来的男主角，我……"

话音未落，钟洱冰和小服就心照不宣地对视了一眼，准备关门。

才不要呢！一看就是个好吃懒做的！

男主角见势不妙，赶紧停止了长篇大论的打算，语速飞快地说道："等等！初次见面，我还给你带来了一份大礼！"

大礼？钟洱冰的耳朵动了动，动作不由得慢了几分。

新男主角十分有眼色地赶紧将什么东西递到她的手中。

钟洱冰低头一看，发现是他刚才往上面记了什么东西的笔记本，心里十分疑惑，正要翻开，新男主角忽然紧张地大呼小叫起来："不对！拿错了！"

话音刚落，他赶紧把笔记本收了回去，改送了钟洱冰一个大红包。

钟洱冰愣了一下，还是将红包接过："这是什么？"

她狐疑地打开了红包，没想到里面竟然是几张红彤彤的百元大钞，看得钟洱冰眼睛都直了！

"嘿嘿，一点儿小礼不成敬意。"

新男主角搓着手，满脸期待地问道，"现在可以让我进去了吗？"

拿人手软，几欲脱口而出的拒绝又被钟洱冰默默咽了回去，在小服不情

愿的目光中，她难得露出了个笑脸："进来坐坐吧。"

男主角刚一进门，钟洱冰忽然想到了一个严重的问题，她脸色一肃，迫不及待地问道："你这是哪里来的钱？难道是捡的？"

这个念头刚一冒出来，各种靠谱不靠谱的猜测也跟着一个接一个地冒出来，让她心生惶恐。

刚出厂的男主角哪里来的钱？难道是偷的？抢的？

虽然视财如命，但是钟洱冰还是有自己的底线的，这种不义之财是绝对不能拿的。想到这里，她脸色一变："快把它还回去。"

"还回去？"新男主角先是一愣，随即反应过来，腼腆地笑了笑，扶了扶眼镜，"放心吧，我的钱的是正当途径来的。"

没等钟洱冰再说话，他又给她吃了一颗定心丸："我的程序不允许我做违法乱纪的事情，我可是遵守法律的良好公民。"

钟洱冰心中的石头终于落下。

男主角看出她脸上犹存的好奇之色，轻描淡写地解释道："其实我只是前几天借了别人两块钱去买了张彩票，没想到运气不错，得了五百元。"

钟洱冰刚准备夸他一句运气不错，就听他继续说道，"然后还了钱又去买了张彩票，又中奖了。"

钟洱冰听得眼睛发亮，买彩票连连中奖？她是不是捡到宝了？

看到她的神情，男主角暗暗松了口气，在接下来钟洱冰提出查看他的属性时也毫不犹豫地答应了。

虽然他没有流露出任何反抗的意图，乖乖地让她检查，不过好奇的眼神却不断乱瞄，让人心里毛毛的。

姓名：齐典澜（可更改）

性别：男（出厂预设，不可更改）

外貌特征：他常年穿着毛衣、牛仔裤，脸色因常年不见光而显得苍白，厚重的方框眼镜遮去了大半他尚算清秀的面容。

身份：《超能写手：异能都市男》男主角。一个落魄小青年，长相平平无奇，戴着一副老式的破旧黑框眼镜，极不引人注意。他做着搬砖的兼职工作，也是奇点网站名不经传的写手，因为上班时打了个哈欠而被无情的包工头开除，紧接跟女朋友分手、被同站作者陷害，厄运不断到来。陷入人生低谷的他在街头买醉，结果捡到了一枚神奇的戒指，自此开启了创作之路。从此每日更

第十五章 超能写手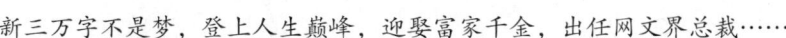

新三万字不是梦,登上人生巅峰,迎娶富家千金,出任网文界总裁……

"《超能写手:异能都市男》?"

钟洱冰情不自禁地嘀咕出声,心里生出几分狐疑:"这种书名……"

这种书名,好像不太符合清水公司的风格啊。

她将目光投向齐典澜,像 X 光一样的视线上下扫描一番后却依然没看出什么端倪。

小服打量着齐典澜的眼中似乎也带着一丝疑惑,但很快恢复了以往呆呆的模样,头顶的呆毛不断乱晃着。

收回了视线,钟洱冰继续往下查看。

拥有技能:复制粘贴,超级幸运,八卦小能手。

超级幸运……

这个倒还算容易理解,大概跟之前买彩票中奖有关。

然而复制粘贴,这是什么技能?八卦小能手?这又是什么?

查看完他的信息后,钟洱冰觉得自己更茫然了。

这个男主角的风格看起来与之前的男主角都有所不同,但具体的作用却让她捉摸不透,但愿这个男主角不要像之前的男主角一样,是个什么都不能干的。

拿人手短,也不好说什么,于是,钟洱冰就让齐典澜光明正大地住进来了。

好端端的"二人世界"就这样没了,小服对这个新来的男主角充满敌意。

齐典澜倒是浑然未觉,喜滋滋地搬了进来。

他倒是喜笑颜开地站在小服的身边,钟洱冰却觉得自己如同掉进了冰窟一般。她不自在地搓了搓冰冷的手臂,眼角余光瞄着小服,心里蓦然生出一种怪异的心虚感。

明明小服什么都没有说,就连脸上也没什么表情,钟洱冰却莫名其妙觉得他身上传递出一种名为"不开心"的信息,不知道是不是错觉,就连他头顶的呆毛好像也流露出一种生无可恋的气息。

一定是错觉,有她这样天地无双的好主人,怎么会这么容易就生无可恋呢?钟洱冰赶紧打消了这样不靠谱的念头,抱着宁可信其有的态度拍着他的肩安慰道:"放心吧,小服。"

小服回过神,抬起眸子默默地看向她。

对上那双黑漆漆的眸子,钟洱冰再度心虚,她不自在地避开了他的目光,因为底气不足声音有些发飘："他就是个打杂的，既然他交了房租，那么就让他先住下来吧。"

说话的同时，钟洱冰掂量着那个红包，估计着刚好够一个月的房租。只要不像前几个男主角那样闹出大问题，就睁一只眼闭一只眼吧。

没有听到想要的答案，小服头上的呆毛失落地耷拉下来，一副无精打采的模样。

对于钟洱冰和小服在嘀咕些什么，齐典澜倒是没有什么反应，也没有偷听的意思，头也不抬地在笔记本上写个不停，一脸满足的表情。

商量完毕新男主角的去向，钟洱冰开始对他进行例行的盘问："你会做些什么？"

"我……"齐典澜手一抖，以迅雷不及掩耳之势飞快地收起小本子，眼珠一转，"运气挺不错！"

"运气挺不错？"钟洱冰疑惑地看向小服。

小服头顶的呆毛晃了晃："数据库里没有他的信息。"

"当然没有，我是最近一个月才研究制造出来的，我也没有见过小服一号。"齐典澜连忙解释道。

钟洱冰更加怀疑了："那你怎么知道他是小服一号？"

"定制男主角在出厂的时候，都会录入相关的数据。"齐典澜反应很快地做出了一个看似合理的解释。

这个理由倒是说服了钟洱冰，因为前面几个男主角也都对小服一号并不陌生的样子。不过，她还是总觉得什么地方怪怪的，大概是因为新男主角的技能比较奇怪吧。至少这回，齐典澜的性别那一项清清楚楚地写着"男"。

接下来几天的相处，钟洱冰总算知道齐典澜那句"运气挺不错"是什么意思了。客观地说，他那句"运气挺不错"简直就是太过谦虚了！

开始的几天，齐典澜总是无所事事，游手好闲，也不找工作，也不做家务，整天到街上闲逛。

就算不是在街上乱逛，也是缩在房间里对着电脑捣鼓着什么，每当有人走近，就立刻把窗口最小化，只能依稀看见"新建文档"几个字，大概是在写什么东西。

想起他的身份，钟洱冰猜他是在写小说，虽然有些好奇他写了什么内容，不过他既然没有给她看的打算，她也不勉强。

第十五章 超能写手

虽然目前看起来他很没用，但看在他交了钱的分儿上，钟洱冰只能睁一只眼闭一只眼，暗暗地想着等一个月过了就把这个游手好闲的家伙赶出去。

可是齐典澜压根没有给她这样的机会，因为他的技能很快就发挥了作用。

这天，他兴冲冲地从外面进来，将二十块钱交到了钟洱冰手里。

钟洱冰接过钱，十分疑惑地问道："你哪来的钱？"

齐典澜似乎想表现出一种宠辱不惊的模样，然而语气却是抑制不住的得意："今天路过公园的时候捡到的。"

钟洱冰只是随口一问，然后就把这笔小小的意外之财抛到了脑后，同时默默地把容忍齐典澜的时间往后挪了几天。

然而晚上的时候，钟洱冰美妙的心情就消失了。

"小服，今天买菜找的钱呢？"

"包里。"

钟洱冰翻了好几遍，依然没有找到，不由得疑惑地看向小服。

"记错了。"小服觉得自己做错事了，浑身笼罩着阴郁的气息。

定制男主角也会记错？难道程序出错了吗？钟洱冰思索着，不过小服向来十分听话，她还是安慰道："没事，不过是几十块，说不定不找的时候，它就出来了。"

幸好齐典澜今天捡到了二十块，正好抵消了，算起来倒也没损失，她庆幸地想道。

齐典澜的好运还不仅仅如此，接下来的几天，他每天都能捡到钱。

然而，钟洱冰的霉运却似乎开始了——

"小服，你有没有看见我的一百块哪里去了？"

"没有。"

"什么？今天的菜钱又不见了？"

"咦？刚才买东西找的零钱呢？"

真是奇怪，为什么最近齐典澜每天都能捡到钱，而她每天都在丢钱呢？

就在钟洱冰苦思冥想的时候，齐典澜脚步轻快地走了进来，刚看到钟洱冰就迫不及待地宣布："我今天捡到了三千块钱！"

"三千块？"钟洱冰惊呼，就连小服也从厨房走了出来。

两双眼睛齐齐看向自己，齐典澜不自觉地挺了挺胸，自豪地挥舞着手里的纸包："看，我数了好几遍，不是假钱，可是货真价实的三千块呢！"

一块两块、十块二十块也罢,这三千块,数额也太大了!

钟洱冰不喜反忧,脸色一变:"快把它送到派出所去!"

新闻上有过不少捡到了钱不交还失主结果被判刑的例子,更重要的是这笔钱数额不小,说不定是别人急用的。

"可是……"

完全没想到她会是这样的反应,齐典澜喜悦的笑容消失了,他有些犹豫。

钟洱冰推了他一把,催促道:"还不快去,万一失主找上门怎么办?"

齐典澜这才耷拉着脑袋,失望地揣着钱出门了。

才打发了齐典澜,钟洱冰松了口气,忽然觉得衣角被人拉了一下。她转过头疑惑地问道:"小服,怎么了?"

"手袋。"小服提醒道。

钟洱冰低头一看,才发现自己的手袋里的钱包不翼而飞了。

咦?钱包呢?她今天刚发的工资不翼而飞了!这无疑是一个比得到三千块钱却不属于自己更让人悲伤的消息!

毕竟这些无故损失的钱是实实在在的正常收入。

等等……说到三千块,她钱包里的钱不正好是三千块吗?

这个念头从脑中一闪而过,却没有停驻太长时间,钟洱冰的全副身心很快集中在了找自己的钱包上。

然而她分明清楚地记得钱包一直揣在身上并没有拿出来过,翻遍全身却依然一无所获,和钱包同时放在手袋里的钥匙、手机、公交卡、零钱等却都还在。

如果是小偷的话,没有必要只偷钱包吧?再说手袋也没有被损坏的痕迹。钟洱冰越想越觉得奇怪,"三千块"这个数字再次悄然在脑海中浮起。

不,这绝对不是巧合!不然为什么每次齐典澜捡到钱,自己都碰巧丢钱了?更何况还是同样数额的钱!怀疑不由得涌上钟洱冰的心头——

难道自己丢钱跟他捡到钱有关?

正巧这个时候,齐典澜哼着歌出现了,看来他已经从之前的沮丧中恢复了。

迎接他的是钟洱冰不善的眼神。

"刚刚的钱呢?"

"交到派出所了啊。"

虽然提起刚才没焐热就被要求交出去的三千块,齐典澜还是有一丝心痛,但是他毕竟是一个喜欢向前看的好青年,听到这样的问话已经可以调整情绪,

第十五章 超能写手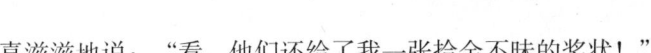

喜滋滋地说:"看,他们还给了我一张拾金不昧的奖状!"

可是,钟洱冰的脸上没有一丝他意料之中的喜悦,反倒是一脸沉重。

眼珠转了转,齐典澜似乎想到了什么,神情一紧,飞快地把奖状藏到了背后,迟疑了几秒,才小心翼翼地试探问道:"这个……也要交出去?"

钟洱冰沉默了几秒,有气无力地说道:"留着吧。"

"那就好。"原本还一脸失落的齐典澜立刻眉开眼笑起来,他三百六十度地欣赏着这张不起眼的奖状,美滋滋地说道,"我回头就把它裱起来贴到墙上!哎,这还是我人生中第一张奖状呢,真是太有纪念意义了……"

齐典澜的话没有半个字入耳,钟洱冰心情沉重地再度查看起齐典澜的状态,这才发现——

超级幸运(被动技能):游手好闲状态下会激活。会在不知不觉中吸走别人的运气,化为己用。

什么?化为己用!

这行字在脑海中飞快地转了一圈,经过一次次解读其中含义,钟洱冰觉得她体内的愤怒情绪濒临爆发——

怪不得她最近总是丢钱,而齐典澜却总是捡钱,原来他捡的钱都是自己丢的——不,确切地说,应该是他把本属于自己的钱全都吸走了!

想到这几天自己被这样一个破技能玩得团团转,一会儿高兴一会儿失落,她气得浑身发抖,不过当务之急——

"快把那些钱找回来!"

"什么?"乍然收到这样一条命令,齐典澜有些愣了,一脸茫然地看向她,似是不明白钟洱冰的意思。

"还敢装傻,都是你做的好事!"然而他的样子在钟洱冰眼中却是装的,她眼风一扫,厉声喝道。

糟糕!难道被发现了?

齐典澜不自觉地后退一步,眼中闪过一抹心虚之色,随时准备夺路而逃,然而下一刻,钟洱冰的话却让他心中的石头蓦然落下——

"刚刚你捡来的钱,是我的工资!为什么你不告诉我,你有吸别人运气的技能?"

钟洱冰越是质问,火气就越大。

"你……你没问啊。"齐典澜转了转眼珠,有些心虚地说道,同时暗暗

松了一口气，幸好不是那件事……

看着钟洱冰有火山爆发的趋势，齐典澜赶紧说道："我马上去！"

话音刚落，他就如同被人追杀一样飞快地冲出了房门，那张奖状落在地上，其上的"拾金不昧"几个字刺得钟洱冰眼睛生疼，让她恨不得上演一出"手撕齐典澜和奖状"的大戏。

历经提交证明、因浪费警力被批评教育之类的百般周折，钟洱冰终于拿回了失而复得的工资。

第一次，钟洱冰觉得能够拿到工资是一件让人再喜悦不过的事情了。

她如获至宝地把钱数了一遍又一遍后，才小心翼翼地放进了钱包中，然后一扭头又恢复成了愤怒的样子，气急败坏地朝齐典澜吼道："以后不准再捡钱回来！

"你赶紧去找其他工作！再游手好闲不务正业，我就退货！"

小服也在旁边唯恐天下不乱地附和："扫地出门。"

"没错！"

"这可不行！"听到这话，齐典澜一惊，下意识脱口而出，看到钟洱冰那疑惑的眼神，他赶紧挺起胸表决心，"我……我的意思是……我会好好赚钱的，不会再游手好闲。"

钟洱冰见他这样郑重的模样，觉得十分欣慰。

虽然齐典澜毛病多多，还麻烦得要命，可他还是一个知错就改的好青年。

然而第二天，钟洱冰就觉得昨天自己欣慰得太早了。

这一次他索性不再掩饰般地偶尔出去闲逛，而是自暴自弃地整天趴在电脑前，连门都不出了。不仅如此，他的嘴角时不时露出奇怪的笑容，还时不时用兴致勃勃、若有所思的眼神看着她和小服。

很明显，他在做的事和她以及小服有关，但每当钟洱冰走近的时候，齐典澜就像受到惊吓般迅速将网页关掉，装模作样地刷帖子和新闻。

这个样子哪里有改过自新的模样，分明就是病得更严重了啊！

看着他这副不知上进的模样，钟洱冰十分无奈，事不过三，她已经开始在心里计算日子，打算把他交的钱一用完就将他扫地出门。

有了这样的念头，整日游手好闲的齐典澜看在钟洱冰眼中也就不那么碍眼了，甚至有时候他还能得到钟洱冰一个尚算和蔼可亲的笑脸，简直让他受宠若惊。

第十五章 超能写手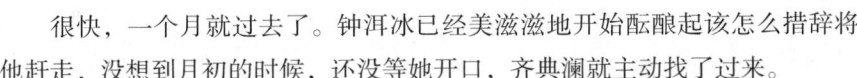

很快，一个月就过去了。钟洱冰已经美滋滋地开始酝酿起该怎么措辞将他赶走，没想到月初的时候，还没等她开口，齐典澜就主动找了过来。

"做什么？"想拖欠房租？她可不会给他这样的机会。这样想着，钟洱冰没好气地问道。

齐典澜扶了一下眼镜，将一个存折推了过来，喜气洋洋地开口："这是这个月的生活费。"

"什么？"钟洱冰漫不经心地瞟了存折一眼，看着那几个零，目光陡然定住，不由得被吓了一跳。

"你捡来的？不是让你不要再用那个技能吗？"

经过前面的几次事件，钟洱冰已经有些草木皆兵了。想到这里，她赶紧去检查自己的钱有没有丢，同时招呼小服一起检查。

看到他们的反应，齐典澜有些尴尬地咳了一声："这个……放心吧。"

更让他尴尬的是，他的话并没有人理会。别说是钟洱冰，就连小服都一副如临大敌的模样，似乎恨不得把全身的口袋都翻个底朝天。

想到前几次小服为自己背的黑锅，齐典澜选择了沉默，只能指望着他们赶紧检查完还自己清白。

"咦？这次好像真的没有少钱！"检查完毕，钟洱冰很吃惊地嘀咕着。

小服也满意地得出结论："没有。"

终于证实自己的清白了！齐典澜脸上露出笑容，刚准备开口，钟洱冰的神情又凝重起来："不对，看现金怎么会有用？我们该去查看一下工资卡余额！"

"银行卡，存折！"小服非常同意。

齐典澜一口气没提上来差点儿被气死，终于决定主动一点儿了："等等。"

两个人同时看向他，齐典澜赶紧趁这个机会一本正经地解释道："这些钱都是我写东西赚来的，绝对不会再吸走你们的运气了。"

"什么？你写东西赚来的？"钟洱冰惊讶地问，查看了一下他的信息，这个技能果然没有再生效，反而是那个莫名其妙的"复制粘贴"和"八卦小能手"亮了起来。回想起自己刚才不信任的表现，钟洱冰为了掩饰自己的尴尬，轻咳一声："做得不错，再接再厉吧。"

听到她夸奖齐典澜，小服头顶的呆毛充满敌意地竖了起来，齐典澜却自豪地说道："应该的！应该的！"

钟洱冰刚接过他手上的存折，突然一阵难闻的气味扑鼻而来，她忍不住捂住鼻子，皱眉问道："什么味道？"

"什么味道？什么味道？"听到钟洱冰的话，齐典澜蓦地打了个激灵，也跟着她左看右看。

钟洱冰见他装模作样的样子，捂着鼻子没好气地说道："别装了，就是从你身上传来的！"

"什么？我身上？"齐典澜顿时露出了如遭雷击的神情，似乎痛不欲生一般。钟洱冰却怎么看怎么假，并没有被他蒙骗过去，而是冷冷地问道："你究竟多久没洗头了？"

齐典澜眼珠转了转，支支吾吾："一天……"

"你当我傻吗？"十分不满他这种把她当成傻子的行为，钟洱冰对他怒目而视。

齐典澜见势不妙，赶紧识趣地改口："一个星期……"

"一个星期？你也真是……"一个星期不洗头，就会有这么大的味？钟洱冰心里仍然有些怀疑，但还是勉强信了，刚准备说话，一直在旁边一声不吭的小服忽然面无表情地说道："没洗过。"

"什么？从出厂后你一直没洗过头？"钟洱冰脸色一青，看向齐典澜的眼神都变了。

"这个……那个……其实都是误会……"偷偷向小服翻了个白眼，齐典澜尴尬地挠了挠头，头上油光一闪。

钟洱冰看在眼里，只觉得胃顿时一阵翻涌，不禁往后退了一步，想到刚才从他手里接过存折还看了半天，恶心得都要吐了。

齐典澜眼神乱飞，心虚地为自己辩解："这个……你不懂，男生都不怎么洗头的！"

"胡说！"

"真的真的！"见钟洱冰满脸不信，齐典澜精神一振，连忙摈弃前嫌，向小服投去一个求认同的眼神，没想到，小服并没有给他面子——

"每天洗。"

齐典澜脸色一白，更让他恐惧的是钟洱冰这座移动火山的反应。

幸运的是，钟洱冰被熏得昏头昏脑，也没心思训斥他了，捂着鼻子隐忍地说道："你赶快去洗头！"

"这个……那个……"齐典澜嘴里支支吾吾着，脚下却偷偷地向自己的

第十五章 超能写手

房间挪动。

将他的举动尽数收入眼底，钟洱冰肺都要气炸了："你不洗头就等着被扫地出门吧！"

虽然这个男主角有很强的赚钱能力，可是他的个人卫生习惯实在令人堪忧，以前不知道便也罢了，现在知道了，钟洱冰是无论如何也没办法和他处在一个屋檐下了。

"扫地出门"这句话一说出来，原本抵死不从的齐典澜立刻妥协了。不知道是不是错觉，这个男主角比前面所有的男主角都害怕被赶走，大概是副总裁给他下过什么死命令吧。

齐典澜不情不愿地被赶进了卫生间，然而他刚进了卫生间不到两分钟就出来了，头上泛着水光。

"洗完了。"他如释重负地宣布道。

钟洱冰十分怀疑地盯着他："你真的洗过了？"

"当然是真的！"眼中掠过一抹心虚之色，似乎为了掩饰什么，齐典澜一挺胸，中气十足地说道。

钟洱冰强忍着怒火："那怎么这么快就干了？"

当然不能说自己只是洒了点儿水！齐典澜眼珠一转，自以为十分机智地说道："我用了吹风机！"

"吹风机？"钟洱冰挑眉。

"吹风机！"齐典澜肯定地点了点头。

周围一片沉寂，仿佛暴风雨来临之前的宁静。

这样压抑的气氛让齐典澜不自在地动了动脚尖，底气不足地说道："那我就先回房……"

下一刻，终于忍够了他满嘴胡说八道的钟洱冰咆哮道："你骗谁呢！你当吹风机是消音的啊？"

"快给我进去认真洗！小服进去监督他！"

齐典澜垂头丧气，拖着沉重的脚步再次进了卫生间，身后还跟着面无表情的监工小服。不知道为什么，钟洱冰看着这样的情形，脑子里冒出"羊入虎口"四个字。她晃了晃脑袋，甩去了这个不靠谱的想法。

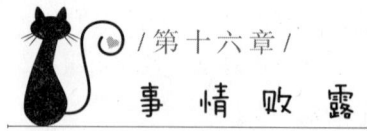

第十六章
事情败露

这一次，齐典澜进去的时间要长了不少，看来是小服发挥了作用。

钟洱冰心里欣慰，夸张地做了一个擦汗的动作，觉得劝他洗个头简直精疲力竭。两个人从卫生间里出来时，齐典澜的头发湿润，钟洱冰仔仔细细地看了一番，确定的确不是仅仅只沾了水，而是被水洗过。

但她并没有被眼睛所欺骗，而是用询问的目光看向小服："小服……"

对上她的视线，小服面无表情地回答："洗了。"

齐典澜刚准备松一口气，下一刻，心中大石又被提起——

"有认真地洗吗？"钟洱冰问道。

他顿时脸色一变，对着小服挤眉弄眼，还趁着小服目光瞟过的时候偷偷做了数钱的手势。

接收到他发出的信号，小服面容凝重，若有所思，然后在他不敢置信的眼神中无情地把他出卖了："没用洗发水。"

钟洱冰真是想不通，为什么会有这么不喜欢洗头的男主角！

不仅仅如此，话音落下后，小服走到钟洱冰面前，从口袋里掏出了几张百元大钞："给。"

"这是……"钟洱冰一头雾水地接过钱，却在瞟到齐典澜生无可恋的神情时恍然大悟。

不洗头就算了！竟然还试图"贿赂"小服！

这一次，钟洱冰彻底勃然大怒了，索性决定亲自监督他洗头。

大概是知道自己逃不过这一劫了，这一次，齐典澜不再作妖，老老实实地走进了卫生间，临进门槛前，他指着小服说道："他不准进，不然我就不洗！"

没等钟洱冰开口，小服就淡淡地吐出四个字："扫地出门。"

齐典澜一下子被噎住，跟着他们进了卫生间。在钟洱冰和小服的监督下，齐典澜不情不愿、慢吞吞地洗着头。

因为太久没洗，齐典澜的头发已经结成了一绺一绺的，看得钟洱冰阵阵

第十六章 事情败露

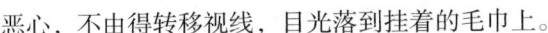

恶心，不由得转移视线，目光落到挂着的毛巾上。

她盯了几秒，忽然想起一件重要的事情："对了，你可别用我的毛巾，我去给你拿一条新的来。"

钟洱冰离开后，齐典澜的洗头大业进行到了上洗发水的关键时刻，他的动作不由得停了下来。

这个……那个……他的视线悄悄地瞟向小服。

感受到他的目光，小服安静地对上他的视线，一言不发，丝毫没有主动询问的打算，让齐典澜腹诽了一句他的不识趣。

虽然还是对小服的"背叛"耿耿于怀，但形势迫人，齐典澜还是不得不放下满心的怨怼，小声地向他请示："该用多少洗发水？"

"全部。"

"全部？"

齐典澜惊呼，张口准备和他辩驳一番，然而挤出那两个字后，小服便如完成了任务一般不再理睬他，走到门口去等钟洱冰。

原本打算脱口而出的话再度被咽了回去，齐典澜心里生出了一丝不确定。他关掉水龙头，用空闲的手抓过一旁的洗发水，晃了晃，发现还挺多，似乎是刚开封的样子，不由得吞了口口水。

这……真的要用掉一整瓶？

齐典澜觉得哪里不对，可是出厂后就没过洗头，而且系统中也没有关于如何洗头的相关信息，因此他毫无经验。

也许……的确应该听听这种每天洗头的"专业人士"的意见？

想到这里，他心一横，直接咬着牙把一整瓶洗发水往头上倒。黏乎乎的液体顺着头发流下来，淹没了整张脸，就连洗手池里都积了一小摊。

齐典澜心里一紧。糟了！这绝对不对劲儿呀！

与此同时，门边的小服收回视线，头顶的呆毛愉快地跳起舞来。

钟洱冰好不容易从箱子的角落翻到一条毛巾，原以为回来时一切都已经结束了，没想到齐典澜还在拼命地用清水洗着头。

这……他都洗了这么久了，这是浪费了多少水呀？

钟洱冰本想开口呵斥，但见他头上依然满是白色的泡沫，便也不再开口，只觉得是因为太脏，所以多加了些洗发水。

等钟洱冰刷完帖子抬起头来，齐典澜的洗头大业终于到了尾声。

他深深地吸了口气，慢慢地抬起脖子，大概是因为埋头太久了，钟洱冰几乎可以听到他脖子发出"咯吱咯吱"的声音。

在齐典澜抬头的那一刻，有什么东西轻飘飘地从他的额头上落到了洗手池里，险些被水冲走，好在齐典澜眼疾手快地捡了起来，"吧嗒"一声贴在了自己的脑门上。

钟洱冰眯起眼狐疑地问道："什么东西掉下来了？"

"这是……"齐典澜手一僵，灵机一动，"黄瓜片，没错，美容养颜的黄瓜片，主人你要不要也来一片？"

钟洱冰本就没有看清楚，见他一副言之凿凿的模样，勉强信了。再说了，这么久都没洗过头，谁知道他那黄瓜片是什么年代的产物……

不过，钟洱冰总觉得刚才掉下来的那不是黄瓜片，而是什么其他的东西，似乎有些眼熟。

她没有多想，把毛巾递给了齐典澜，目光掠过一旁歪歪倒倒的洗发水瓶子，觉得有些不对，伸手拿起瓶子晃了晃，发现竟然轻飘飘的，脸色一变："咦？洗发水呢？"

为什么一整瓶洗发水眨眼间就空了！几乎是在下一秒，钟洱冰怀疑的目光就扫向了齐典澜——

没办法，这人前科太多，信任值对于她来说已经跌到了负数。

受到钟洱冰的目光扫射，齐典澜赶紧条件反射地露出一脸无辜的表情，与此同时，后知后觉地发现自己被坑了的他开始绞尽脑汁想要逃掉这一劫。

——是实话实说，还是说自己不小心用完了？

——不行，她本来就一直想赶走自己，有了这个机会更是巴不得把自己扫地出门了。

——就说都是小服陷害他的？

——不行，她肯定相信小服。

——就说洗发水本来就只剩一点儿了？

——也不行，家里就这么一瓶洗发水，只要不是瞎子都不会被骗过去的……似乎怎么辩解都是死局！

就在齐典澜开始胡思乱想，并且越想越绝望的时候，钟洱冰却眼神惊讶地盯着他的头顶，语气迟疑："我怎么觉得……你头发的颜色好像变浅了？"

"这个……"听到这句话，齐典澜蓦地打了个激灵，不由得有些心虚。

第十六章　事情败露

他连忙拿起手中的毛巾盖住脑袋，一边假装擦头发，一边支支吾吾地解释道，"还……还不是因为我出厂的时候，副总裁给我用了劣质的染发剂！你知道的，副总裁那家伙可抠门了，别的不能省，就只能在材料上拼命节省了……"

齐典澜说着，有些心虚地抬眸看了钟洱冰一眼，见她脸上没有露出什么怀疑的神色，暗自松了口气，继续一本正经地说道："副总裁嘛……就是有些爱好，例如玩玩换装小游戏什么的……"

他这番言胡说八道的话，钟洱冰居然信了，并且觉得很有道理！

听到"换装小游戏"几个字，她想起上次看到副总裁一个中年大叔，竟然缩在网吧兴致勃勃地玩游戏的情景……

顿时，一切不合理都有了解释！

"原来是这样……"钟洱冰点了点头，用一种恍然大悟的眼神看向小服，"难怪每次发来的货都一堆毛病，我看他不如转行做女性手游好了。"

小服认真地点头，假装自己没有中枪的样子。

齐典澜悄悄地松了一口气。

洗头事件过后，在钟洱冰的严格监督下，齐典澜终于改掉了这个坏习惯，但他唯一的要求就是洗头时不被围观。

原本觉得他是又想偷奸耍滑，不过见他后来独自洗头的质量还不错，钟洱冰便也睁一只眼闭一只眼了。

解决了这件事后，齐典澜便恢复了继续写文章的日子。

实际上，他对写文章这件事并不像钟洱冰想象中的那样满怀热情，毕竟他可是将来会站在都市巅峰呼风唤雨的男子，怎么能做如此枯燥无味的工作？

可是梦想是美好的，现实是十分残忍的——

出厂的时候，公司似乎并没把他应有的写作技能作为标配给他。

"亲，你本周的榜单还有两万字，为了避免进入小黑屋，要加紧更新哦，请尽快完成榜单！时间截止到明天中午12点。请勿回复，页面有缓存，如果字数有误，请联系您的责编。"

就是这样！总有人为了榜单字数这样无聊的事情对他百般纠缠！

幸好，他引以为傲的过目不忘的记忆力还在。

想到这里，齐典澜露出一个自信的笑容，然后打开了文档，回忆一下那些即将会红的文章的情节或者即将大热的段子，下笔如有神，"噼里啪啦"，转眼间便写了两章。不到半个小时，两万字轻松地搞定了。

"我不听,我不听!"

"来一个我杀一个,来一双我杀一双!"

"我该拿你怎么办?"

愉快地看着东拼西揍而来的段子和语句,齐典澜满意地点了点头,心中有种激情澎湃的感觉,他有预感,他这篇文章一定能红!

幻想着自己走上人生巅峰的情形,齐典澜情不自禁地发出了一阵阴恻恻的笑声。

"小服,你在看电视吗?"

刚洗完澡从浴室出来的钟洱冰听到这个奇怪的声音,只觉一阵寒意钻进脖子,她打了个哆嗦,一边用毛巾擦着头发,一边忍不住问道。

小服连忙摇了摇头,以示自己的清白。

钟洱冰缩了缩脖子,疑惑地说:"那大半夜的哪儿来的奇怪的叫声?"

小服头上的呆毛晃了晃,毫不犹豫地指向了齐典澜。

"怎么又是他?"钟洱冰循着他所指的方向望去,映入眼帘的正是齐典澜盯着电脑、时不时发出莫名笑容的模样,她忍不住皱眉,"他这是在做什么?"

小服有些茫然地摇了摇头。

齐典澜将他拼揍的章节发上去后,无意中回过头,却看到了钟洱冰和小服窃窃私语的一幕。

他自然没听到钟洱冰和小服的议论,也不知道他们议论的话题主角正是他本人,那正常的一幕落入他的眼中,经过一番加工处理,却变成了——

钟洱冰正气势汹汹地质问着小服,毫不客气地使唤着他。

齐典澜越想越兴奋,最后一捶拳头:"没错!就叫《霸道主人的小管家》好了!"

毫无根据的瞎想显然是不好的。

这天晚上,齐典澜抱着自己写满了"不可告人秘密"的笔记本做了一个甜甜的美梦。

梦中他获得成功,被老板嘉奖,迎娶富家千金,登上人生的巅峰。

而他结束了卧薪尝胆的日子后,拳打小服,脚踢钟洱冰这样的情节,不过是他辉煌人生中的小插曲罢了。这个梦太美好又太长,以至于第二天被小服喊起来扫地时,他是顶着两个黑眼圈的。

恰逢周六,超市举行大清货活动,钟洱冰警告了齐典澜一番后,就带着

第十六章 事情败露

小服去扫货了。虽然没有钟洱冰的监督,但偷懒的下场齐典澜再清楚不过了,因此再怎么不情愿,他还是不得不呵欠连连地扫着地。

"洱冰姐,你在家吗?"这时候,门外忽然传来了一阵敲门声。听到这个明显属于女生的声音,他眼睛不由得一亮——

咦?难道这么快就有他的仰慕者上门了?齐典澜一边自恋地想着,一边像兔子一样飞快地跑到了门边,迫不及待地打开了门。

开门那一秒,他才后知后觉地想:糟了,万一是歹徒怎么办?

好在正如他期待中的一样,门外是一个清丽动人的年轻女孩。

此时,她正用那双动人的剪水秋瞳疑惑地看着他,看得他心都软了。他连忙摆了一个自以为炫酷的姿势:"你找我有事吗?"

"请问……这是你的房子?"

她的目光不着痕迹地在可见范围内逡巡了一圈,声音也轻轻软软的。

啊,第一次见面就问这样的问题吗?

难道他的魅力就这么大,让这样一个美丽动人的女孩,第一次见面就迫不及待地打听起他的家庭状况了吗?

齐典澜美美地想着,然而很快又恢复了理智,注意到了现在摆在他面前的这个问题。

听说现在的女生对房子要求不低……

齐典澜眼珠一转,果断趁着房子真正的主人不在,大言不惭起来:"当然是我的……"

"你的房子?"

然而下一刻,他却见面前的少女脸色一变,紧接着一只娇小却有力的拳头重重地砸在了他的鼻子上。

"你……怎么……动手打人啊?"完全没有料到这样的发展,齐典澜完全蒙了,他捂着鼻子,满脸不可置信地流露出支离破碎的疑问。

传入耳中的是一秒化身"女暴龙"的女孩又惊又怒的声音:"居然霸占别人的房子,你说,你把洱冰姐怎么了?"

"什……什么?"

疼痛以鼻子为起点蔓延开来,更让齐典澜痛心疾首的是自己遭受的非人待遇。

霸占房子?后知后觉地想起这项指控,齐典澜心里极其委屈,不自觉地放下自己的手,赶紧证明自己的清白:"我……我没啊……"

话音刚落,冷酷强硬的一拳再次落到他的鼻子上,齐典澜惊叫一声,耳畔随即响起白玥光义愤填膺的声音:"你做了坏事还不敢承认?"

齐典澜觉得自己冤得都要六月飞雪了,他一抹鼻子就是一手的血,险些两眼一翻晕过去。

"你刚才明明……"

似乎看透了他的想法,白玥光清了清嗓子,正准备一本正经地痛斥齐典澜的罪行,忽然有什么东西掉到了地上,"咦?这是什么?"

她的目光落到地上,映入眼帘的是一个小本子。

分明是一个看起来很普通的小本子,但不知道为什么,白玥光却从它的上面看出了一丝神秘的气息,不由得被勾起了几分好奇。

齐典澜仿佛被魇住了一般,她着迷一般地盯着小本子,下意识弯腰捡了起来。

原本还因为她注意力转移松了口气,然而当目光落到她手里的东西上时,下意识地摸了摸空空如也的口袋,不由得倒吸一口凉气,心跳顿时快了半拍!

不好!自己的小本子竟然暴露了!

"你……能不能把本子还给我?"由于门牙被打掉了,齐典澜现在说话都是漏风的,然而这个小本子对于他来说实在十分重要,他只得硬着头皮小心翼翼地看着白玥光,捂着红肿的脸口齿不清地问道。

问话的同时,他脚下偷偷地退了一小步——这个看起来娇小可爱的女生,居然有如此强大的战斗力,实在太可怕了!

想到刚刚白玥光那干脆利落的两拳,齐典澜忍不住打了一个哆嗦。

白玥光仿佛没有听到他的话,在齐典澜惊恐的目光中翻开了小本子,本子中的内容映入眼帘,她的眼睛逐渐瞪大。

而齐典澜的脸更是彻底变成了苦瓜脸。

时间仿佛被无限拉长,就在齐典澜受不了这样压抑的气氛,想赶紧夺路而逃的时候,一个无异于天籁的声音拯救了他——

"玥光,发生了什么事?"声音的主人是一个跟白玥光有五分相似、气质却截然不同的男人走了进来。

咦?这个人……是这女孩的哥哥吗?他们长得至少有五分相似,会不会……兄妹俩不仅外表相似,就连性格也是如出一辙的暴脾气?

第十六章　事情败露

想到这里，齐典澜不禁打了个哆嗦，小心翼翼地护着自己的鼻子退了一步，眼神顿时充满防备和不信任。

瞟到齐典澜那充满复杂情绪的古怪目光，白晓华忍不住皱眉，若有所思。

在他严肃的目光中，齐典澜心里冒出一丝心虚：难道……他认为自己刚才欺负他妹妹了？这个念头刚一冒出来，齐典澜就用力地甩了甩头，胡说，明明自己才是被欺负的那个！

下一刻，白晓华高傲不屑的声音就传入了齐典澜耳中："看什么看，你是在嫉妒我的美貌吗？"

什么？齐典澜目瞪口呆。

白晓华却没有理会他，而是兀自沉浸在自己的世界中，他不知道从哪里摸出一面小镜子照着自己的脸，语气忧郁地说："果然是这样，我的美貌果然天下无敌……为什么上天要赐我这样的美貌，唉，这真是一种罪过……"

齐典澜已经不知道说些什么了。

最终，还是白玥光拯救了石化状态的他。

很久没有出声的白玥光蓦然从小本子中收回注意力，眼睛闪闪发光地抬起头，然后如同发现了新大陆似的，快步走到白晓华身边，语气兴奋地把小本子举到了白晓华面前："快看！哥，这本小说里……"

"什么？"白晓华恋恋不舍地从镜子上收回视线，漫不经心地扫了一眼小本子，看了几秒钟，脸色忽然一变。

然后似乎找到了比自己的脸更让人感兴趣的东西一样，他把小镜子飞快地塞到口袋里，然后和白玥光"叽叽咕咕"交流起来。

"快看这个，洱冰姐姐居然对小服……"

"哦哦，真没想到……"

"这个故事真是有趣……"

"咦？怎么没有了？"

"啊啊啊，这个作者是谁？我一定要关注他。"

翻到最后一页，字迹消失，而白玥光兄妹却依然沉浸在其中难以抽离思绪，他们不约而同地摸出手机，开始上网搜索关键字，然而这次他们失望了，无论怎么搜索，都一无所获，找不到丝毫原作者的痕迹。

他们就这样，猝不及防地掉进了一个无底洞！

意识到这一点的时候，两个人都要抓狂了，然而下一刻，一个声音慢悠悠地在旁边响起："要知道作者这还不简单……"

两个人循声望去，却见之前还狼狈地缩在一旁的齐典澜不知道什么时候已经自己爬了起来，此时昂首挺胸，唇畔挂着一抹神秘的微笑，竟然颇有一番仙风道骨的高人之态。

双方面面相觑了几秒，白晓华疑惑地问道："你说什么？"

白玥光却哼了一声，把白晓华拖到一边"小声"说道："哥，别理他，他脑子有毛病！"

白玥光自以为声音很小，其实她的话被齐典澜听得一清二楚，这句话不仅戳破了他刚才装模作样显露出来的高人风范，更是深深戳痛了他那颗脆弱的心。

强烈的自尊心驱使着他不再故弄玄虚，直接说道："你们不是想知道作者是谁吗？问我就好了！"

"你知道作者是谁？"

大概是因为白玥光的话，白晓华也对齐典澜产生了一种先入为主的偏见，此时怎么看他怎么不像一个正常的人。然而他说的话又实在让他好奇，于是白晓华还是按捺着自己厌恶的情绪，迫不及待地问道。

"当然。"齐典澜轻咳一声，之前消失得一干二净的自信又有了死灰复燃的趋势，他挺胸收腹，郑重地说道，"远在天边，近在眼前。"

"什么，是你写的？"

良久的沉默之后，两兄妹异口同声地惊呼，脸上写满不可置信。

"当然……"没等齐典澜肯定他们的想法，兄妹俩就不屑地上下打量着他，一句接一句地把他说得一无是处。

"骗人吧！"

"像你这样……"

"没错，怎么可能……"

"质疑什么？"齐典澜忍不住涨红了脸，声嘶力竭，"你们这是怀疑我作为一个文人的节操！告诉你们，你们可以说我一事无成，哦不……我只是打个比方，但绝对不能怀疑我是这篇小说的作者的真实性！"

大概是他说得过于激动，白玥光和白晓华都相信了他。

两个人对视了一眼，态度软了很多，看向齐典澜的眼神虽然谈不上崇拜，但也算有了几分敬意。

第十六章　事情败露

"原来你就是这篇文章的作者。"

"写得真的很不错啊，要是发到网站上，一定会有很多人喜欢看的！"

"你们说的是真的吗？"听到他们的赞美，齐典澜一愣，有些不敢置信地问。

原本他认为这种小说放在网上肯定没有人喜欢，毕竟现在网上当红的小说都是那种称霸天下、邪魅王爷、霸道总裁类型的。

"当然是真的！"

"绝对会红的，我们都会支持你的！"白玥光兄妹言之凿凿地保证。

齐典澜不由得心里一动。他只是出于个人爱好，才把这个故事写在了本子上，此时听白玥光兄妹这么一夸奖，他倒是有些飘飘然，仿佛已经看到自己成为世界级畅销书作家。

"加油啊！"

"好，我会加油的！"

告别了白玥光兄妹，齐典澜像受到什么鼓励般打开了电脑，然而刚进入发表文章的网站，却有一个噩耗砸到了他的头上——

"您的作品《邪魅王爷：追逃替身淘气小娇妻》已被编辑列入黑名单。"

"怎么回事！"齐典澜忍不住嘀咕。

他莫名其妙地打开QQ（即时通信软件），正要找出编辑的号码问清楚是怎么回事，却不见了编辑的踪影。

难道被拉黑了？齐典澜皱起眉，可是自己明明没有得罪过编辑呀。

这个时候，他的QQ忽然闪了起来，点开一看，是一个平时关系不错的作者。

一只小黄鸭：不好了，快去看论坛！

发生什么事情了？

齐典澜一愣，立刻点开了一只小黄鸭发来的网址，映入眼帘的是一个红色标题——

说一说那个擅长融合多部作品的作者。

这都什么跟什么啊？

齐典澜一般不围观这些八卦，倒是一只小黄鸭对这些抅架的帖子总是津津乐道，因此他第一反应就是这又是一只小黄鸭关注的抅架贴，然而，一种不祥的预感却让他鬼使神差地继续看了下去。

说一说那个擅长融合多部作品的作者

说起来"楼主"也在清水公司的网站看了几年文章,算是老读者了,还是第一次看到这么胆大包天的作者。

今天"楼主"在排行榜看小说的时候,发现了一篇文风清奇的小说。虽然名字叫什么《××王爷:追逃××淘气小娇妻》,一看就知道是跟风……不好意思跑题了。

没错就是这样一个恶俗的题目引起了"楼主"的注意!这样的文章怎么可能出现在首页的排行榜上?

"楼主"决定还是点进去看一眼,万一作者是真的写得好,只是书名改得不好被误伤就不好了。那不仅伤害了一个有潜力的作者,还让"楼主"错过了好的小说。

于是"楼主"怀着满腔好奇打开了第一章,然后瞬间被打开了新世界的大门!

第一章从第一句到最后一句都透露着浓浓的熟悉感,这开头这对话不是隔壁红蔷薇书院那几篇《邪魅公主:绝色太子妃》和《邪王宠妃:王妃带球跑》等小说的经典片段吗?

呵呵,作者很聪明地将其他文章的句子融到自己的句子中了,但"楼主"还是看出来了。

"楼主"按捺着好奇翻了下该作者的其他小说,发现了……

别的话就不多说了,直接上"证据"。

这位作者,你这么多篇小说都是从别的作品拼凑起来的,所有文章除了人名没有一句是原创的,难道就不觉得心虚吗?

1楼[不正常的人]:真的哎……

2楼[正义使者]:这种人不会感到心虚的!

3楼[一朵花]:融合得还不错呢!

4楼[大白胖]:等等!"楼主"怎么对这些小说了解得一清二楚?

5楼[七秒的记忆]:哈哈哈……

6楼[嘻嘻哈哈]:这个作者的文章我前天还收藏过,没想到是抄的!

7楼[落落]:真替这个作者尴尬,自己想一些不行吗?真是丢人!

8楼[暴雨梨花针]:不是吧,这些很多作者都用过啊。

9楼[nino]:呵呵,"楼主"的语气好酸啊,这些剧情都被写烂了吧,也值得说出来?不会是哪个被压的作者吧?

第十六章 事情败露

10楼[彼的泪]：虽然一章十多处也不少了，但建议"楼主"有能力还是多整理一些，免得有人用一句"都是大众情节"，就又糊弄过去了。

11楼[路过的人]：这个不好判定，除非还有更多整理出来作为证据。"借鉴"成这样，比中译中还高级，中译中判定起来还好一点儿，但是这个……

12楼[苹果树]：看了很多回复，说实话单独列出来基本都是大众情节。要是撞个两三处也情有可原，毕竟这种小说就那几个套路。

13楼[乱讲帝]：呵呵，支持作者的不会是亲友吧？拆除这些大众情节，他的小说还能看吗？

14楼[叮咚]：+1。

15楼[版主]：第××楼IP（位置辨识）掩码一致，封号处理。

直至论坛"版主"出现，论坛里的这一番唇枪舌剑才暂时告一段落。

齐典澜在回复栏敲了几个字，又删掉，然后重新输入了几个字，再次删掉。如此循环往复了几次后，他还是忍住了为自己狡辩的念头，叹了口气，心有余悸地从屏幕上收回视线。

以往围观起别人被扒时，他是看得十分欢乐的，然而当这个当事人变成了自己……真是百般滋味难以言说。

最重要的是，他没有为自己开脱的理由，因为这帖子说的都是事实……

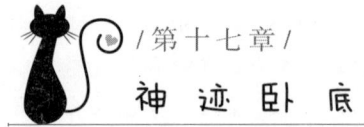

第十七章
神迹卧底

齐典澜所拥有的技能，的确适合写文章，但技能中却没有包括"创作"这一项，以至于他唯一会的就是复制粘贴和各种胡思乱想。

只不过，现在让他最为愤怒的是：那个想帮自己澄清却不小心暴露身份的是哪个笨队友？

不对，谁会这么傻？

难道……

各种念头不自觉地在齐典澜脑中冒出：难道不是喜欢他的读者，而是讨厌他的读者或者嫉妒他的作者，故意在给他拉仇恨？

又或许，其实这个人其实就是发帖子的人，来故意煽风点火？

种种阴谋论截止于屏幕上慢吞吞飘出的一句话：

一只小黄鸭：兄弟，对不起了，我只能帮你到这里了，论坛的人不信我也没办法。

齐典澜忍着吐血的冲动，特别想将一只小黄鸭从屏幕里拽出来狠狠地揍一顿。

这个一只小黄鸭真是传说中的笨队友啊！

帮不上忙就算了，还净添乱！

就在齐典澜看小黄鸭的留言的这一两分钟，封号让这个帖子再次掀起了轩然大波。

这一次，没有了小黄鸭上蹿下跳地"帮忙"，评论呈现出一面倒的趋势。

作为作者常居的论坛，虽然偶尔有读者来"逛逛"，但占据论坛主力军的还是作者。

几乎对于所有作者来说，抄袭都是一件不能容忍的事情。

在电脑前花费了数月甚至数年，耗尽心血完成了作品，为此长期饮食、睡眠混乱，落下一身的病，也许最终只能只赚到一根雪糕钱。

然而所有的心血却被一些抄袭的人轻轻松松就拿去了，融合情节之后或

第十七章　神迹卧底

许还能得到更多人的关注，你的心血便这样成了别人大红大紫的垫脚石。

然而本就是受害者的原作者，很容易受到来自喜欢抄袭者的读者的二次伤害——

"要不是我们的作者帮你宣传，你哪有这么红？"

"能抄红也是一种本事！"

"你其实是嫉妒，所以才要趁机炒作吧？"

——更何况，这个抄袭者的亲友团还试图为其辩解，这更是引起了众怒！

齐典澜更多的黑历史被扒出，还有读者不经意地放出证据，大家发现他居然还给自己评论……

随着更多的证据贴出，齐典澜的各种黑历史被公之于众，帖子的关注度一下变高，众作者义愤填膺地要求严惩抄袭者。

"可恶！肯定是嫉妒我的才能！"

齐典澜看着帖子里那些说他只会抄袭的言论，气得直摔鼠标，切回清水公司页面想要继续更新小说。

然而没想到他一刷新，却发现自己的作者账号被删除了。

就在齐典澜的怒火即将到达顶点的时候，唯恐天下不乱的一只小黄鸭，还在这个时候马后炮地跟他说："不好了！不好了！你的作者账号好像被举报抄袭，被删除了！"

齐典澜气得直接把他拖到了黑名单！

对着电脑发了十分钟的呆，齐典澜勉强恢复了平静，在心里安慰自己：只是一个账号而已，并没有什么可惜的，自己能红第一次，当然还能红第二次！

只是，可惜了那些被冻结的收益……

想到"钟扒皮"向他收取的高额房租，齐典澜不由得牙疼起来。

想起白玥光兄妹鼓励自己的话，齐典澜没有灰心，他叹了一口气，然后重新注册了一个账号，将本子上手写的小服和钟洱冰的故事发到网上。

既然能得到两个读者的认可，那就说明这篇文章一定很有市场！

齐典澜充满信心地想着。

然而，他的信心仅仅坚持了三天……

这篇文章人气很低，只有一些零星的"撒花""加油"之类的评论，根本就不像白玥光所说的那样大红大紫。

难道是新账号的原因？

没有签约，所以关注度就低？

可是，为什么没有编辑来找他呢，难道他的文章连签约的门槛都进不了吗？像他这么有才华的写手，怎么可能呢！

之前他写的那本《邪魅王爷》，可是刚发一个楔子，就有编辑找上门签约了！

齐典澜对此十分疑惑，于是跑去论坛发了一个自荐贴，然而除了因为格式正确而被点了几个赞之外，压根儿毫无用处，点击竟然还是个位数。

也许是今天天气不好吧……

郁闷地嘟囔着，齐典澜关掉了电脑，随便换了身衣服，打算出去散步寻找灵感。然而在他推开门的那一刻，映入眼帘的却是钟洱冰的黑脸："这个月的房租呢？"

"房租……那个……"齐典澜的眼珠滴溜溜地转着，脸上写满心虚。

见到他这副模样，钟洱冰还有什么不明白的？

不过她倒也没想到齐典澜抄袭被发现，如今连笔名都没了，只以为他是偷懒，没有码字。

鉴于他之前尚算良好的表现，钟洱冰还是大发慈悲地决定这次放过他，只不轻不重地敲打了他一番后就忙自己的去了。

这样一来，所谓的"出去找灵感"的计划当然没办法继续进行了。

齐典澜只好又灰溜溜地跑回房间躲起来了。

然而回到房间的齐典澜越想心里便越是怒火重重：哼，自己明明都这么倒霉了，这个心狠手辣的"钟扒皮"还要来落井下石，简直灭绝人性！

然而人在屋檐下，不得不低头，齐典澜没有勇气出去找钟洱冰吵架，只好泄愤般在本子上虐了钟洱冰一顿，也算是一种"报复"了。

大概是日有所思，夜有所梦，这天晚上，齐典澜梦里全是他再度成为知名作家，卖掉影视版权，登上人生巅峰，小服和钟洱冰纷纷来抱着他大腿痛哭流涕求原谅的美好情形，以至于他整夜都在梦中傻笑。

然而次日，现实却如同一个冰冷的耳光让他瞬间清醒过来——

当钟洱冰上班后，充满期待打开作者后台的齐典澜大失所望，新写的这篇文章依然冷冷清清，读者寥寥无几，数据非常惨淡。

美好的梦境和惨淡的现实形成了巨大的反差，让齐典澜一下子心灰意冷了——难道这样的题材真的红不起来？

第十七章  神迹卧底

就在他要怀疑人生的时候——

[校服爱吃饼]打赏了你

[校服爱吃饼]打赏了你

[校服爱吃饼]打赏了你

读者[校服爱吃饼]评论《霸道主人的小管家》：作者加油！文章很好看，快点儿更新！支持你哦！

咦？新读者？

齐典澜大喜过望，立刻像打了鸡血一般，开始奋起码字。

的确，在一个读者都没有的时候，齐典澜对这个唯一的读者十分珍惜和感激，可接下来几天，支持他的只有"校服爱吃饼"一个读者，于是惰性和心灰意冷的情绪再度席卷而来，使得他很快便再次失去了继续写的兴致。

[校服爱吃饼]打赏了你

读者[校服爱吃饼]评论《霸道主人的小管家》：作者为什么不更新啊？好想看小服和小冰的后续啊！

因为文章太冷，齐典澜毫无继续创作的激情，而且之前的手稿都用完了。几个因素加起来让他非常想要放弃，可又不想对不起唯一支持自己的真爱小天使，心情十分纠结，于是他有些烦躁地关掉文章页面，打开了作者群，匿名问了一句：

[匿名]大虫：文章没人看怎么办啊？

瞎蒙君：加油更新啊！总有出头的日子！

可爱的小天使：不要灰心！

嘻嘻地笑：重新写一篇别的吧。

低调：亲，我也是新人，我的文章名是××××× ，我们来相互推荐一下吧！

mm豆：该楼层禁止打广告！

问题发出后，只出来一堆没有什么新意、已经听腻了的回答。

"问了也白问……"

齐典澜嘟囔着，正要关掉QQ，就见一个很少在群里说话的作者说了一句：

才不是小红橙：你加点儿读者喜欢的元素，文章才会红。

哎？齐典澜一愣，而随着这句话一出现，整个群都沸腾了。

金丝：哇！说得对哦！

桀骜公子：对对对！

死神之翼：亲证有效！

烤鹅：啊啊啊！女神也在群里？好开心！我看过你的文章啊！

"才不是小红橙"是这个小说网著名的作家。

她的作品因为添加了读者喜欢的元素，尽管文笔一般，人气还是很高的。

齐典澜看到这些对话，不由自主地想起神迹中文网的那种类型的文章，什么一见钟情、战无不胜……

尽管他自己觉得有些无法接受，不过……难道读者们就喜欢看这种？

回想到自己被举报抄袭，甚至被删账号的前车之鉴，齐典澜立刻将抄袭的想法打消了。捷径虽然不能走，但文章总归是要写的。

不用"过目不忘"的技能，齐典澜花了几乎一整天，才艰难地憋出几百字。

刚松了口气，背后忽然响起一个阴恻恻的声音："你在干什么？"

这声音如同惊雷在耳边炸响一般，吓得齐典澜赶紧将电脑的屏幕关上，同时将显示屏紧紧抱住："没什么，我过几天一定会准时将房租给你的！"

钟洱冰满是疑虑地看他一眼，还是走开了。

齐典澜拍了拍胸口，不敢继续码字了。

其实他的房间也有电脑，但那台电脑早已老掉牙了，不但开机启动都需要很久，还经常因为出毛病导致辛辛苦苦写好的文章消失，受过几次苦后，齐典澜只得转而用客厅里的电脑，也因此增加了一个不定时巡逻的"钟怪兽"。

等到钟洱冰和小服都睡了的时候，已经是半夜，齐典澜一直等到这个点才敢溜到客厅，打开电脑继续码字。

不敢使用复制粘贴技能，他拼拼凑凑了很久，勉强码完了一章，发了上去。

发完新章后，齐典澜刷新了一下后台，没想到这个点子也有读者在线。

读者[校服爱吃饼]评论《霸道主人的小管家》：沙发！今天更新有点儿晚，不过情节好喜欢，作者加油！

[校服爱吃饼] 打赏了你

[校服爱吃饼] 打赏了你

[校服爱吃饼] 打赏了你

虽然这个有钱读者一口气打赏了这么多，但……

哎，果然又只有一个读者，难道要放弃这篇文章了吗？

看着唯一的读者刷屏般的评论，齐典澜叹了一口气，正要关掉网页的时候，

第十七章 神迹卧底

无意中刷新了一下——

咦？等等！

读者 [lol] 评论《霸道主人的小管家》：哇，作者真大胆，不过我喜欢！

读者 [123] 评论《霸道主人的小管家》：这个调调我蛮喜欢的，比我之前看到的好多了。

不会是自己眼花吧？怎么一刷新多了这么多留言？

齐典澜大喜过望的同时又满心不可置信，对着屏幕看了好几遍才确认自己没有眼花。

原来那位作者说的真的！

再度找到了一条大红大紫的道路，齐典澜心中顿时涌起了一阵满满的成就感，疲倦一扫而光。

更何况，这些还都是自己没有利用技能亲自想出来的！

他真切地感受到了这是自己用汗水换回来的成果，顿时如同打了鸡血一般，又迅速地码了几章。

灵感随着数据的不断增加而变多，再加上日益上升的收益的激励，齐典澜变得前所未有地勤快。

这篇文章改了风格，再加上齐典澜的勤奋更新，从没人看到一下子收获了众多支持者，还如同一匹黑马一样进入了网站首页的推荐榜！

不仅 [校服爱吃饼] 一直在支持他，还多了一大群天天催着更新、追文章的忠实读者，一切都向着良好的方向发展，齐典澜十分开心。

说不定出版社和影视公司很快就会找上门来，然后他就成了知名作者……

他仿佛已经看到自己踏上了人生巅峰，当上总裁，冷酷地将钟洱冰和小服踩在脚下的情形……

然而某一天，论坛上悄然无息地出现了一个新帖子——

说一说那个突然红起来的作者

不知道作者们有没有发现，这几天推荐榜上突然出现了一篇文章，数据惊人，轻而易举碾压众多作者，文章名明明十分奇特，作者还是个刚签约的新人，却被举报了无数次依然屹立不倒。"楼主"原本还以为是什么披着低俗文章名的好文章，点进去一看却吓了一跳——这小学生都不如的文笔，这眼熟的套路和走向，更重要的是那满满的第八个字母情节和那综合各种不可说背景的酷炫霸气男……哦不，女管家……

说好的要自觉呢?现在的新人怎么这么大胆!就不怕被发现?

1楼[dadgv]:沙发!

2楼[为你喝彩]:呵,"楼主"这是看人家火了,眼红嫉妒了?

3楼[我是水果果果果]:"楼主"真酸!

4楼[围观群众]:"楼主"一定是见不得别人好!

5楼[无所谓]:喷喷,还没说几句,作者的朋友就来了呀。

6楼[隔壁的邻居]:有谁知道这作者吗?

7楼[恍恍惚惚]:为什么都这样了还总有些人这么不自觉啊!

8楼[代表奥特曼消灭你]:楼上说得对!

9楼[我就是我]:快一起去举报,不想让这种人败坏我们文学网的风气!

10楼[6+1]:楼上带我一个!

论坛上热闹不已,齐典澜却全然不知。

一开始,齐典澜只是想加点儿料来添人气,然而,他很快就迷失在热情的读者们的呼唤中了。

读者[豆豆]评论《霸道主人的小管家》:快点儿更新吧!

读者[小服d]评论《霸道主人的小管家》:求更新,更了给你打赏!

读者[大石匠的眼镜]评论《霸道主人的小管家》:撒花鼓励!

越来越多的读者慕名而来,读者越多,收益也越多。

他的文章不仅排名上升,长期被知名作者和有钱人占据的打赏榜竟然也有了他的一席之地,每次看后台收益都让齐典澜笑得合不拢嘴。

然而,这种潇洒的日子还没过上几天,那个烦人的笨队友又找上门来,拼命地给他留言。

一只小黄鸭:不好了不好了,论坛又……

齐典澜敲击着键盘,毫不客气地打断他:怎么了?又在抹黑我了?

尽管是键盘打字,黄大壮依然磨磨蹭蹭,表现出一种欲言又止的模样:是啊,而且他们还……

齐典澜冷笑:我早就习惯了,哼,这群愚蠢的凡人!他们都是嫉妒我的才华!

一只小黄鸭发了一串句号,然后发过来一串似乎很心虚的话:可能我在论坛又说错话了……

他早就习惯了被这个队友坑,而如今又不是靠抄袭得来的成就,完全不

第十七章 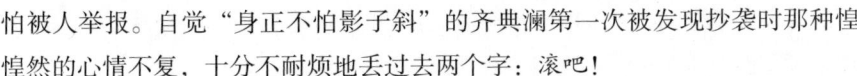 神迹卧底

怕被人举报。自觉"身正不怕影子斜"的齐典澜第一次被发现抄袭时那种惶惶然的心情不复，十分不耐烦地丢过去两个字：滚吧！

一只小黄鸭：可是这回……

看着他吞吞吐吐的样子，齐典澜脑海中不期然浮现起他曾经无数次在论坛坑自己的一幕幕。新仇旧恨涌上心头，他毫不犹豫地把之前加回好友的一只小黄鸭，再次拉入了黑名单。

在一只小黄鸭的名字消失在好友列表那一刻，齐典澜松了一口气，伸了个懒腰，忽然觉得整个世界都明亮了。

然而下一刻，一阵粗暴的敲门声破坏了他难得的好心情。

"齐典澜，出来，你给我出来！"

"我知道你在家，你别躲在里面不出声！"

听到外面的声音，齐典澜被惊得差点儿把键盘扔了出去，仿佛看到左邻右舍竖起耳朵听八卦的模样。

他赶紧风一般地冲去打开门，把门外的人粗暴地一把扯进了屋子后又飞快地关上了门。

一系列举动如同行云流水一般，以至于来客进了门依然神情呆呆的，回不过神来。

"什么啊？没事瞎嚷嚷什么啊，别坏了我名声。"

心虚地往屋子里看了看，确定其他人没有听到后，他才回过头来装模作样地教训着对方。

副总裁如梦初醒一般，脸色发青地瞪着他，头顶几乎冒出实体化的黑烟："瞎嚷嚷？你写的文章被人举报，有人找上门来了！"

齐典澜不由得哆嗦了一下，色厉内荏地大声说道："不懂你在说什么，我光明磊落做人，堂堂正正做事，究竟是谁诬陷我！"

"诬陷？你做了事不敢承认？证据都被人截图了！"

副总裁被他这副混账样子气得头昏脑涨。

此时完全没有意识到事情严重性的他还是决定故技重施，梗着脖子说道："我没写，就是没写！"

副总裁气急："你这个……"

"没错，他每天在家都很忙的。"一个语气平缓的声音忽然响起。

竟然是小服。

这番动静这样大，同在房间里的小服和钟洱冰当然不会充耳不闻，早就出来了。此时小服的话一出口，各方反应不一。

自觉孤立无援的齐典澜当然是被感动得眼泪汪汪，比起钟洱冰，没想到这个看起来不好接近的小服居然有着一颗善良得如同小天使的心！

钟洱冰则狐疑地瞟了小服一眼：什么时候，一向敌视男主角们的小服居然这么有团结友爱的精神了？

副总裁则是更加气急败坏地对着他咆哮："一号，你到底是哪一边的？"

在众人的连番质疑下，小服头顶的呆毛心虚地耷拉下来，只能向齐典澜投去了一个爱莫能助的眼神。

这一次是真正的世界末日了！

对上副总裁阴恻恻的眼神，齐典澜绝望得仿佛被整个世界背叛了。

"咳，等等……"

围观了一会儿，大概明白发生了什么事的钟洱冰终于按捺不住地插嘴了。

齐典澜充满期待地看着她，钟洱冰也果然不负所望地说道："这个……虽然他做得的确有些不对，但并不是罪大恶极，完全可以改正嘛。"

她在心里"啪啪"打着小算盘，计算着即将遭受的损失是否能被未来的收益所弥补，脸上却是挂着假惺惺的笑："罚款，我可以帮忙交啊，怎么能因为这点儿小小的不足，抹杀一个有才华的年轻作者……"

知己！这才是知己啊！

只觉得钟洱冰的每一个字都那么妥帖，那么了解自己的想法，齐典澜感动得快要哭了。

然而，在惊喜之余，他却没有忘记最大的阻碍——副总裁！

尽管作为主人钟洱冰有一定的话语权，可副总裁才是最终决定他生死的那个关键人物。

大家都以为，自己清理祸害的步伐连连遭遇阻碍，本就怒气爆棚的副总裁该彻底爆发了，却没想到，他不怒反笑。

在齐典澜惊恐和钟洱冰狐疑的眼神中，他的脸上挂着一个古怪的笑容，拿出手机翻开齐典澜写的文章交给钟洱冰看。

钟洱冰保持着惊疑不定的神情看向手机屏幕，目光快速地掠过他写的小说，脸色连番变化，气得浑身发抖。

当她再度看向齐典澜时，眼睛里已经是一片杀意，身上散发出较之副总

第十七章  神 迹 卧 底

裁更甚一千倍的怒意。

"别拦我！我要毁掉他！"

发现自己被写成了脾气暴躁的女主角的钟洱冰怒气已经达到最高值，要不是担心齐典澜皮相遭到破坏卖不掉的副总裁，以及不知道为什么意外地很维护他的小服死命拦着，估计齐典澜就要变成报废的机器人了。

尽管如此，觉得自己死里逃生的齐典澜依然被吓得屁滚尿流，一看到钟洱冰被联手拦了下来，就赶紧滚到墙角，努力缩成一团降低自己的存在感。

他逃离攻击范围的动作太快，钟洱冰只能远远地望了一眼，完全放弃了从副总裁身上下工夫，转而一脸怀疑地看向了小服："小服，你今天怎么回事啊？"

晃了晃头顶的呆毛，小服有些心虚地移开视线，没有吭声。

钟洱冰当然不会这样轻易地被敷衍过去，一向很听的话的小服今天真的很不对劲，偏帮齐典澜表现得太过明显。

想到这里，她的脸色沉了下来，冷冷地威胁道："你再这样胳膊肘往外拐，我还不如把你送回去呢。"

黑漆漆的眸子中飞快地掠过一丝慌张，小服连忙开口："追文章，很多打赏。"

钟洱冰已经完全能够无师自通地翻译小服的话，她十分狐疑地喃喃："你是说，你也在追他的文章，还打赏了很多？"

那一边，钟洱冰正在教育小服，而这一边，齐典澜的耳朵动了动。

追他的文章？

读者？

很多打赏？

这些关键词从脑海中一闪而过，汇总成一个名字——"校服爱吃饼"？

无论是对于齐典澜，还是对于喜欢他文章的读者们来说，"校服爱吃饼"都是一个存在于传说中的大名鼎鼎的名字。

"校服爱吃饼"在齐典澜尚是个名不经传的写手的时候，慧眼识金，对其进行了鼓励，最终造就了一位知名作者……

没想到，这个"真爱小天使"离他这样近，甚至两个人就同处一个屋檐下！

齐典澜不由得朝小服投去了感动的一瞥。

然而这个时候，齐典澜并没有工夫和他的这个终于显出庐山真面目的"真

爱小天使"互诉衷情，而是忙着躲避"钟大魔王"的攻击。

小服不敢再出手，只有副总裁一个人阻拦，钟洱冰强大的战斗力立即显现出来了。

推推搡搡之中，有什么东西从齐典澜的头顶飘了下来。

他恍然未觉，副总裁下意识地接住，发现是一个很眼熟的标志……这不是清水公司的标志吗？总觉得有什么地方不大对劲儿。

他一脸疑惑地抬头看了齐典澜的额头一眼，却不由得呆住："等等，这是……神迹的标签？"

神迹公司？

钟洱冰当然知道这个名字，这是一家和清水公司势均力敌的大型公司，同样推出了定制男主角业务，并且在她买男主角时试图挖过墙脚。

钟洱冰循着副总裁的视线望向齐典澜的额头，赫然发现他额头上顶着一个神迹公司的标志！

可是……为什么清水公司送上门的男主角，头上却顶着神迹的标志？

这一刻，齐典澜身上的种种不合理之处，和那个完全没有清水公司酷炫霸气风格的名字都有了解释——这压根儿是个山寨的清水公司男主角！

似乎是想到了什么，副总裁的脸色蓦然铁青，也顾不上保护齐典澜了，气急败坏地摔门而去。

而猝不及防被他遗弃的齐典澜惊恐地看着钟洱冰，脸上写满绝望，如同一个失去了灵魂的破布娃娃，仿佛遭到了整个世界的背叛。

好在因为这一突发变故，钟洱冰的怒火也莫名消了几分，消失的理智再度回来。

她阴恻恻地瞟了一眼瘫倒在地的齐典澜，十分嫌弃地踢了一脚，扬声对外喊道："等等，你忘记把这个东西带走了！"

刚出门没几步，副总裁就遇到了一个让他咬牙切齿的熟人。对方穿着花衬衫，脖子上挂着粗大的金项链，一副财大气粗的模样，正是神迹公司总裁。

相比起来，穿着破旧西装，神情萎靡的副总裁看起来就显得穷酸多了。

的确，比起清水公司这个白手起家的后起之秀，神迹公司成立已久，自然是底气十足。

不仅副总裁看对方不顺眼，对方也是一见面就笑眯眯地出言挑衅："哟，三叔这是做了什么亏心事被扫地出门了？"

第十七章　神迹卧底

副总裁气得脸红脖子粗:"我说,你是不是手伸得太长了?"

神迹的总裁冷笑道:"呵呵,你这效率,不知道要到什么时候才能结束。"

副总裁气急败坏:"那也是我的事,我都不急你急什么!"

"你当然不急!承载量有限,你这是在浪费名额!"

以拖麻袋的姿势,单手拖着齐典澜却不小心听了墙脚的钟洱冰无语了。

她总觉得他们的对话信息量很大,然而为什么一句都听不懂?

不知道为什么,听到"承载量"等不明所以的词,钟洱冰觉得头开始隐隐作痛,仿佛记忆深处有什么即将破茧而出。

她松开揪着齐典澜的手,揉了揉太阳穴,忽然觉得一阵眩晕,恍惚听见了小服焦急的声音。

匆忙赶到的小服恰巧看到钟洱冰晃晃悠悠的模样,他二话不说一脚踢开之前还偏帮的齐典澜,小心翼翼地接住了钟洱冰。

小服头顶的呆毛快乐地跳着舞,如同他小鹿乱撞的心情。

但想起钟洱冰历来的作风,小服最终决定——还是先把主人送回家吧。

忧心钟洱冰状况的小服并没有注意到,身后神迹的总裁和清水的副总裁望着他们的背影,神情凝重。

"她不会听到了吧?"

"肯定听到了!"

"都怪你这个笨蛋,你其实是故意的吧?"

"你才是笨蛋!我才不是故意的!再说时间本来就已经拖得够久了!"

"不管怎么样,还有最后一次机会!"

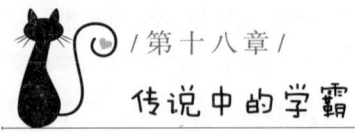

第十八章
传说中的学霸

全然不知身后发生的事，钟洱冰恢复意识时，发现自己已经被小服带回了家。

那阵头痛来得莫名其妙，消失得同样莫名其妙。

她满心疑惑地揉了揉太阳穴，之前脑海中掠过的零星记忆碎片消失得一干二净，让她总觉得有一丝怪异。

不过，她并没有深思，因为此时家门口站着的一个人吸引了她的注意。

这个人手里拿着厚重的书，穿着一身黑风衣，高高的领口几乎遮去了半张脸，脸上还挂着一副黑框眼镜，看起来像是一个睿智的学者。

姓名：屠苏戴咨（可更改）

性别：男（出厂预设，不可更改）

外貌特征：常年不接触阳光，以至于他的肤色苍白。缺乏锻炼，使得他的身体羸弱。精力总是放在研究上，因而他不擅长与人沟通……然而，这一切都不是阻碍，他，可是凭借高达250的智商站到食物链顶端的男人！

身份：《冷酷学霸爱上我：学渣少女倒追记》男主角。他，是校园中无数少女心目中的学霸王子，凭借着高达250的惊人智商叱咤校园，更是年仅12岁时就完成了国外一流大学学业，只可远观而不可亵玩。偏偏只有她，明明是一个貌不惊人的学渣少女，却凭借着惊人的毅力频频出现在他的世界中。只有她，不把他当成天才；只有她，把他看成一个普通人；只有她，看得到他高冷面貌下温柔纤细的内心……

拥有技能：科学光环。

科学光环：不常见但很实用的技能！拥有该技能的男主角天生具有"一本正经地胡说八道"的能力，很擅长说服人。

注意事项：

您拥有的为"高智商天才"系列男主角，请务必注意该类男主角热爱科研，不食人间烟火，需要精心的呵护和照顾，如果长期居于低智商人群环境，

第十八章 传说中的学霸

您的男主角抑郁的概率会提升，智商也会下降。您可以在官网购买技能丹给您的男主角服用，增加或恢复您男主角的属性。

官网地址：www.××××.com

客服电话：250250250

钟洱冰驻足，心里一跳。

这是……传说中的学霸？

"你就是我的主人？"新男主角屠苏戴咨扶了扶眼镜，上下打量着钟洱冰，眼神中带着一抹毫不掩饰的挑剔。

而钟洱冰这次却没有在意他的失礼，满脑子都是终于挖到宝的兴奋。

这个好！

虽然已经告别了学生时代，并不需要继续学习，不过不管怎么说，"学霸"总比"总裁""杀手""少主""王爷"这些不着调的男主角好！

更别说之前的山寨男主角给钟洱冰留下了深深的心理阴影，她此时迫切地希望出现一个正常的男主角。

没让钟洱冰失望的是，屠苏戴咨刚进家门，就送给了钟洱冰一份大礼——他云淡风轻地说道："你们还没吃饭吧？今天的饭我来做吧。"

钟洱冰惊呼，说不出自己是惊喜还是惊吓更多："你会做饭？"

屠苏戴咨勾了勾唇，平淡的话语中却带着一种不动声色的张扬："呵呵，一般拿手而已。"

话是这么说，看着屠苏戴咨脸上充满自信的模样，钟洱冰自动地把他的话翻译了一下：看来是很拿手了！

无须小服在旁指导，屠苏戴咨轻车熟路地进了厨房，无论是切菜、洗菜都如行云流水一般自然娴熟，也没有犯忘记放油就开火之类的愚蠢的错误。

观察了一会儿后，钟洱冰和小服放心地回到饭厅等着吃大餐。

没过多久，屠苏戴咨就端着第一个盘子走了出来，充满自信地说道："先尝尝我做的第一道菜吧。"

盘子中是一份番茄炒蛋，红艳艳的番茄配上金灿灿的蛋花，香气扑鼻，卖相也很好，看起来就让人很有食欲。

盘子刚一放下，钟洱冰就迫不及待地伸出了筷子，看着菜品漂亮的颜色，几乎可以想象得到入口后的美味。

然而，事实却是她刚吃进嘴，就差点儿吐出来："怎……怎么会这么甜？"

屠苏戴咨脸上露出一丝失望，慢条斯理地说道："因为放了糖啊。"

"不对，不是这个意思！"钟洱冰细细咀嚼着，皱起眉反驳道，"虽然有些人做番茄炒蛋的确会放糖，可不会用糖完全取代盐啊！"

屠苏戴咨摇了摇头，嘴角勾起一抹轻蔑的弧度，不容置疑地说道："菜谱上就是这么写的。"

钟洱冰一愣："你是照着菜谱做的？可是这本菜谱我买的是盗版，上面有错别字！"

"好了，你不用再说了。"屠苏戴咨摆了摆手，不耐烦地说道，"书上印的东西都不会有错的！我先去做下一道菜了。"

这第一道菜虽然乍一吃不太习惯，不过其他步骤没有出错，因此倒也勉强能吃，总不可能回炉重做。钟洱冰只能期待下一道菜了。

这一次上菜要慢一些，但过程应该也是顺利的。

然而这盘新的菜却十分让人惊讶——映入眼帘的是一层厚厚的白色粉末，而粉末下面是什么却完全看不到。

看着这道奇怪的菜，钟洱冰眼睛都直了："这是什么？"

屠苏戴咨淡淡地说道："土豆烧排骨。"

"什……什么？"钟洱冰倒吸了口气，把上面那层粉末稍稍扒开，果然看到了下面的土豆和排骨。

可是……谁家的土豆烧排骨上面会盖着这么厚的一层白色粉末啊？

钟洱冰盯着那些白色的粉末，心里忽然生出了一种不好的预感："上面的这些粉末是……"

在她说话的工夫，小服已经用筷子蘸着尝了一下，然后宣布道："盐。"

"盐？这么厚的盐！"钟洱冰简直要崩溃了。

屠苏戴咨理直气壮："菜谱上就是这么写的！"

钟洱冰毫不犹豫地说道："不可能！"

"不信你自己看！"

钟洱冰接过菜谱飞快地翻到他指定的那一页，这一看，不由得吃了一惊——这道菜"盐"后面的单位明明是"g"，却因为菜谱太旧破了个洞，看起来有些像"kg"。

可是正常人也不可能会认为是千克吧？

还是说……这压根儿就不是个正常人？

第十八章 传说中的学霸

就在钟洱冰看着菜谱嘴角抽搐的时候,屠苏戴咨再度开口,语气带着满满的意犹未尽:"可惜你家的盐太少了,没办法完全参照菜谱上的用量,所以口感上可能会有些差异。"

幸好没那么多盐!钟洱冰心里十分庆幸。

让人大失所望的是,屠苏戴咨接下来做的几道菜也都不尽如人意。钟洱冰心血来潮买的这本菜谱本就错字连篇,买回来不久后万能的小服就出现了,这菜谱便再无用武之地,被她丢在角落吃灰了。

而屠苏戴咨今天也不知道从哪个角落把它翻了出来,一板一眼地完全照葫芦画瓢,就连错字也不放过,于是就做出了这么一桌"色香味俱全"的菜。

钟洱冰吃着甜滋滋的番茄炒蛋、满口咸味的土豆烧排骨,如同嚼蜡,不知道是该恨这本罪魁祸首的盗版书,还是该怪一定要严格执行书的内容的屠苏戴咨了。

原以为这种情形很快就会改善,没想到第二顿、第三顿饭……依然如此,更可恶的是屠苏戴咨似乎认定了那本菜谱,每天都一丝不苟地照着做。

每天吃着奇奇怪怪的菜,钟洱冰生无可恋,觉得自己简直要得厌食症了。同样深受其害的小服连忙主动请缨,却被做菜上瘾了的屠苏戴咨坚决地关在了厨房外。

在钟洱冰和小服的强烈抗议之下,屠苏戴咨终于勉强接受了钟洱冰的提议——让小服对他进行一段时间的厨艺紧急培训。

经过了小服的魔鬼训练后,屠苏戴咨终于能够把握大多数家常菜精准的烹饪时间和材料用量了。

更让人惊喜的是,不愧是有着高达250的智商的男主角!他不仅在短短时间内把小服的好厨艺学到手,甚至青出于蓝胜于蓝,做的菜越来越美味。

这段时间,就连经常失踪的白玥光兄妹也老往钟洱冰家跑,彻底拜倒在了屠苏戴咨的一手好厨艺下,口口声声说自己已经成了他的支持者。

而拥有着学霸属性的屠苏戴咨很快就证明了什么叫作学习永无止境。

在一日酒饱饭足后,他一本正经地宣布道:"接下来!我要挑战自己,开始学习一些高难度的菜了!"

"佛跳墙?开水白菜?松鼠鱼?"正组队在沙发上打滚消化的白玥光兄妹立刻精神一振,双双捧着脸,满脸期待,十分捧场地猜测道。

屠苏戴咨很满意他们的配合,一字一顿地说道:"我要开始学做药膳!"

药膳？听到这个词，在场的人同时哆嗦了一下。

白玥光反应最快，立刻站起来干笑道："这个……那个，我这几天有事就不来……"

白晓华也赶紧站了起来："那我也……"

"不行！"屠苏戴咨当机立断地喝道，"你们难道不支持我吗？"

白晓华眼珠乱转："这个……那个……"

屠苏戴咨语气越发严厉起来："你们不是说会一直支持我的吗？你们就是这样随口说说来支持我的吗？"

连声质问使得两兄妹神情一僵，即将迈出门的脚也硬生生地停在了半空中。两个人痛苦地回过头，脸上是如出一辙的泫然欲泣的表情。

"难道你们不相信我的厨艺？"见两个人"迷途知返"，屠苏戴咨语气又恢复了和缓。他推了推眼镜，眼睛里闪烁着一种"睿智"的光芒。

虽然并不知道他有如今的厨艺是小服花了多少工夫教出来的，但想到那些菜的味道，兄妹俩同时抹了一把口水："信！"

经历了屠苏戴咨刚接触厨艺那段惨淡的时期，钟洱冰可没有这种盲目的乐观。她面无血色地把小服拖到一边："小服，那个，我对他不太有信心，你可以给我偷偷开小灶吗？"

小服摇了摇头，虽然不发一言，钟洱冰却莫名从他身上感受到了一丝沉痛。

"为什么？"对于这意料之外的拒绝，钟洱冰很惊讶。

小服拉开厨房的门，眼前的一幕让钟洱冰惊呆了——

只见原来很接地气很普通的厨房，此时布满了形形色色的高科技产品，让人恍若来到了科幻世界。

"被封了。"

为了不让其他人碰厨房，屠苏戴咨居然丧心病狂地用他研制出来的高科技产品把厨房彻底封掉了！

"那我们叫外卖吧！"钟洱冰灵机一动，打开了外卖软件，却发现怎么都搜索不出附近的外卖了。

小服的呆毛无精打采地耷拉着："被屏蔽了。"

钟洱冰的手机掉在了地上，神情恍惚地靠在墙上。

屠苏戴咨竟然用了黑客手段，把他们的后路也彻底封死了！所有的后路都被彻底封死，再怎么痛不欲生，几个人也不得不接受了屠苏戴咨的安排。

第十八章　传说中的学霸

果然如钟洱冰所料，屠苏戴咨做的药膳非常难吃，更可怕的是，他将"分量精准"这项技艺运用得炉火纯青，每天的饭菜数量都一模一样，钟洱冰甚至怀疑他每天是数着米煮饭的，每天就连谁多吃几口饭都能引发一场无声的战斗。

这样的日子没过几天，大家就受不了了。

"好饿……"率先反抗的是白玥光，她眼巴巴地看着碗筷被无情地收走，捂着肚子，无精打采地趴在桌子上，哼哼唧唧，"我又没吃饱，我不需要减肥啊，分量真少呀。"

白晓华目光呆滞，神情比她更加生无可恋："重点是……还么难吃，而且我一个大男人为什么需要补养？"

"难吃！"一向沉默寡言的小服也忍不住开口，呆毛完全丧失了活力一样蔫巴巴地趴在头顶。

坚信"良药苦口"的屠苏戴咨却对他们的抗议声无动于衷，信誓旦旦地说道："专家说过，这样才是合理的饮食！"

听到他还是满口的"专家说"，白晓华终于忍不住跳起来抗议道："什么专家呀！那明明是'砖家'，不靠谱的专家那么多，你为什么要信啊？"

而在客厅里几个人争论着"砖家"到底可信不可信的时候，钟洱冰蹲在马桶旁边，吐得胆汁都要出来了。

短短的一个星期，她觉得自己瘦了一大圈！

她愤怒的视线隔着玻璃看向正长篇大论地把白玥光兄妹唬得一愣一愣的屠苏戴咨，想用眼神杀他一千遍一万遍。

这压根儿不是学霸！完全是个一板一眼的书呆子！

实际上，钟洱冰等人并不是毫无反抗地任屠苏戴咨折磨，他们联手抗议过无数次，甚至她还用退货来威胁过屠苏戴咨。

然而比起前面那些一听"退货"二字就面如土色的男主角们，屠苏戴咨一反常态地态度强硬，丝毫不畏惧她的威胁。直到气急败坏的钟洱冰想要联系副总裁的时候，才知道他哪里来的底气——

副总裁的手机竟然成了空号！

不仅如此，就连楼下的那家清水公司分店，以及对面神迹公司的分店都不知道什么时候关门大吉了。

究竟发生了什么事？

　　如果不是面前这个一日三餐坚持哼着歌做黑暗料理的屠苏戴咨，和那个最近总是无精打采的小服，钟洱冰简直怀疑这一切只是一场噩梦！

　　本以为这种噩梦一般的日子要持续到他们把屠苏戴咨干掉，或者屠苏戴咨把他们毒死，然而事情很快有了转机。

　　这一天，晚餐久久都没有等到。

　　钟洱冰小心翼翼地打开厨房门时，才发现屠苏戴咨昏倒在地上，浑身抽搐、口吐白沫，一副奄奄一息的模样。

　　虽然平时对他恨得咬牙切齿，但乍一看到这样的情形，她还是吓了一跳："这……这是怎么了？"

　　小服上前检查了一下："漏电。"

　　"什么？定制男主角还会漏电？"刚凑过来的白玥光闻言吓了一大跳，连忙跳得离他有三尺远。

　　白晓华环顾着"危机重重"的厨房，嘴角抽搐："不，我想应该是因为他安装的这些高科技产品。"

　　白玥光这才松了口气，看着屠苏戴咨此时的惨状，眼神中不由得带了几分同情："啊……那他没事吧？"

　　"没事，不能做饭了。"小服无情地说道。

　　"没事就好，没事就好。"白玥光拍了拍胸口，然后又迟疑地问道，"那把他就这样……放着？"

　　就这样……放着？

　　几个人交换了一个眼神，心里一动，眼睛一亮，险些一致同意了这个建议。然而下一秒，钟洱冰就想起了还被封印的厨房，只能叹了口气，神情沉痛地摇了摇头。

　　不仅不能就这样置之不理，他们还不得不赶快让他修复完毕，好把这些高科产品技移出厨房。

　　这个事实让所有人的心情都十分沉重。

　　定制男主角拥有自我修复的功能，不过为了尽快修复，几个人还是手忙脚乱地给他喂了一瓶修复液，然后关机。

　　无论是电话订餐还是外卖软件都被屠苏戴咨心狠手辣地屏蔽了，没办法，大家只好出门吃晚餐。

　　钟洱冰所住的小区附近没有什么餐馆，他们走了很远才找到一家小饭馆。

第十八章　传说中的学霸

因此，这天大家吃到迟来的晚餐时，已经是接近晚上九点了。

三天后，屠苏戴咨终于苏醒了。

发生了这样的事情，无论屠苏戴咨怎么为自己辩解，都无法改变他被剥夺厨房掌控权的决定。

在钟洱冰的威胁下，他不情不愿地将自己装在厨房的高科技产品一一拆解，然后如同一只斗败的公鸡垂头丧气地走出了厨房。

尽管白玥光兄妹念念不忘他做家常菜时的好手艺，但他们也明白，屠苏戴咨这种老是有着奇奇怪怪想法的人是很难于掌控的，没人知道他进了厨房会做出什么来。

于是，被赶出了厨房的屠苏戴咨被安排了新的任务——家务活儿。

虽然，看起来和前面的齐典澜一样，都是一副羸弱清瘦的宅男模样，但不比那个没用的管家，屠苏戴咨还是有些用处的，接到这项新任务后十分兴奋，扬言要研究出各种自动化设备来减轻负担。

虽然有过漏电事故，但钟洱冰对"学霸"这种生物总有一种信任，因此对屠苏戴咨难得地和颜悦色，在口头上大力支持的同时还大发慈悲地给他放了一个星期的假。

不愧是有着高达 250 的智商的男人！这短短的假期还没用完，他就不负众望地宣布道："我研究出了洗碗机！"

"哇，好厉害！"白玥光兄妹不计前嫌，捧场地鼓掌欢呼。

虽然洗碗机这种东西市面上很多，但看屠苏戴咨充满自信的样子，他所研制出的洗碗机一定有与众不同的地方。

果然，屠苏戴咨研究出的洗碗机光从外表上看，就充斥着高端大气的气息。

为了使用方便，他研制出的是水槽型的洗碗机，只需要把放在水槽里的脏碗筷推进去即可，连洗洁精和洗碗粉都不用放。

这个洗碗机的确非常好用，市面上常见的洗碗机会出的问题在它身上统统没有出现，而且洗过的碗非常干净。

没有了最讨厌的洗碗工作，家务活似乎都轻松了很多。就连小服的心情似乎也愉快起来。然而到了月底，钟洱冰就乐极生悲了——

"钟小姐，您这个月需要缴纳的水费是 2059 元。"

"两千多？"她被高达四位数的水费惊得跳了起来，"是不是哪里出错了？怎么可能花这么多？"

大概是很少遇到这样的情形，负责收水费的工作人员也仔细地重新检查了水表一番，确认没有问题后，钟洱冰脸色难看起来。

查验水费的工作人员脸色也很不好看，推了推眼镜，眼镜后射出了一道严厉的光，语气严肃地说道："按理说，我们也没有立场说什么，不过钟小姐，我们也算打过几年交道了，有些话我觉得有必要说一说。我认为节约水资源是公民应负的责任，浪费水资源的行为是可耻的，你知道那些缺水的国家……"

虽然工作人员没说一个脏字，但引经据典，侃侃而谈，从国内的缺水地区说到世界上那些缺水的国家，再说到公民应有的社会责任感……

钟洱冰被训得灰头土脸，羞愧得头都抬不起来。

垂头丧气地送走了工作人员后，钟洱冰看到了从隔房门探出头的白玥光，于是有气无力地对着她扯出一个僵硬的笑。

向钟洱冰投来一个同情的眼神，白玥光有些疑惑地问道："洱冰姐，这是怎么回事啊？"

"我也不知道，明明没什么用水太多的地方呀。"

"洱冰姐，是不是……"思考了一下，白玥光瞟了瞟一脸事不关己的屠苏戴咨，悄声说道，"那个洗碗机会不会有什么问题呀？"

她这话点醒了钟洱冰，她越想越觉得可疑。

"我们来说说你的洗碗机吧！"

"怎么，好用吧？"

"不，我是想说它会不会有什么小问题，比如……非常耗水？"

屠苏戴咨愣了一下，本就没有什么血色的脸似乎更加苍白了，脸上浮起一抹心虚。他避开了钟洱冰的视线，结结巴巴地说道："那个……我研制出来的洗碗机外形和功能都这么完美，就是有一点儿小毛病……"

见到他这副模样，钟洱冰还有什么不明白的——屠苏戴咨分明对自己研制出的洗碗机的缺点是知情的！然而他偏偏什么都不说，眼睁睁看着她今天白白被教育了一顿！

眼见钟洱冰脸色变阴，屠苏戴咨赶紧转移话题，说道："你还好意思说我，你为什么整天待在家里游手好闲的，都不去上班？"

"胡说，我明明……"刚说了几个字，钟洱冰一愣——

对啊，她怎么觉得自己好像很久没有工作了，可是，她却从来没有请假或者被扣工资的记忆……

第十八章 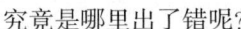 传说中的学霸

究竟是哪里出了错呢?

见到钟洱冰"被戳中了痛处"的模样,屠苏戴咨自以为抓到了她的把柄,眼睛一亮,更是得理不饶人:"像我这种高智商的人才,做什么都理应是完美的,之所以连连出现纰漏,一定是因为有你这样愚蠢的人类整天晃来晃去,才拉低了我的智商,导致我的……"

他的话钟洱冰完全没有入耳,因为她自屠苏戴咨说出那句话开始就陷入了对自己的质疑之中。不对,不仅仅是工作不正常……

为什么她的记忆中,没有家人,也没有白玥光兄妹以外的朋友。

记忆中……记忆中……

钟洱冰倒吸了一口凉气,她忽然意识到……自己的记忆似乎是从第一个男主角开始的!

可是,在那之前呢?

她的心里难得地闪过一丝慌乱,因为她发现自己丝毫没有第一个男主角之前的记忆,似乎她的人生是从购买了清水公司男主角开始的!

她不知道,此时的她脸色惨白,双目紧闭,眉心颦蹙,额上布满了汗珠,似乎陷入了噩梦之中。

"主人!"看到钟洱冰此时异常的情形,小服黑漆漆的眸中掠过一丝慌张,冲过来小心地扶着她离开了。

临走前,他眼神冰冷地扫了屠苏戴咨一眼。

原本就有些心虚的屠苏戴咨不由得打了个寒战。

杀气?他竟然把这个词和那个看起来呆呆的小服联系在一起?开什么玩笑!他晃了晃头,看着两个人的背影,认定刚才发生的只是错觉。

白玥光再度登门的时候,恰巧遇到屠苏戴咨正对着钟洱冰慷慨陈词。

他扶着眼镜,信誓旦旦地说:"我知道了!一定是我研究的东西难度太高了,因此才出现一些小毛病,我以后还是挑战一些难度小的吧。"

说话的间隙,他不着痕迹地打量着钟洱冰,总觉得她的反应有些怪异。

按照他原本的想法,醒来想起自己被他刺激得发病的话,钟洱冰怎么都会来找他算账,然而她现在却似乎完全忘了这回事……

想到这里,屠苏戴咨松了一口气的同时又觉得心里毛毛的。

难道是小服一号动了什么手脚?

那个小服……虽然算是同事,屠苏戴咨总觉得他有些古怪。

心里百转千回，他表面上却没有表现出什么异样："不过我很少做这种小东西，一时没什么头绪，你们有什么建议吗？"

几个人都没有开口，一阵悦耳的铃声忽然响了，钟洱冰拿起电话看了一眼后，按掉了自己不小心设错时间的闹钟。

看着她的举动，屠苏戴咨忽然想起了什么——钟洱冰的闹钟的时间设置响后总是不立刻起床，而他有一次好心去叫她起床，却被她赶出了门。

事后才知道，因为有严重的拖延症，钟洱冰习惯把闹钟的时间设置提前二十分钟。

想到这里，他语重心长地说道："说起闹钟啊……你这样总是喜欢按闹钟是不行的呀，很耽误工作的。"

白玥光在旁缩着脖子，心虚地不敢吭声。她的拖延症比钟洱冰还严重呢！

虽然不喜欢屠苏戴咨偶尔的说教，不过这一次钟洱冰却没有提出异议，因为她自己也深受其扰。

屠苏戴咨思忖了一下："这样吧，我帮你们改良一下闹钟。"

大概这种"小玩意"对于屠苏戴咨来说的确是小意思，他当晚就帮钟洱冰和白玥光安装好了新改进的闹钟。

钟洱冰和白玥光还在他的强烈建议下，闹钟的时间设置不再提前，而是把闹钟设成了准点。

"明天你们一定能够按时起床的！"临睡前，他自信满满地保证道。

第二天清早，闹钟刚响了第一声，钟洱冰就闭着眼睛习惯性地伸手去关闹钟，然而她按下那个按钮的同时，一盆夹着冰块的冷水倒在了她的脸上。

哗啦！冰凉的水很快渗进了床单、枕头，冰块从她的脸颊滚落，她觉得自己如同进了冰窖一般。

这一下，钟洱冰彻底清醒了！

这一整天，钟洱冰都觉得自己头昏脑涨的，一个接一个地打着喷嚏。

"小钟啊，你是不是感冒了呀？"

"是啊，你快摸摸自己有没有发烧。"

同事们关心地问道。钟洱冰坚持上完了班，然后摸了摸自己的额头，发现自己果然发烧了！

在门口的小诊所准备打吊针的时候，她遇到了脸上顶着一对熊猫眼、杀气腾腾的白玥光。

第十八章 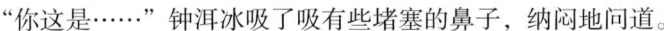 传说中的学霸

"你这是……"钟洱冰吸了吸有些堵塞的鼻子,纳闷地问道。

"那个该死的屠苏戴咨!"白玥光咬牙切齿,指着自己的脸,"这就是被他那个破闹钟打的!"

"咦,洱冰姐,你这是……感冒了?"

同命相怜的两个人一边接受治疗,一边痛斥不靠谱的屠苏戴咨和他不靠谱的破闹钟。

直到接近八点钟,两个人才步履沉重地从小诊所走了出来。

踏进家门的那一刻,看到正若无其事地和白晓华聊着天的屠苏戴咨,钟洱冰和白玥光心里的怒火蓦地冒了上来,恨不得现在就把他千刀万剐。

屠苏戴咨却浑然不知自己做错了什么,看到两个人的模样,不由得露出惊讶的神情,火上浇油地说道:"你怎么眼睛红红的鼻子也红红的?是被同事欺负哭了吗?"

他的视线又转向白玥光,眼神更惊讶了:"哟,你这是和她一起被人打了吗?打人怎么可以打脸呢?"

白玥光一边怒喝一边挽起袖子:"你还敢说,都是你那破闹钟……"

闹钟?难道又出现什么"小毛病"了?

屠苏戴咨听到这个词,心虚地轻咳一声,扶了扶眼镜:"不提这个了,今天我又发明新产品了!"

虽然尚未从闹钟的阴影中走出来,白玥光还是下意识地问道:"什么新产品?"

屠苏戴咨假咳了一声:"我发明了自动喂食机!"

然而迎接他的却不是想象中的欢呼声,反倒是一片质疑的眼神。

虽然"自动喂食机"听起来很有趣的样子,但有了闹钟的例子在前,钟洱冰还是有些不信任地看着他,迟疑地说道:"你……你自己先试试?"

屠苏戴咨冷笑了一声,对自己的发明胸有成竹,大大方方地开始展示。

只见他轻车熟路地安装好了机器,然后舒舒服服地拿着本书坐在沙发上开始看。那机器十分智能地将爆米花喂进了屠苏戴咨嘴里,偶尔还将可乐送到他的嘴边,让他看起来十分享受。

白玥光和钟洱冰对视了一眼,虽然心动,但还是有点儿心有余悸。

完全不知道她们遭遇的白晓华却跃跃欲试,不等她们犹豫完毕就抢先说道:"我来我来!"

于是，屠苏戴咨很热心地帮他安装好了自动喂食机。

白晓华也学着屠苏戴咨的样子拿了一本书躺在沙发上，自动喂食机十分贴心地把食物喂进了他的嘴里，偶尔还扯一张抽纸为他擦嘴。

这一次……看起来好像挺靠谱？

钟洱冰看得十分心动，正准备自己上去的时候，却忽然接到了一个电话。

"小钟啊，今天临时有点儿任务，你现在过来一趟吧。"

啊，万恶的加班！

虽然十分不愿意，但事关自己的薪水，钟洱冰还是不得不恋恋不舍地离开了家。

加班的时候，她虽然人还在办公室，心却飞到了家里。

发明了这样的机器，是不是应该联系报社来采访一下？还是应该先申请专利……

回到家后，原以为发明了这么棒的机器，家里一定是被一堆慕名而来的人挤满了，没想到家里却冷冷清清的，就连白玥光兄妹也不在。

"奇怪……人呢？"她狐疑地环顾四周，走到书房门口的时候，忽然不小心碰到了什么。她低头一看，映入视帘的却是鼻青脸肿的屠苏戴咨。

难道家里进强盗了？钟洱冰吓了一跳。

就在她摸出手机犹豫着要不要报警的时候，屠苏戴咨忽然气急败坏地爬了起来，他在钟洱冰惊骇的目光中狼狈地一抹鼻血："哼，愚蠢的人类！在科学研究的道路上一切挫折都是正常的……"

没再看钟洱冰一眼，他就这样念叨着回自己的房间继续搞发明去了。

"这究竟是……"

就在这时候，拿着扫把的小服神出鬼没地出现在了钟洱冰面前。钟洱冰疑惑地指了指屠苏戴咨的门："他这是……"

在小服的解释下，钟洱冰终于了解了事情的来龙去脉——

她刚走，原本规规矩矩的喂食机就忽然出现了故障，把本应喂进嘴的爆米花塞进了白晓华的鼻孔。

白晓华差点儿喘不过气来，打算关闭机器的时候，喂食机却忽然失灵了，把装置内的爆米花通通如同子弹一样发射出去……

而现在，怒气冲冲暴打了屠苏戴咨一顿的白晓华，成了继白玥光、钟洱冰后第三个被屠苏戴咨的小发明坑进了小诊所的人。

第十八章 传说中的学霸

原以为连连受挫,屠苏戴咨会消停一阵子,然而钟洱冰感冒刚痊愈,他就又不甘心地跳了出来:"我又发明了……"

沙发上的几个人神情不善地转头看向他:"你这一次又打算坑哪一个?"

想起那天价水费、钟洱冰的感冒、白玥光的黑眼圈和白晓华满身的青紫,屠苏戴咨不由得瑟缩了一下,紧张地咽了口口水。

然而,他却并没有放弃,而是眼珠狡猾地转了转,以诱惑的语气说道:"你们怎么不先听听再决定呢?"

他这一句话,果然成功勾起了钟洱冰等人的好奇心。

虽然很想将他一巴掌拍飞,但他们还是按捺着这个冲动,狐疑地看着他问:"什么东西?"

屡经挫折后,屠苏戴咨对自己也没有那么强大的自信了,此时吐出这个名字后,他的眼神中第一次露出了一丝不确定,却还是语气坚定地说:"这一次……我发明的是——挑鱼刺机!"

"挑鱼刺机?"钟洱冰几个人面面相觑。

"你们马上就会知道了。"屠苏戴咨语气笃定地说道,立刻站起身为他们展示起来。

他将一条蒸好的鱼放到了机器里,一阵声响过后,机器的出口吐出了一条完整的鱼……

一阵沉默后,钟洱冰充满怀疑地了看他一眼,说道:"这跟原来的鱼有什么区别?"

"你尝尝就知道了。"屠苏戴咨不由分说地用筷子夹起一块鱼肉塞到了钟洱冰口中。

钟洱冰猝不及防把鱼肉吞了下去,正准备开口,脸色忽地一僵,紧接着便是惊天动地地一阵咳嗽,眼泪都快咳出来了。

小服大惊失色:"主人?"

钟洱冰难受地扼住喉咙:"我……我被鱼刺卡住了!"

这根小小的鱼刺卡了钟洱冰整整一天,大家都急得团团转。

屠苏戴咨跳出来声称要发明一个专门取出卡在喉咙的鱼刺的机器,却被几个人愤怒地关进了厨房。

最后钟洱冰还是去医院花费了三百元才把鱼刺取出来。从医院回家后,钟洱冰依然觉得嗓子有些不舒服,以至于晚餐只喝了些清粥。

清粥被消化得很快，钟洱冰的肚子很快又"咕咕"叫了起来。她坐在沙发上正考虑着要不要喝点儿水充饥，屠苏戴咨又不甘寂寞地冲了出来："我又发明了……"

这个罪魁祸首还敢拼命在自己面前刷存在感！钟洱冰勃然大怒："滚！"

这是钟洱冰第一次这么迫不及待地希望一个男主角滚出自己的视线，可恶的是，副总裁人间蒸发了一般，她连退货都找不到人！

不过，这样一来，屠苏戴咨被彻底架空了所有权利。

他成了家里最不受待见的人，钟洱冰毫不留情地给了他"一事无成"的评价。他空有满脑袋的知识和强大的才能，却没有一个欣赏他的人。

屠苏戴咨心中不忿，觉得自己实在是时运不济。于是他偷偷摸摸地走到电脑前，上网往补习机构投了一份简历。

他绝对不是那种一事无成的男主角！

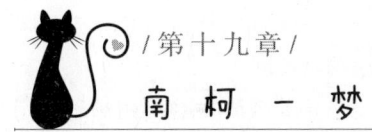

第十九章
南柯一梦

简历投出后不久,屠苏戴咨就接到了补习机构老板打来的电话,让他带齐学历证书等资料上门面试。

挂断电话后,屠苏戴咨苍白的脸上扬起了一抹冷笑。

呵,是金子在哪里都会发光的,就算换一种方式,他也一样能很好地证明自己的才能!于是,他飞快地带着学历证书和各种奖励证书上门了。

"学霸?华京大学毕业的高才生?"

补习机构的老板原本看到网上的简历还半信半疑,他不太相信这么厉害的人会看上这样一个小小的补习机构。

但当他看到面前清一色的满分成绩单和高学历文凭,以及各种国家竞赛、奖学金的证书时,终于相信眼前这个人是货真价实的学霸级人物。

他刚刚偷偷上网检测了一下,这些证书都是真实的,姓名照片和其他信息也都对得上。

补习机构的老板兴奋不已,觉得自己捡到宝了,而家长对屠苏戴咨也极其满意,连连点头道:"好,不知道老师您什么时候可以上课呢?"

尽管很急切地想要得到这份工作,但为了保持他的形象,屠苏戴咨还是装出一副高深莫测的模样:"现在就可以。"

于是,屠苏戴咨开始了他在补习机构的工作生涯。

屠苏戴咨本以为凭借自己的才能,在哪个行业都会如鱼得水,没想到一开始就陷入了窘境——初次教学,他对教学方法一窍不通。

面对学生充满着求知欲的眼神,他只好硬着头皮对着课本照本宣科:"这个地方,只要把 5 代入 x 中,就能求出 y 的结果……"

学生听得一头雾水,于是举手提问:"屠苏老师,请问一下,为什么这个地方是代入 5 而不是 25 呢?"

屠苏戴咨一愣,回头看了一眼黑板,推推眼镜讲道:"科学就是这个样子,没有为什么不为什么的。"

学生怀疑地看着他:"可是,屠苏老师,学校的其他老师说过,遇到不懂的就要问啊。"

屠苏戴咨一脸不耐烦地说道:"你听我的,只要弄懂了答案就行,这才是真正的科学。"

学生半信半疑:"噢……"

然而——

"老师,为什么这道题的答案是a而不是c?"

"因为a才是真理。"

"老师,为什么这里是乘以加速度,而不是速度啊?"

"科学就是这样的!"

"老师,你这个字是不是写错了?"

"不可能,我照着答案写的。"

渐渐地,屠苏戴咨似乎掌握了教书育人的"诀窍"——每次学生听不懂问他为什么,他就推推眼镜,高深莫测地说"科学就是这样的"。

本以为可以一直混下去,然而有一天,终于有学生提出了质疑:"老师,你这个答案错了,我算了几遍,都是250,不是25。"

"没错,老师,我算得答案也是250。"

接连几个不同的声音,让屠苏戴咨觉得自己的权威受到了极大的挑战,自己的尊严也受到了侮辱,他的神情立即严肃起来,厉声说道:"胡说!书上就是这么写的!"

众座哗然。

有胆大的学生上前看了他手上的书一眼,忍不住大声说道:"屠苏老师,你这本是盗版书吧?"

屠苏戴咨拿着书的手忍不住抖了一下……

没错,因为这个教学机构规模很小,因此为了省钱买的都是盗版教科书,自然有很多错别字。

其他老师都是真材实料,当然不会完全照本宣科,偏偏轮到屠苏戴咨面试的时候,负责招聘的老师被他那一串头衔和成就给晃花了眼睛,以至于没有考察就让他正式开始工作了。

尽管有些心虚,但屠苏戴咨还是凭借着"科学光环"的帮助把学生们忽悠过去了。

第十九章　南柯一梦

然而，好景不长，又过了一段时间，补习机构接连收到好几个家长的投诉，说是自己的孩子被屠苏戴咨辅导后，成绩不升反降。

而在补习机构的领导亲自听了一节课后，屠苏戴咨就被无情地扫地出门了。他垂头丧气地回到家，刚踏进门槛就听到钟洱冰等人在讨论着什么：

"您拥有的这款男主角拥有强大的学习能力，可自主添加学习教材。"

"目前已输入教材：《如何用高科技整蛊你的朋友》《帅不过三秒秘籍》《怎么用伪科学为他人洗脑》……"

"幸好小服洗衣服时，从他的风衣口袋翻出了这本被他偷藏起来的补充说明！不然我们还不知道是怎么回事呢！"

"没错，他害得我们感冒的感冒，受伤的受伤，简直倒霉死了！"

"就是！我就说怎么总觉得哪里不对劲儿……"

听到这里，屠苏戴咨终于忍不住了。

他气势汹汹地大步走进门，指着小服说出了埋藏在心底很久的怀疑："说我不对劲儿，你怎么不觉得他不对劲儿？

"小服一号和我曾经有过一面之缘，和眼前的这个小服一点儿相同之处都没有！"

受到这样的污蔑，小服十分愤怒，头顶的呆毛都跳了起来，散发出了浓浓的战意："胡说！"

钟洱冰正准备说话，电话铃声忽然响起。

屏幕上显示的号码竟然是很久没有出现过的副总裁。

出现得正好，她可以趁机把这个总是坑人还满口胡言的家伙赶出去！

她迫不及待地接通了电话，却不小心按到了免提键。

电话接通的瞬间，副总裁焦急的声音如惊雷一般响起——

"钟洱冰！小心，你身边的一号是假的！我们在柜子里找到了真的小服一号！"

满室寂然，唯有屠苏戴咨在吃惊之后，脸上露出一抹快意的神色："我就说他是个冒牌货！"

虽然不知道究竟是怎么回事，白玥光兄妹却觉得这件事阴谋气息很重，他们挡在钟洱冰面前，如临大敌地看着小服，似乎下一秒他就要露出真面目伤人一般。

副总裁并不知道这边的情况，他声嘶力竭的声音还在钟洱冰耳畔回响着：

"我们这就派人去你那里，赶紧远离他，别让他发现你的异常！"

不知不觉间，小服已经被其他人排斥在外。

他孤零零地站在角落，抿了抿嘴，没有说一句为自己辩解的话，而是用一双黑漆漆的眼睛看着钟洱冰，恳求地说道："主人，不要抛弃我。"

想起副总裁的话，钟洱冰下意识地想后退，然而脑海里却浮现起自小服出现后的一幕幕场景……

他从来都任劳任怨地做家务，总是在危险时第一个出现，还不分青红皂白地站在自己这边……他从来都站在她的身后。

沉默良久，钟洱冰终于微笑起来，没有问他究竟是谁，也没有问他为什么要冒充小服一号，只是简单地说道："好。"

这个字仿佛带着某种魔咒一般。

话音刚落，屠苏戴咨气急败坏的样子，白玥光笑靥如花的脸，白晓华翻着白眼的样子，忽然全都模糊了，周围随即陷入了一片黑暗。

"钟小姐，您现在感觉怎么样？"

"钟小姐，作为 A 国第一批参与游戏内测的幸运儿，您现在有什么感想？"

"钟小姐，请问您比官方预计时间晚出来了几个月，是否在游戏过程中遇到了什么困难？"

钟洱冰面无表情地拿起头上的游戏头盔，记忆在看到面前闪成一片的闪光灯的时候，全数回笼。

没错，这一切，只是一个游戏。

时间回到半年前——

半年前，A 国的几个游戏公司：神迹、清水等公司联手开发出世界首款大型全息游戏。

全息游戏虽然早就在市面上出现过，但当全息技术这样的高端技术被大手笔地运用在一款游戏上时，还是有不少人暗叹暴殄天物。

然而这些人却不知道这几个公司的小算盘——比起那些老牌的游戏公司，这几个以小说网站出身的新晋游戏公司虽然发展迅猛，但还是缺了几分底气。

此时这几个公司别出心裁地开发游戏，不仅通过形形色色的"男主角"为旗下的小说、影视进行宣传，且无须在地图、副本上下功夫，还大大节省了一笔经费。

第十九章 南柯一梦

果不其然，这样一款独特的游戏一出来，就受到极大关注。首批内测名额仅有100个，只能通过抽奖的方式获得。而钟洱冰就是幸运儿之一。

在进行内测之前，所有玩家都按照事先的规定被进行了心理暗示，把现实世界中所有的记忆封闭，进入游戏后还会被随机安排身份。

有的人"穿越"成了公主，坐拥三千面首……

有的人"穿越"成了明星，在娱乐圈备受关注……

但由于游戏尚在改进，所以交互性很差，进入游戏如同进入了一个小副本，玩家与玩家之间几乎没有互动。

钟洱冰的家庭背景之所以一片空白，对游乐场似曾相识，上班总是三天打鱼两天晒网，这些都是因为钟洱冰所处的并不是一个真实的世界，所以一切漏洞都被游戏规则，也就是系统悄无声息地抹掉了。

理论上每个人只有不超过三个可攻略对象，首批内测玩家的体验时间也只有三个月。

在钟洱冰进入三个月之后，游戏就正式公测了，陆续有玩家进入游戏，然而理应第一批离开游戏的她却因为神奇的思路，一直没有成功地攻略到任何一个男主角，以至于一直被滞留在游戏中。

按照官方规定，为了让玩家拥有最完美的游戏体验，一旦玩家进入游戏，除非特殊情况，否则是不能被外界唤醒的。由于游戏的承载量有限，一直不离开游戏的钟洱冰就这样白白占用了一个名额。

于是负责监督体验玩家进度的副总裁违背了原本的"不干涉"原则，越来越多地出现在钟洱冰身边，具体表现为坚决不肯退货、尝试用游戏来唤醒钟洱冰的少女心、任劳任怨地调换了多个男主角……一切都是为了让她能早日离开游戏。

为了避免玩家长时间迷失在游戏中，心理暗示的有效时间是有期限的。

在经历最后几个男主角的时候，钟洱冰被封闭的记忆已经有了松动的迹象，副总裁等人精心选择了最后一个男主角——"学霸"，输入了让他"暗示"钟洱冰的任务。

果不其然，屠苏戴咨无意识地完成了任务，通过言语暗示让钟洱冰的记忆进一步松动。

原本那个时候，钟洱冰现实世界的意识就该觉醒了，没想到却被山寨的小服破坏了。好在最后钟洱冰还是完成了任务，离开了游戏。

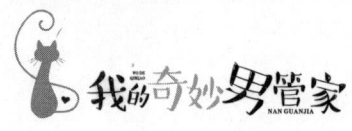

接受完记者的采访,又填写完长长的调查问卷后,钟洱冰犹豫了一下,抬眼看向工作人员:"请问,我可以看看男主角的资料吗?"

"当然可以,不过出于游戏的保密原则,您只能查看与您有关的男主角,隐藏男主角也是保密的。"

说完,工作人员微笑着送上了一份薄薄的男主角名单。

男主角名单:现代1

钟洱冰翻开名单,目光逐一掠过一个个男主角资料。

她看到了很多熟悉的面孔。

有司马傲天、龙振雷、夜无殇……

毕竟不是全部的男主角,薄薄的名单很快就被翻到了最后一页,钟洱冰正准备把册子还给工作人员,却忽然想起了什么,惊讶地睁大了眼睛。

小服呢?为什么偏偏没有小服的资料?难道她看漏了?

她收回伸出一半的手,重新翻起册子,然而反反复复地翻看都没有看到小服的资料。

旁边的几名工作人员面面相觑,小心翼翼地问道:"钟小姐,请问您还有什么疑问吗?"

钟洱冰合上册子,满腹疑窦地问道:"我想请问一下……除了这些男主角,是不是还应该有别的……"

"钟小姐的意思是……"

一名工作人员先是一脸不解,随即似乎想起了什么,从底层找出了一本册子,"对了,这里还有一本!"

另一个工作人员断然否决:"不可能在这里的,这些是……"

没等工作人员说完,钟洱冰已经隐约看到了册子里面小服的照片。

"可以让我看一下吗?"她开口问道。

游戏参与人员一览(非攻略)

副总裁:游戏进程监督员1号。

总裁:清水公司游戏策划组组长。

翻过了几个不感兴趣的人后,钟洱冰的手停了下来。

小服一号:男主角管理人员。

简单地介绍下,是小服一号的照片。

照片上的小服一号穿着贴身的制服,戴着金丝边眼镜,对着镜头微笑着,

第十九章 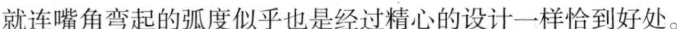 南 柯 一 梦

就连嘴角弯起的弧度似乎也是经过精心的设计一样恰到好处。

钟洱冰不由得皱起眉头。

不,这不是小服一号,或者说不是她知道的那个小服一号!

既不属于男主角,也不是工作人员,那么她遇到的那个小服究竟是谁?

而这张照片上的小服一号,又和她遇到的小服有什么关系?

诸多疑问在脑海中盘旋着,钟洱冰陷入茫然之中。

她凝视着照片上那个熟悉又陌生的人,心里浮起一丝莫名的怅然。

谜底……似乎尚未揭开。

游戏结束后,生活又回到了它应有的轨迹。

霸道总裁、替身王爷、贪吃少主……

这些形形色色的男主角曾经留下的深刻记忆都随着时间的流逝而逐渐变淡,现在回想起来就好像梦一样。

当然,对钟洱冰而言,毫无疑问是噩梦。

总之,结束了这场噩梦,钟洱冰如愿以偿地继续着公司、家、超市三点一线单调又平淡的单身生活。

然而这一天,注定不是一个平静的日子。

钟洱冰晨跑完快到家门口的时候,亲眼见证了这个和睦的小区里的第一起冲突事件——

一个相貌清丽动人的少女将一个少年踩在脚下,咬牙切齿地说:"我就说不玩这个破游戏,你非要拉着我玩!白晓华你说,你脑子里想的都是什么东西?"

"玥光,我真的不知道这游戏这么不靠谱!"

被她踩在脚下的男子,觉得自己冤死了,他哭喊着说:"玥光,求求你相信我啊!我真的不知情啊!都怪清水那群笨蛋程序员!"

听到了熟悉的字眼,钟洱冰的脚步不由得慢了一拍。

等等,玥光?白晓华?长得好像也有点儿眼熟……

她的眼皮跳了跳,正准备绕远路溜回家,被少女踩在脚下的少年却恰巧瞟见她,顿时仿佛见到救星一般高呼一声:"有人来了!"

"什么?"

白玥光赶紧收回脚,整理了一下裙摆,眼睛下一秒就变得红通通的,神情担忧地看着地上的少年,整个人看起来如同一朵迎风流泪的小白花。

钟洱冰缓缓转过头对上那两个人的眼睛，举起双手做投降状："好巧。"

好巧？

白玥光面带狐疑地上下打量着她，可是明明不认识……

嗯？

难道……似乎想起了什么，白玥光眼睛一亮，也顾不得自己的形象，大发慈悲地放过脚下的人，欢快地奔向钟洱冰。

而白晓华则如同一个破碎的布娃娃一般瘫倒在地，委屈地哭了起来，边哭还边掏出镜子打量着自己的形象。

"哭什么哭！"

白玥光回头瞪了他一眼，转过来刚准备和钟洱冰说话，忽然有一个身形高大的男人冲到了白晓华面前，先是露出满脸不可置信和痛心疾首的表情，然后赶紧扶起他，猛晃着他的肩膀，百般怜惜地喊道："玥光，你怎么了？"

白晓华被摇得口吐白沫，男人眼珠一转，无视白玥光，视线落到了钟洱冰身上，眼神憎恶地看着她："你竟然这么对待玥光这样一个单纯的女孩！"

白玥光十分无语。

钟洱冰心里"呵呵"一笑。

大概是白玥光质疑的目光太过有存在感，男人下意识地看向她的方向，这一看却惊呆了。他受惊一般后退一步，看看地上的白晓华，又看看斜睨他的白玥光，疑惑地说："咦……两个玥光？"

这一幕怎么有点儿似曾相识？

钟洱冰皱起眉，无意识地嘀咕道："司马……傲天？"

明明是低如蚊蚋的声音，男子却像听到什么可怕的东西一样惊跳起来，如临大敌地看着钟洱冰，脸上一阵青一阵红："你……你是谁？"

黄傲天这辈子最后悔的事情就是相信了清水公司那群巧舌如簧的工作人员，怀着邂逅女神白玥光的心思参与了那个该死的游戏。

结果没想到他被封闭记忆扮演了一个痴情的王爷司马傲天，虽然如愿邂逅了女神，却与女神擦肩而过，还沦落为一个"女暴君"的保姆，变成了一个拥有少女心的男人。

好不容易离开那个破游戏，却没想到游戏头盔出了故障，这段被他视为黑历史的记忆没办法消除，以至于尽管那些并不是他真实的经历，却能让他感同身受地觉得自己拥有这样一段黑历史。

第十九章 南柯一梦

原本还安慰自己这段经历除了清水公司的工作人员外，没有别人知道，而他们与自己签订过终身保密协议不可能对外泄露，他的糟糕经历也随着"司马傲天"这个名字一起，被他自己强制性地尘封在了记忆深处，没想到……

这个噩梦一样的名字竟然再次重现天日！

知道这个名字的人除了白玥光和清水的人，就只可能是……

黄傲天想到这里，不由得一阵惶恐。他小心翼翼地打量着钟洱冰，却庆幸地发现不是那张记忆深刻的脸，他不禁暗自松了一口气。

白玥光并不知道他这番心理历程，她蹙起眉，不耐烦地朝他翻了个白眼："黄傲天，赶紧走吧，这里没你的事了，整天跟着我烦不烦啊！"

游戏里的司马傲天，在现实生活中是白玥光的同学，被她拒绝后一直不死心，像痴汉一样整天跟在其身后，像个摆脱不掉的影子一样讨人厌，长此以往，白玥光将他视为大麻烦，从来不给他好脸色。

然而黄傲天依旧锲而不舍，冷言冷语都撼动不了他的决心。

"谁说没我事了？"黄傲天梗着脖子绞尽脑汁地想着理由，余光瞟见无所事事的钟洱冰，忽然灵机一动，用警惕的眼神打量着她，"玥光，我……我要保护你！"

"保护我？"白玥光冷笑一声，看似随意地伸出手掌往旁边的墙壁上一劈，墙上立刻出现几道裂痕。

虽然手上传来的剧痛让白玥光的脸一阵扭曲，但她依然平静地说道："就凭你？"

白玥光话音未落，白晓华就紧张兮兮地惊呼道："玥光！你的手出血了！"

"血？"

白玥光脸色一变，动作迟缓地低下头，看到手上破皮并渗出血丝的位置后白眼一翻，直接晕了过去。

黄傲天惊慌失措地扶住了她，恶狠狠地看向钟洱冰："都怪这破墙！你这个恶毒的女人，你说，这墙是不是你修的！"

钟洱冰无奈极了。

一番鸡飞狗跳之后，钟洱冰和白晓华终于赶走了黄傲天，把白玥光带回了家。

巧合的是，白玥光竟然和钟洱冰住在同一栋楼，看装修，她应该是新搬进来的。

回到家没多久，白玥光就醒了过来，她上下打量着钟洱冰，迟疑地问道："你是……钟洱冰？"

"嗯。"

钟洱冰在游戏里的样子采用了系统人设，所以和现实中完全不一样，不过白玥光也没多问，开始自来熟地说起了自己的游戏经历。

钟洱冰原本以为白玥光是和黄傲天一样的真人NPC（非玩家控制角色）……

原来，她也是同钟洱冰一样的玩家，只不过她和别的玩家一样只有三个攻略对象。

而其中一个，就是这个讨厌的黄傲天。

退出游戏后，白玥光一想到这一点就恶心得死去活来，怎么看拉着她进游戏的白晓华怎么不顺眼，实际上，钟洱冰之前见到的已经不知道是第几次教训事件了。

白玥光指着像小媳妇一样委屈地缩在沙发一角的白晓华，悲愤地说道："你说，现实中被黄傲天缠着就够烦了，好不容易玩个游戏还遇到他！都怪这家伙的馊主意！"

"可是玥光，我也不知道他会跟着进游戏，还那么巧……"

"闭嘴！"和游戏里一样暴脾气地对白晓华吼了一句后，白玥光又和风细雨地转向钟洱冰："说起来，没想到你竟然会在游戏里待这么久，我和我哥已经出来过一次了。"

钟洱冰恍然大悟，难怪中间有很长一段时间没见到他们，她刚张嘴打算问问她有没有遇到过别的玩家，然而下一刻，她刚升起的念头就被忽然响起的门铃声打断。

"我……我去开门！"白晓华不等白玥光开口，就像兔子一样飞奔到门口打开了门。

门外是一个皮肤黝黑的健康少年，他其貌不扬，手里还提着一网兜鱼。

"啊……是你啊！"

白晓华迟疑地回头看向白玥光，果不其然看到她的脸阴沉下来。

仿佛没有感觉到自己不受欢迎，少年十分自来熟地把鱼放在了门口，憨笑着扬声说道："玥光，你放心吃，这些鱼都是我家自己养的！以后你的鱼都被我龙霸天承包了！"

第十九章 南柯一梦

听着这熟悉的句式,钟洱冰的眼角跳了跳,心里生出一丝不祥的预感。

龙霸天?承包?鱼?

等等……这些词语结合起来,好像有种熟悉的感觉……

不等钟洱冰提出自己的疑问,身边的白玥光已经冲了出去:"鱼塘主了不起啊?谁要你的鱼啊!"

鱼塘主?那不就是……龙振雷?

钟洱冰望着门口那个被白玥光骂得灰头土脸的少年,整个人都呆住了。

她怎么也没想到,明明龙振雷,不,龙霸天在游戏里是那样一个英俊潇洒的霸道总裁,现实中竟然是一个淳朴的卖鱼少年?

最后,龙霸天连带着他的一网兜鱼,还是被白玥光兄妹驱逐出门了。

见白玥光一副快被气出心脏病的样子,钟洱冰不顾她的挽留,十分知趣地离开了白玥光的家。

回到自己家,钟洱冰心血来潮地打开冰箱,却发现冰箱里空荡荡的,只剩一片蔫巴巴的小白菜。

她嫌弃地用两根手指把白菜拎出来扔进了垃圾桶,靠着冰箱门深深地叹了口气,不由得回想起游戏里饭来张口衣来伸手的生活。

从这方面来说,她真的好怀念小服啊!

想起家务全能、听话又能干的小服,钟洱冰忽然觉得那段糟糕至极的游戏经历里还是有值得回忆的东西的。

不过……

小服似乎真的毫无音信,就连清水公司的人都对他的资料语焉不详。

不知道为什么,钟洱冰的心情忽然有些低落。

不过这低落的情绪并没有持续多久,她很快就被腹中空空的残酷现实打败了,在肚子这么饿的情况下,钟洱冰什么都懒得去想了。

果然,温饱是最基本的需求。

没办法,只能叫外卖了,钟洱冰翻看着外卖软件,随便选了一家附近评价比较高的炒饭。

不到十五分钟,外卖小哥就送饭上门了。

他的个子很高,脸上没有半分笑容,一副生人勿近的模样。

不过钟洱冰也没在意,这个时间外卖小哥肯定很忙,估计也没心思对上帝们送上春天般的微笑了:"谢谢,请问一共多少……"

外卖小哥举起一张纸，纸上写着一行字——"一共是188元"。

"好的，谢谢……"

难道不能说话？钟洱冰同情地看了他一眼，低头开始翻钱包，下一秒，她不敢置信地抬起头，神情古怪地打量着那张纸，"等等，什么？188？是不是多写了一个数字？不是18吗？"

外卖小哥依然板着一张脸，早有预料地又拿出一张纸——"小费"。

小费？

先不说从评价里没看到这家店需要给"小费"，就算是给，这"小费"也太高了吧！

之前的同情瞬间荡然无存，钟洱冰在心里"呵呵"了一声，摸出手机打算打给店主，就在即将按下拨通键那一刻，她忽然想起了什么，狐疑地眯起眼睛，认认真真地观察着面前的外卖小哥。

奇怪，这视财如命又一声不吭的德行怎么这么……

"步邀飞花？"她试探地问道。

这个名字仿佛某种魔咒一样，打破了这种沉寂的气氛。

几乎在话音落地的同时，先前还保持冷漠的步邀飞花的脸上终于有了变化——他条件反射地捂住嘴，只露出一双惊恐的眼睛，惴惴不安地看着钟洱冰。

"啊，还真是你，我就想问问你的牙……"最后一个字，钟洱冰刻意拉长了声音，效果也是立竿见影——

步邀飞花仿佛想起了什么可怕的记忆，脸色"唰"地变白，下一秒，他钱也不要就飞快地跑了。

钟洱冰连忙追了出去："欸欸，你的钱……"

不知道是不是错觉，钟洱冰的这句话似乎给步邀飞花加了一个"飞毛腿"的状态，他跑的速度更快了，下楼梯的时候由于太匆忙没看路，还和一个上楼的人重重地撞了一下，把对方撞倒在地也没道歉。

而那个被他撞的人还没反应过来，就发现罪魁祸首早已逃之夭夭，只能一脸茫然地拍了拍灰，然后敲起了白玥光家的门。

"晓华……"

觉得这个声音有些耳熟，钟洱冰心里一动，进门的脚步也停了下来。

白晓华迫不及待地打开门，语气很是惊喜："呀，你是来还我钱的吗？"

对方沉默了几秒，弱弱地说道："不是，其实……"

第十九章 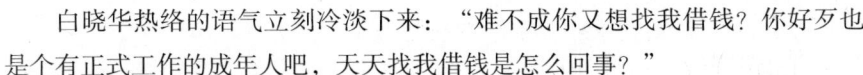 南 柯 一 梦

白晓华热络的语气立刻冷淡下来:"难不成你又想找我借钱?你好歹也是个有正式工作的成年人吧,天天找我借钱是怎么回事?"

"我已经被开除了。"

白晓华一愣:"什么?这是怎么回事?"

"我前段时间巡逻的时候,遇到一个可怜的小贩,他家境贫困,一岁就父母双亡,三岁就开始自己摆摊养活自己……"

白晓华翻了个白眼:"这你也信……说重点!"

"重点就是……我看他那么穷,不知不觉就把他摊上的东西全部买了下来,然后我钱不够,就找同事借了……"

"钱不够?什么东西那么贵?"

"名字有点儿奇怪,叫高贵牌茶叶蛋……"

"接下来呢?"

"然后同事要我还钱,可是我工资还没发,没办法,我就向人借了钱……"

"什么?"白晓华的声音蓦然变得尖厉。

恍然不觉白晓华的眼神,来人继续慢吞吞地说道:"是啊,然后借我钱的人找上门来,把我们领导当成我打了一顿……"

关上门,钟洱冰捏了捏鼻子。

这个人……难不成正好叫轩辕景?

游戏明明结束了,游戏的影子却似乎处处都在。

钟洱冰心烦意乱地打开电视机,屏幕上正好在放一部偶像剧,男主角姿容俊秀,有一种雌雄莫辨的美丽。

哼,阚慕华。

钟洱冰果断地换了个台,播音员字正腔圆地报道着新闻,内容是关于一个写手……

屏幕上那垂头丧气的人,正是齐典澜。

钟洱冰的手抖了一下,再次换台。

"近日,王女士在一家饭店吃饭时,竟然从点的菜里面吃出了辣条!这种东西为什么会出现在顾客点的菜里呢?让我们采访一下该饭店的老板。"

饭店老板是一个青年,对于这样的质疑,他满脸不服气:"你们懂什么!辣条可是世界上最尊贵的食物!我们饭店从来只用最顶尖的材料!"

不知是不是错觉,钟洱冰隐约看到主持人的嘴角抽搐了一下:"好的,

那请问您是否接受过正规的厨艺培训？"

"那是当然，"青年满脸自豪，身后似乎有一条毛茸茸的尾巴高高地翘起，"我可是来自全球顶尖名校兰翔仙院，并且还是青鸟世家第八十九代传人！"

钟洱冰扶额，索性关掉了电视。

明明以为离开了游戏，就是彻底的结束，却没想到游戏里遇到的男主角们一个接一个地出现在眼前。

这一刻，不知道为什么，钟洱冰有了一种一天之内遇到所有"前男友"的尴尬感。

想到这里，钟洱冰也没心思细嚼慢咽，她几口扒完炒饭，然后出门倒垃圾。

然而在垃圾桶旁边，她却邂逅，不，遇见了一个穿得破破烂烂的中年男子，被钟洱冰撞见的时候，他正鬼鬼祟祟地蹲在垃圾桶旁边翻找着什么。

钟洱冰心里毛毛的，忍不住往后缩了缩，却不料中年男子忽然抬起头看向她。

要不要拔腿就跑？这个念头在她的脑海中仅仅存在了短短一秒，在那中年男人的面容映入眼睛的一瞬间，钟洱冰认出了面前的人，惊讶地问道："你是……副总裁？"

原本意气风发的副总裁，不知道遇到了什么困难，以至于堂堂清水副总裁，竟然沦落到捡垃圾的地步。

两个人对视了几秒，空气中有一种淡淡的尴尬，钟洱冰最先按捺不住张嘴说："那个……"

也许是这个时候非常不想见到熟人，钟洱冰刚满心疑惑地说出两个字，副总裁就把手里的编织袋往旁边一扔，捂着脸飞快地跑掉了。

钟洱冰有生之年，从没见过一个中年胖子能跑出这种光一样的速度。

最后，谜底还是白玥光揭开的。

"你说，你刚才见到副总裁了？他看起来很落魄？嗯……其实，我听到了一个内部消息，不是游戏结束了，而是清水公司资金不足，所以游戏停运了。"

"可是清水公司不是……"

"因为副总裁之前一意孤行地招了一个很厉害的技术研发人员，那个技术研发人员虽然技术很厉害，但总是照本宣科不懂得变通，还不听取别人的意见，总是按照所谓的'标准'做事。"

白玥光对钟洱冰耸了耸肩，接着说道："标准这种东西啊，哪能任何情

第十九章 南柯一梦

况都适用，偏偏副总裁很信任他，给他很大的权限，别人都管不了。就这样，最后闯下大祸，清水公司损失了一大笔钱。"

"那个技术人员该不会叫屠苏戴咨吧？"

白玥光疑惑地看向她："你说什么？"

钟洱冰连忙若无其事地说道："哦，没什么。"

白玥光也没生疑，继续说道："总之，这个游戏算是彻底消失在历史中了，以后就算是怀念，也没办法再玩了。"

钟洱冰觉得，她根本不会怀念这个游戏！

和白玥光道别后，钟洱冰上楼回家。

感应灯坏掉还没有修好，钟洱冰的手机又没电了，整个楼道里黑漆漆的，幸好还有月亮能带来一些光。

钟洱冰一边心不在焉地上楼，一边在心里嘀咕着：算起来，她的"前男友"似乎只剩下一个人没露面了……

楼道本就狭窄，加上光线又暗，钟洱冰一不小心就和一个下楼的人撞了一下。

"对不起……"她连忙说道，抬起头来，却微微一愣。

朦胧的月光照进楼道，借着不甚清晰的月光，她隐隐约约看到了对方的轮廓，以及他头顶的一撮呆毛……

尽管心里早有猜测，她还是沉默了几秒，迟疑地问道："是你？"

似乎过了很久，又似乎是下一秒，对方回答道："是。"

/ 番外一 /

日 记

[钟洱冰日记1]4月2日 天气：晴

今天回家的路上差点儿撞到一个男生，抬起头发现好像遇见过几次，但从没说过话。

从他身边走过时发现他耳朵红红的样子还挺可爱的，不知道是不是天气太热了的缘故。

[萧浮日记1]4月2日 天气：晴

今天又遇到她了。本来都想好了打招呼的话，却在看到她的一瞬间就忘词了。期待下次再见吧。

[钟洱冰日记2]5月2—8日 天气：忘记了

写日记真麻烦，干脆几天一起写吧。没出门、没出门、没出门……这就是我这个星期的状态。啊，存货没有了，出去采购。

[萧浮日记2]5月2日 天气：阴

偶遇失败。

[萧浮日记3]5月3日 天气：小雨

偶遇失败。

[萧浮日记4]5月4日 天气：阴

偶遇失败。

……

[萧浮日记8]5月8日 天气：阴

她是不是压根儿就没出过门？

这样的天气，忽然让我想起第一次遇到她的情景。原以为搬家后见到她的机会会更多，没想到搬过来后，反而很少见到她了。

[钟洱冰日记3]5月28日 天气：晴
天气真好！接到清水公司的电话，说我得到了内测资格，听起来还挺有趣的，那就去看看吧。

[萧浮日记9]5月28日 天气：晴
路过清水公司时遇到她，看到她走进清水公司就没再出来了，难道是在那里工作？好想和她一起上班。

[萧浮日记10]6月1日 天气：晴
面试成功了，可还是没见到她，难道她在别的部门吗？
接下来估计会很忙，也许没时间写日记了。

[萧浮日记11]6月12日 天气：大雨
刚进部门太忙了，终于有时间写日记了。
依旧没有打听到她的消息，总觉得事情有些不对劲儿。

[萧浮日记12]6月20日 天气：小雨
原来她不是职员，是参加游戏内测的玩家，要一个月不能见到她了。

[萧浮日记13]6月28日 天气：晴
一个月了,同批的玩家都出来了,她还是没出现,难道是游戏出问题了吗？

[萧浮日记14]6月30日 天气：晴
听说内测中有一个玩家的游戏进度停滞不前，下意识就想到了她。

[萧浮日记15]7月5日 天气：大雨
游戏进程监督员1号整天不务正业，公司决定再委派一个管理人员进入游戏。然后，这个机会就落到了我的头上。

[萧浮日记16]7月8日 天气：大雨

进游戏前需要接受身体检查。在等检查结果的时候，听到几个同事在讨论游戏进程监督员1号闯下的大祸——发放给玩家的奖品"小服"出问题了。

原本小服需要充电七加七等于十四天，然而因为游戏进程监督员1号监督不力，策划人员弄成了七乘七等于四十九天，再加上玩家自身的粗心大意，"小服"充过头爆炸了。

听到这个消息，总觉得背后发凉，毕竟小服是以我为原型制作的。

不管怎么说，时隔一个半月，终于可以见到她了，这次一定不能再因为紧张而错过结识的机会了。

[萧浮日记17]7月12日 天气：多变

刚定位到她家附近，就正好看到游戏进程监督员1号被赶出来……哦，对于游戏玩家来说，应该叫副总裁。

毕竟也算半个同事，现实中曾经和他打过照面，不过此时看起来他心情不大好，还是不要让他注意到我吧。

[萧浮日记18]7月13日 天气：晴

进入游戏后第一时间就想找到她，没想到出了点儿岔子：她把我当成"小服"了。

不过这样也不错，作为她的专属男主角……她大概就看得到我了，心里莫名其妙地生出一种满足感。

[萧浮日记19]8月5日 天气：晴

捡到了小服的……应该算是"残骸"吧。

形状完好，只是被烤焦昏迷了。

这可不能被她发现，找个地方丢掉吧。

[萧浮日记20]8月30日 天气：晴

那些男主角真是碍眼，要是只有我们两个人就好了。

同事告诉我公司发现了小服失踪的这件事，于是投入了小服二号想要补偿玩家，不过我已经知道了。

我好像被游戏进程监督员1号发现了，他背着她试探过我几次，好在我和小服长得一模一样，他只是以为充电充过头，所以"小服"的数据发生了错乱，性格也发生了变化。

因为心虚，他也没有把情况上报给公司。

虽然不担心，但少一些麻烦总是好的。

[萧浮日记21]10月27日 天气：晴

这个叫齐典澜的家伙，没什么大用，写的小说还挺好看的……

[萧浮日记22]11月16日 天气：小雨

新的男主角应该是公司特意安排的，看来他们等不及了。

她的记忆好像快要恢复了。虽然知道应该趁机让她离开游戏，不过她看起来很痛苦，所以还是帮她加深了催眠。

也不知道做得对不对。

就算一直无法离开游戏也没关系，我会留在这里陪着她的。

[萧浮日记23]11月31日 天气：小雪

我被发现了。

听到电话另一头游戏进程监督员1号的咆哮声，一瞬间，只觉得全身的血液骤冷。

我是不是也会被放弃？然而，她答应留下我。

为什么觉得脸上好烫，头也晕晕的……感觉自己好像发烧了，是不是要"罢工"了？

——游戏竟然结束了！奇怪，她完成任务了吗？

[萧浮日记24]12月15日 天气：小雪

公司说在我阴差阳错取代了真正的小服后，被系统判定为可攻略人物之一，最终被攻略成功。

他们说，因为我喜欢上了她，还调侃我是不是故意进游戏追她的。

开头并不是。不过，结局或许是了。

一开始只是因为曾经的渊源而关注，不知不觉间，已经对她投注了太多

的目光。

这是喜欢吗？很快就能见到你了，或许，你能给我答案吧。

很久以后。

"萧浮，我总觉得不对劲儿……"钟洱冰摸着下巴，兴致勃勃地猜测，"你是不是很久以前就认识我了？不然怎么第一次见面就对我这么言听计从？"

萧浮看着她，目光深远，脑海中浮现出他们真正的第一次见面。

那是一个阴天。

因为家人的疏忽，小时候的萧浮被坏人迷晕准备带走，他醒来后很快察觉到了自己的处境，由于没有任何自保的能力，只能用孩子唯一的武器——"哭"来引起别人的关注。

不是没有人产生怀疑，但悲哀的是，来往的人没有一个伸出援手。

只有她，明明看起来是一个柔弱的女孩子，却像正义的勇士一样报了警并一直保护着他，像这种事，她做过太多，所以他在她的记忆里没有留下丝毫痕迹。

可是，他却忘不掉，一直忘不掉。

"没有，"在钟洱冰怀疑的目光中，他平静地说道，"一见钟情。"

熟悉以后，钟洱冰才知道这家伙看起来呆呆的，其实一肚子坏水，虽然习惯性地对他的话抱有怀疑，但还是很配合地问道："这么说来，我们的重逢也是你计划好的？"

"是。"

钟洱冰捏了捏他的脸，气呼呼地说道："哼，一看就知道又在胡说。"

任由她蹂躏着自己的脸，萧浮眼神柔和地看着她。

所有的久别重逢，都是蓄谋已久。

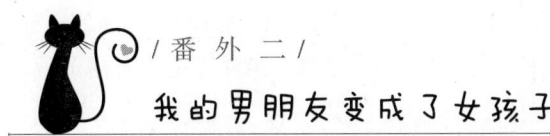

/番外二/
我的男朋友变成了女孩子

钟洱冰醒来时，总觉得自己身上有什么地方不对劲儿，似乎有什么奇怪的事情在自己身上发生了。

她的直觉向来很准，当即闭着眼睛想了一会儿，却没有什么头绪，正打算放弃，突然灵光一闪，回忆起昨晚睡前似乎喝了一杯冰水。

她不由得若有所思：难道是感冒了？

这么想着，她清了清嗓子，果然觉得声音听起来有些哑。

看来是生病了，真讨厌，还是起来吃点儿感冒药吧。

她打着哈欠走到客厅，却撞到了一个人，条件反射地先开口道歉："不好意思，我……"

话刚说到一半，钟洱冰骤然清醒——

咦？不对，家里哪里来的别人？

她惊恐地睁大眼睛回过头，映入眼帘的是一个相貌秀美，穿着碎花裙子，看起来楚楚可怜的女孩子。

家里哪里来的女孩子……

这么想着，不知道为什么，这个不认识的女孩子让她总有一种似曾相识的感觉。

钟洱冰惊疑不定地打量着面前这个熟悉又陌生的女孩子，一时拿不准该不该报警，直到目光无意间落到她头顶的呆毛上，才说道："萧浮？"

女孩子娇俏地歪了歪头，默认了她的疑问。

看着她那少女气息十足的可爱动作，钟洱冰倒吸了一口凉气，惊疑不定地问道："你怎么穿着裙子？"

疑似萧浮的女孩茫然地眨了眨眼睛，低头看了看自己身上的裙子，用比钟洱冰更莫名其妙的语气说道："一直穿着。"

胡说！他哪里会一直穿着裙子啊？

钟洱冰深吸一口气，拼命在心里对自己做暗示：要淡定，要学会尊重别

人的爱好，即使一觉醒来忽然发现自己男朋友穿着裙子也要……

不知道是不是错觉，萧浮穿上这身裙子后，声音也变得纤细很多，简直和真正的女孩子一模一样。

这让她根本不能接受好不好？

看着面前变得比她可爱一百倍的男朋友，钟洱冰更加忧伤了，更让她不开心的是，穿女装就算了，她的嗓子哑成这样，他竟然都不关心她？

也许，只是今天对话太少了，他没有注意到？

钟洱冰这样一想，决定大发慈悲地原谅他一次，委婉地暗示道："你有没有觉得我的嗓子有些哑。"

萧浮奇怪地看着她："男性的声线大都是这样的。"

男什么男，她又不是男……

钟洱冰的目光聚焦在他的身上，突然发现他……

没有喉结？萧浮没有喉结？

钟洱冰大惊失色，而萧浮一脸幽怨地看着她。

然而，她已经完全陷入了惊恐的情绪中，压根儿没有注意到他的神情。

居然是真的！

一觉醒来，自己的男朋友变成了一个货真价实的女孩子？

她是不是拿到了什么奇怪的副本？

更可怕的是……

想到某种可能，钟洱冰几乎是战战兢兢地把手摸向自己的喉咙，这一摸无疑证实了她的猜测，顿时让她眼前一黑——喉结？

原来，不仅萧浮变成了女孩，就连她自己也变了！

一时间，钟洱冰只觉得脑子里一片混乱，几乎要被这可怕的现实吓得晕过去。

她还是被萧浮的声音拉回神思："阿冰，阿冰？我们该准备一下出门了。"

"去哪里？"钟洱冰依然浑浑噩噩，无法接受眼前的事实。

"你忘了吗？我们要去参加同学聚会。"

萧浮有些羞涩地瞥了她一眼，"他们都很想见见你。"

这个样子，还要去参加什么同学聚会？钟洱冰做了一个深呼吸的动作，脑子里终于有了一丝清醒的意识。

不管怎么样，先把同学聚会应付过去。

番外二　我的男朋友变成了女孩子

她强打起精神，跟着萧浮往外面走去："我去开车……"
然而她的声音在看到眼前的一幕时戛然而止：
记忆中宽敞的车库变成了破旧的车棚，而停在里面漂亮的轿车，也变成了一辆破旧的自行车。
她动作缓慢地转过头想看看萧浮的表情，几乎听到了自己脖子僵硬的"咯咯"声。然而看到萧浮的那一刻，却发现他的头上顶着一种状态——"强行灰姑娘"。

[强行灰姑娘]：无论你是家财万贯，还是才貌不凡，在进入这种状态后，你都会变成灰姑娘般的存在，普普通通却让人觉得单纯不做作，别墅豪车自动变成出租屋和自行车，身形矫健变成三步一摔跤……一切都是为了帮助你走上人生巅峰！

钟洱冰打了个激灵，明明游戏都已经结束了，这是怎么回事？
在她发呆的这会儿，萧浮已把自行车解锁，推到了她的面前。
看着面前的自行车，钟洱冰忽然发现一个更大的挑战摆在了自己的面前——她不会骑自行车！
似乎是看出了她的为难，萧浮善解人意地说道："阿冰，我载你吧。"
可是……现在性别交换了啊，何况萧浮看起来这么柔弱。
听到这个建议，钟洱冰感到一阵莫名的尴尬，在萧浮的催促中，还是不得不硬着头皮，在行人鄙夷的目光中，眼不见心不烦地抱住了萧浮的细腰。
萧浮本身骑车技术就不怎么样，不知道是不是变成了女孩子的缘故，力气也不够大，一路都骑得歪歪扭扭，钟洱冰坐在后座上，只觉得胆战心惊，似乎下一秒自行车就要阵亡。
终于，在即将过一条马路的时候，萧浮一个不稳，本就摇摇欲坠的自行车一歪，连车主萧浮带乘客钟洱冰一同摔倒在地。
摔得其实并不重，在两个人相互搀扶着从地上爬起来时，他们面前忽然停了一辆豪车。
种种新闻标题在脑海中浮起，钟洱冰心里"咯噔"了一下。
这么巧，不会被以为是碰瓷吧？
果然，车主从车上下来，居高临下地俯视着两个人，声音里充满傲慢："喂，你们两个家伙是想碰瓷吗？"

然而不耐烦的语气仅仅持续到见到萧浮的那一刻，当萧浮那张柔弱却倔强的小脸映入眼帘时，他话锋一转，眼睛里出现了看到猎物般的光："美女，你成功吸引了本总裁的注意！"

萧浮小脸煞白，慌慌张张地往钟洱冰身后缩了缩。

见到她的举动，车主不快地眯了眯眼睛："你这是想要欲擒故纵吗？好吧，本总裁承认你赢了，本总裁引以为豪的自制力在看到你的第一眼就全部消失……"

见他那旁若无人地和萧浮搭讪的模样，钟洱冰气得要爆炸了。

我这个正牌男……不对，女朋友还在呢！

不知道是不是性别转变了的缘故，她现在变得特别冲动，差点儿就要不管不顾地冲上去打他一顿，还是萧浮死命拉住了她。

他们好不容易才摆脱了那个自命不凡的霸道总裁。留下一句"美女，我们还会再见面的"后，总裁驾车潇洒地离开，喷了两个人一脸尾气。

钟洱冰还没来得及松口气，又在约定的包厢门口遇到了一个西装笔挺、戴眼镜的男人。在看到萧浮时，他目露惊喜地准备上前，却在下一刻发现了她身边的钟洱冰，脸上血色骤失。

他闭了闭眼睛，似乎在隐去心里的情绪，再度睁开眼睛时已然冷静下来，充满敌意的目光在钟洱冰的脸上一顿，声音晦涩地开口："小浮，你……有男朋友了？"

"是的，这是我的男朋友钟洱冰。"

萧浮脸上浮起淡淡的红晕，向钟洱冰介绍："他……是我的学长。"

见到她不自然的表情，钟洱冰心里酸溜溜的：学长？我看是初恋情人吧？

这么想着，她心里莫名地生出一股烦躁，握着萧浮手腕的力度无意识地加大："我们还是回家吧。"

大概是没有把握好力度，萧浮纤细的手腕上立刻起了一圈红印。

"你怎么可以这么伤害她？"

看着这一幕，前一刻还文质彬彬的学长气红了眼睛，痛苦不堪地说："早知道，我当初就不该放手……"

"学长……"萧浮虽然脸上动容，却还是摇摇头，"可是，我现在爱的人是阿冰。"

番外二　我的男朋友变成了女孩子

学长目露愤恨地看向钟洱冰，忽然一拳砸来："是不是你欺骗了小浮？我打死你这个浑蛋！"

钟洱冰当然不会就此示弱，她挽起袖子，也毫不客气地以牙还牙。

"你们不要打了！"

萧浮娇滴滴的喊叫声更是火上浇油，两个人越打越激烈。

钟洱冰已经完全失去了理智，直到萧浮带着哭腔的声音传入耳中："学长，我跟你走，不要再打阿冰了！"

敢情这场架反而帮他们旧情复燃了？

钟洱冰心里一痛，一口血堵在喉咙险些吐出来，然后，她就被气醒了。

"怎么了？"

一张带着一丝担忧的脸映入眼帘，钟洱冰眨了眨眼睛，下意识地看向了他。

"幸好都是假的，气死我了！"

她嘟囔着，怎么看怎么觉得面前这张脸前所未有地顺眼。

这究竟是怎样糟糕的一个梦啊！

她居然梦到自己的女朋友，啊呸，是男朋友变成了女孩子，还是人见人爱的女主角，自己为了她和她的各种新欢旧爱钩心斗角，最终却眼睁睁看着她弃自己而去。

想到梦的结局，钟洱冰又觉得心里有些不舒服。

"做噩梦了？"萧浮观察着她的神情，疑惑地问道。

钟洱冰却答非所问："吓死我了，好累，我先睡一觉！"

话音落下，她打了一个哈欠，翻过身，又迷迷糊糊地睡了过去。

见她的呼吸渐渐平稳下来，萧浮脸上装出来的茫然神情瞬间消失。

他慢悠悠地拿起床头柜上清水公司新研制出的梦境编造机，牢牢地锁在了保险柜里。

关上保险柜的门，他头顶的呆毛愉快地晃了晃。

嗯……偶尔受点儿刺激，人才会有竞争意识！

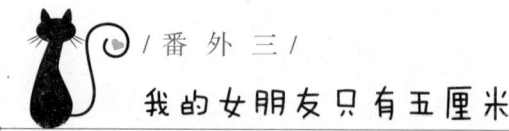

/ 番 外 三 /
我的女朋友只有五厘米

钟洱冰醒来后，发现整个世界都变大了，而她的记忆却是一片空白。

她转过头，映入眼帘的是一张巨大的侧脸。

这张脸容貌清俊，柔软的碎发轻轻搭在枕头上，为他增添了几分孩子气。但再怎么帅气的脸，当它变成了庞然大物，也只剩下骇人这一种效果。

她轻轻地吸了口气，伸出拳头捅了捅他的脸，脸的主人的睫毛颤了颤，睁开了一双黑漆漆的眸子。

其实没有记忆的钟洱冰心里还是有些慌的，但她还是强撑着色厉内荏地说道："这……这是哪里？"

脸的主人用一种奇异的目光看着她，似乎回不过神来，过了好几秒，他才反应过来，坐起身把她放在了手心里，迟疑地问道："你这是……"

"你是巨人吗？"钟洱冰佯装成一副冷静的模样，微颤的声音却泄露出她身处陌生环境的惊慌。

小小的脸，苍白的皮肤，黑豆豆一样的眼睛，明明很害怕却装作若无其事的样子，真是太可爱了！

萧浮头顶的呆毛愉悦地晃了晃，可是……她说的话好像有些不对劲儿。

"你是谁？"正这么想着，小人儿又提出了疑问，萧浮微微一怔。

难道，她失忆了？

"你是我女朋友。"他回答道。

"女朋友？"迷你钟洱冰抱着自己的双臂，一脸警惕地看着他。

萧浮有些哭笑不得，但还是用喜爱的目光打量着她短短的四肢，小小的五官。果然，无论变成什么样，小冰都这么可爱呀！

被他专注凝视的眼神看得有些不自在，迷你钟洱冰嘟囔着："看什么看？带我出去玩！我要出去！"虽然不希望她这副模样被别人看到，但见她闷闷不乐的模样，萧浮还是没原则地妥协了。他特意翻出一条压箱底的带裤袋的休闲裤，然后把她放在了自己的裤袋里。

番外三　我的女朋友只有五厘米

刚踏出门，就见天地间白茫茫一片。

"下雪了！"钟洱冰在他的口袋里欢呼。她不经常见到雪，一时忘记了自己此时的体形，从萧浮的裤袋里一跃而下。萧浮还没来得及担心，便见迷你钟洱冰已经把自己摔成了倒插葱状，就剩火柴棒一样的两条小短腿在雪地外面晃动。

他眸中笑意浮现，第一次看到小冰这么狼狈的样子，真是太可爱了！

尽管看不到他的表情，但钟洱冰还是轻而易举地猜到了他此时的想法，头埋在雪地里闷闷地吼道："呸呸呸！笑什么笑！先……先来救我啊！"

萧浮好不容易止住笑，伸出两根手指，像拔萝卜一样把她从雪地里拔了出来。而以怨报德的迷你钟洱冰做的第一件事就是报复性地抱住他的手指，狠狠地咬了一口。

痛肯定是痛的，萧浮却不以为然，摸了摸她的小脑袋后，听从她的要求给她转移了阵地——将她放了围巾里。

好在是冬天，大家都穿得很厚重，看到将围巾裹得严严实实的萧浮也没有人觉得奇怪。

大概是变成了小人儿，迷你钟洱冰的气量也变小了，明明已经狠狠地报复过了，却依然气鼓鼓的。

萧浮也不知道怎么哄她，只得一路沉默，尽量走一些热闹的路段，想看看不会遇到她想要的东西。路过一家糖果店时，躺在他围巾里的钟洱冰忽然跳了起来，声音终于有了几分活力："我要吃糖。"

吃糖？这样小小的要求他自然是要满足的。

萧浮驻足，进店后环顾了一周，仔细地挑选了一袋颗粒比较小的水果糖。

出店后，他剥开一粒，避开别人的视线塞进了围巾里。

想象着此时围巾里的情形，萧浮觉得心里痒痒的。

这么大的糖，她大概只能捧在手里吃吧？那样的小冰一定很可爱，可惜现在人多眼杂，他是没办法看到了。

一粒水果糖对于普通人类来说，不过一会儿就没了，对于这样的迷你小人儿，却只能捧在手里。迷你钟洱冰仔仔细细地吃了好久都没有吃完。

吃完了那粒水果糖，已经过了很长时间，迷你钟洱冰又嚷嚷口渴。

换作别人或许早就不耐烦了，萧浮却觉得这一切新奇而有趣，只不过这下他的确有些为难了……市面上就算是最迷你的那种喝酸奶的吸管，对于此时的钟洱冰来说也太大了，可是他又见不得钟洱冰因为口渴难耐而蔫巴巴没有精神的模样。

正巧这时候，路过的商店正放着广告："××口服液，富含×××营养，随身携带……"

对了！他眼前一亮，走进旁边的药店买了一盒口服液，然后从里面拆出了一根吸管，又把新买的水倒在瓶盖里才拿给钟洱冰，服务得十分周到。

"你对我这么好，是不是有什么企图啊？"钟洱冰心满意足地享受着他的贴心服务，站在他的手心里，一边扶着吸管喝水，一边斜着眼睛看向他。

萧浮的心里被她此刻的动作萌出了一朵朵小花，脸上却是一如既往地毫无表情："因为你是我女朋友啊。"

分明是很平淡的语气，迷你钟洱冰却觉得心里有一处变得柔软起来，她的眼珠狡黠地转了转，"喂，你过来一点儿，有话要跟你说。"打定了主意，她抬起头颐指气使地说道。

萧浮对她毫无防备，小心翼翼地捧着她，并把侧脸靠近了她一些，却不料下一秒，迷你钟洱冰踮起脚，在他脸颊上亲了一下。萧浮呆住了，只觉得脸上骤红，心跳也有一瞬的紊乱，然后……就睁开了眼睛。

"喂，你怎么像忽然见鬼了一样？"带着几分笑意的声音传入耳中，他循声望去，却见正常大小的钟洱冰手支着下巴趴在床边，饶有兴趣地看着他。

脑海中还残存着钟洱冰只有指甲盖那么大的脸，眼前骤然放大的面容让萧浮有些不习惯，他定了定神："我做了一个梦。"

钟洱冰观察着他的表情，好奇地问道："噩梦还是美梦？"

"梦到你变成了五厘米大的小人儿。"他比画给她看，"就手指这么大。"

钟洱冰扑哧一笑："比我上次那个梦还不可思议。听起来好奇怪，你是不是被吓了一跳？"

萧浮表情柔和地说道："不会，很可爱。"

钟洱冰半信半疑，思考片刻又得意起来："那是当然，即使是在梦里，我也一定很威武霸气的，才不会像我梦里的你一样。"

"是啊，超凶的。"萧浮煞有介事地说道。

（全文完）

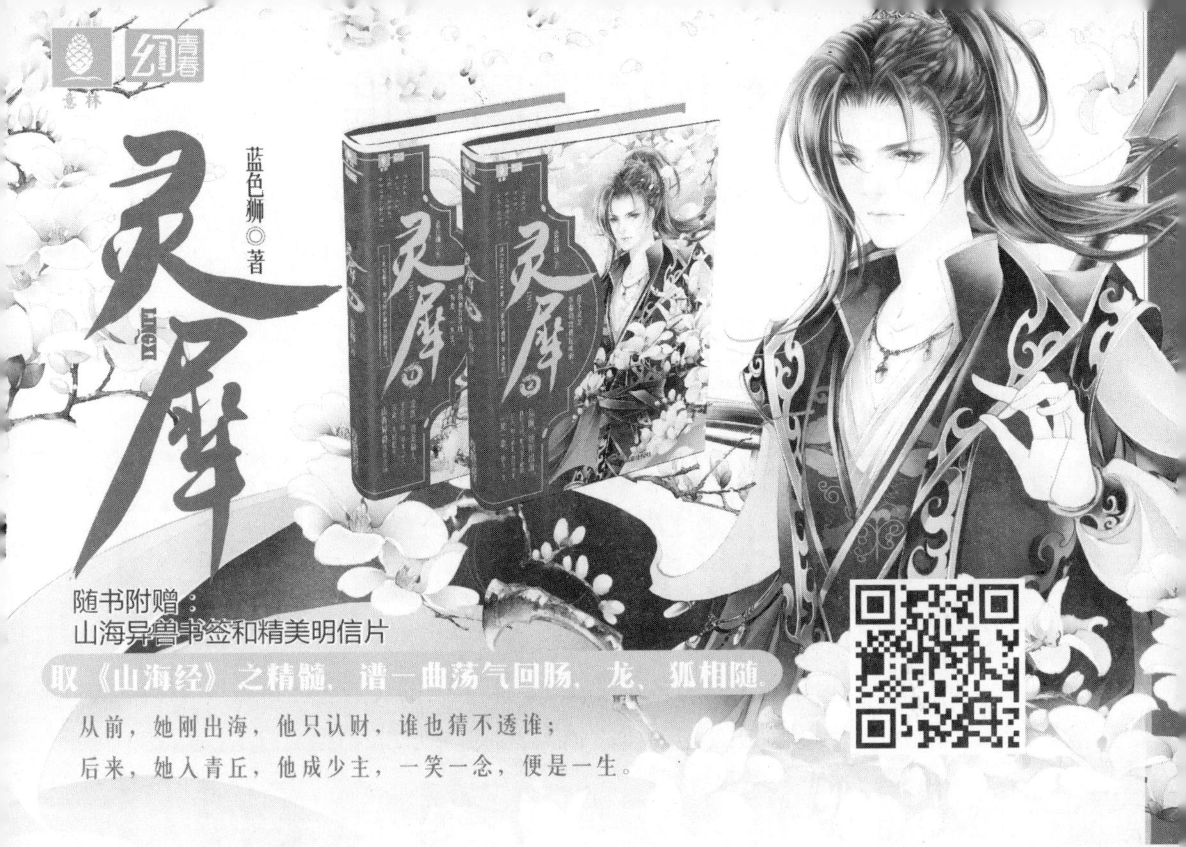
幻青春
灵犀
蓝色狮◎著
随书附赠：
山海异兽书签和精美明信片
取《山海经》之精髓，谱一曲荡气回肠，龙、狐相随。
从前，她刚出海，他只认财，谁也猜不透谁；
后来，她入青丘，他成少主，一笑一念，便是一生。

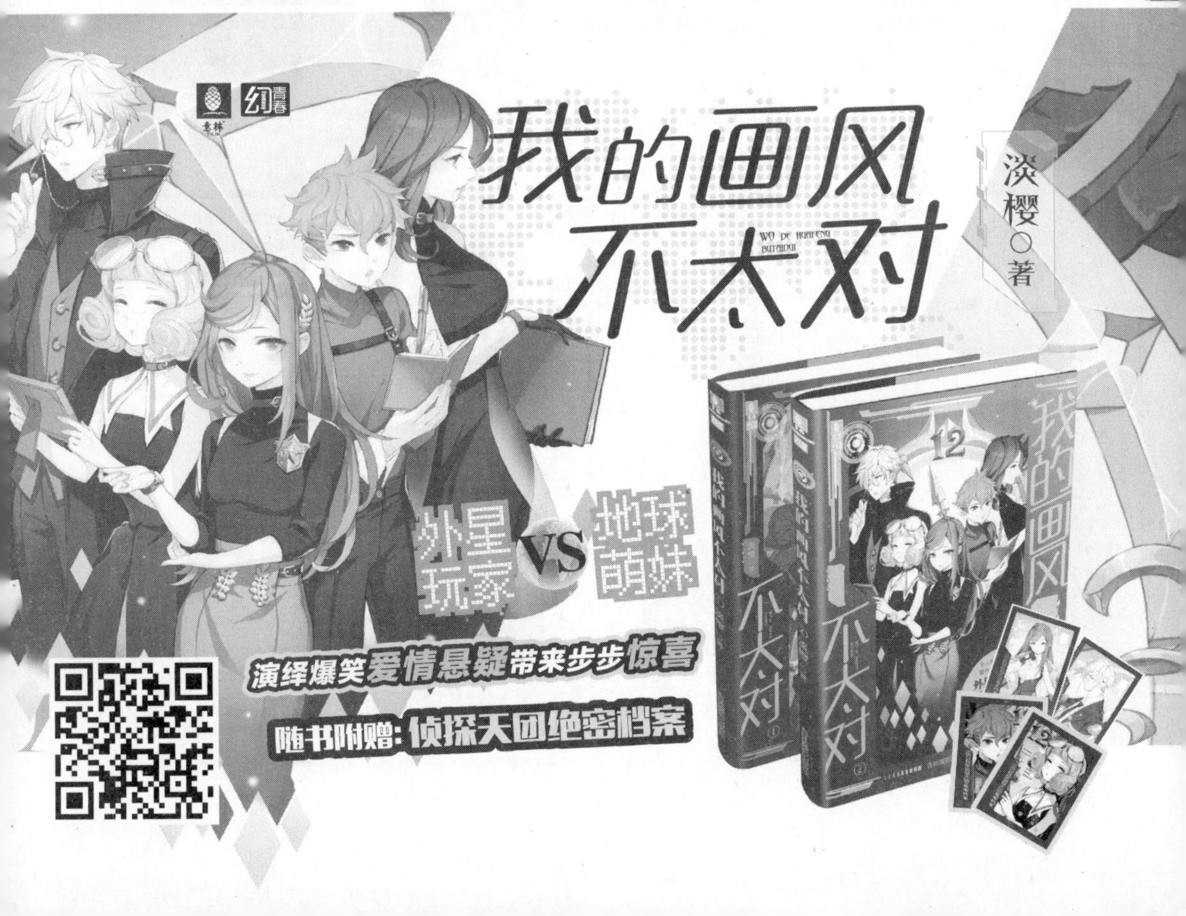
幻青春
我的画风不太对
WO DE HUAFENG BUTAIDUI
淡樱◎著
外星玩家
VS
地球萌妹
演绎爆笑爱情悬疑带来步步惊喜
随书附赠：侦探天团绝密档案

意林精品图书推荐

《我不成仙 一 断尘绝念》
简介：不想成仙却毅然修仙，她见愁也想有朝一日对那人说："纵你成仙，亦不可逃！"
定价：28.80元

《我不成仙 二 杀红小界》
简介：血衣作战袍，刻骨为利刃。她的通天坦途，便是他的穷途末路！
定价：28.80元

《我不成仙 三 流星赶月》
简介：敏锐与直觉，无一欠缺；缜密与果决，兼而有之。力敌群雄者，舍她其谁！
定价：28.80元

《我不成仙 四 尘战空海》
简介：为成大道，葬痴情、斩尘缘者有之，可若寻仙问道是这般模样，她宁愿永不成仙！
定价：28.80元

《我不成仙 五 舍我其谁》
简介：见愁者，无限潜力，无限战力！斩断过去，分割今昔。她的世界，只有未来！
定价：28.80元

《禁域①墓地神婴》
简介：皇者重现世间，只为触底反击，再创传奇！踏破乾坤纵横时空，禁域绝密即将揭晓！
定价：28.80元

《禁域②宗门斗者》
简介：扶桑谷内迷雾重重，时间长河、神秘女子……时空彼端，究竟有着怎样的秘密？
定价：28.80元

《禁域③王者遗风》
简介：阳魄界，一个神奇的虚拟世界，浮生为赤钻来到这里，却发现了更惊人的秘密！
定价：28.80元

《符神传说①斩焰少年行》
简介：接通元灵符界，交易、对战、派单……现实与虚拟之间，体味什么叫酣畅淋漓！
定价：28.80元

《符神传说②东川起风云》
简介：逆转鬼煞岭、人蛮荒探迷城，跨越空间界限，开启度奇幻热血征程！
定价：28.80元

《符神传说③刀芒惊天下》
简介：巧进黑狱筑识海，烈焱勇探天符浩土，龙雀惊天下。领略异闻传奇！
定价：28.80元

《符神传说④地下悬赏令》
简介：识妖族斗符南洲，符驱四方见奇谋。游历异界空间，探索奥妙人生！
定价：28.80元

《雪鹰领主1》
简介：我吃西红柿全新力作！少年骑士惊世崛起，铸就为人类荣誉而战的英雄传说！
定价：29.80元

《雪鹰领主2》
简介：圣级超凡，初露峥嵘，打造热血沸腾的传奇武侠世界！
定价：29.80元

《决战星座学院1》
简介：为00后读者量身定制的校园星座魔法书，超反转、超疯狂的校园大作战，开始！
定价：29.80元

《浮玉仙魔》（全一册）
简介：跨越六界的情仇离合，仙家养成，爆笑开演！看一代魔尊，如何搅翻浮玉仙山！
定价：29.80元

《倾世萌狐》（全三册）
简介：任他天道严酷，你始终是我无法断的"情"，难以绝的"爱"。
定价：29.80元

《我的画风不太对》（全二册）
简介：一不小心成了外星玩家的目标对象！千回百转的拼图游戏，谁是最终赢家？
定价：29.80元

《灵犀》（全二册）
简介：取《山海经》之精髓，谱一曲荡气回肠、龙狐相随的深情恋歌！
定价：29.80元

《仙萌奇缘》（全二册）
简介：迷糊弟子"约架"冷傲少主，无厘头话本奇袭玄天剑宗，非正统仙侠大戏反转上演！
定价：29.80元

意林精品图书推荐

《那个神秘的宣愉小姐》
简介：心理分析小说，一次亲情伤痛造成的人格分裂，一场治愈并守护爱情的计划……
定价：32.80元

《对方正在输入中》
简介：你是否能从他涨红的脸颊看到他比阿尔卑斯山还强大的内心，让他的病只为你发作。
定价：29.80元

《你是年少的欢喜，喜欢的少年是你》
简介：古风作家吾玉打造都市清风之作，告诉你，如何学着去爱一个人。
定价：29.80元

《余生请对我好一点》
简介：时光回望，今日的纠葛，竟好似还了往日的债。
定价：32.80元

《比心》
简介：暗恋被冷酷拒绝，离开却突然收到女孩的短信，只有一行字，却让他笑了……
定价：32.80元

《从此晚安我自己》
简介：95后作家何家豪青春成人礼童话，将16个故事，说给长成大人的你！
定价：29.80元

《我不愿让你一个人走过青春的荒芜》
简介：写给你深情的告白书，15篇故事，有作者的亲身经历，也有勾勒的世间温暖。
定价：29.80元

《你是久爱，亦是心欢》
简介：青春与梦想，爱和守护的故事，孤冷少女与霸道阔少相爱相杀深情开演。
定价：32.80元

《胭脂将》
简介：魔幻江湖的纷乱，胭脂女将的传奇！
定价：32.80元

《一两江湖之望星记》
简介：古风作家一两打造全新江湖，一醉江湖三十春，尽在《望星记》！
定价：29.80元

《一两江湖之琵琶误》
简介：家仇国恨，爱上不该爱的敌国先锋，如何面对这生死纠缠的爱情？
定价：29.80元

《月光蒲苇①·夜阑时》
简介：阴谋、友情、爱情，上古四神的恩怨，今生能否化解？
定价：32.80元

《世界的另一个你》
简介：18岁少女的奇幻冒险，唯美魔幻的童话世界，寻找世界的另一个你！
定价：32.80元

《绯色黎明》
简介：人类并不孤单，在黑暗种族的环伺下，被掩盖的真相等着你去探寻。
定价：32.80元

《这一杯，我敬的是年少无知》
简介：悬疑作家何慕精心打造的都市心理悬疑成长小说集。
定价：32.80元

《我的人生无须证明给你看》
简介：是选择梦想，还是安于现状？马叛用这些故事告诉你答案。
定价：32.80元

多味之恋
简介：七彩青春，多味之恋，寻找身边错过的小美好。
定价：29.80元/册

十八而志
简介：十八岁之前的远大志向，决定了十八岁之后的梦想人生。
定价：29.80元/册

深夜暖心
简介：青春絮语，灯下最好的陪伴，马叛、张芸欣、冷亦蓝深夜暖心之作。
定价：29.80元/册

初心讲义
简介：初心故事讲给你听，拥有一个又一个的小温暖。
定价：29.80元/册